【关中枭雄系列】

贺绪林◎著

最后的女匪

陕西出版传媒集团
太白文艺出版社

图书在版编目（CIP）数据

最后的女匪 / 贺绪林著. — 西安 : 太白文艺出版社，2015.1
（关中枭雄系列）
ISBN 978-7-5513-0771-0

Ⅰ. ①最… Ⅱ. ①贺… Ⅲ. ①长篇小说—中国—当代
Ⅳ. ①I247.5

中国版本图书馆CIP数据核字（2014）第280403号

最后的女匪

作　　者　贺绪林
责任编辑　王大伟　荆红娟　李　丹
封面设计　朵　云
版式设计　前　程
出版发行　陕西出版传媒集团
　　　　　太白文艺出版社
　　　　　（西安北大街147号 710003）
　　　　　太白文艺出版社发行：029-87277748
　　　　　tbwytougao@163.com
经　　销　新华书店
印　　刷　陕西博文印务有限责任公司
开　　本　880mm×1230mm　1/32
字　　数　200千字
印　　张　8.125
版　　次　2015年6月第1版 第1次印刷
书　　号　ISBN 978-7-5513-0771-0
定　　价　26.00元

序

“关中枭雄”系列长篇迄今我写了五部，依次是——《兔儿岭》《马家寨》《卧牛岗》《最后的女匪》《野滩镇》。

第一部是 1994 年动笔写的，1995 年 8 月份完稿，交给了一个书商，没想到被他弄丢了，沮丧的个中滋味只有自己知道。幸亏我的承受力还可以，没有崩溃，重整旗鼓，花了三四个月时间重新写出。2002 年人民文学出版社出版了这部作品，书名《昨夜风雨》。等待出版期间被西安华人影视公司改编为三十集电视连续剧《关中匪事》（又名《关中往事》），在全国热播，广获反响。片头曲“他大舅他二舅都是他舅，高桌子低板凳都是木头……”唱红了大江南北。这是我始料不及的，也给了我极大的鞭策和鼓励。

随后一鼓作气写了《马家寨》和《卧牛岗》。2005 年年初，太白文艺出版社把这两部作品连同《昨夜风雨》（更名为《兔儿岭》）一并隆重推出，产生了一定的影响。

2006 年完成了《最后的女匪》，由北京文化艺术出版社推出。

2008 年完成了《野滩镇》，此作被列入陕西省重大文化精品项目——西风烈·陕西百名作家集体出征，2010 年由太白文艺出版社出版。

“关中枭雄”系列小说讲述的都是关中匪事。陕西关中闹匪是20世纪50年代以前的事了，我出生于20世纪50年代之后，从没见过土匪，书中的故事都是听来的。土匪的首领几乎都是世之枭雄，不乏智勇杰出的人物，譬如书中的刘十三、马天寿、秦双喜、郭鷂子、彭大锤……他们称得上真正的关中汉子，之所以为匪，并非他们所愿，是有其社会根源的。

我的故乡在陕西关中杨陵。杨陵，曾是农神后稷教民稼穑之地，现在发展成为国家唯一的农业高新技术产业示范区，便改“陵”为“凌”，意在高翔。根据这五部书之一《兔儿岭》改编的电视剧《关中匪事》在全国各地电视台热播后，常有人问我，这块圣地怎么会出土匪呢？甚至有人怀疑我在瞎编。这些朋友对杨凌的历史只知其一，不知其二。杨凌位于关中西部，南濒渭水，北依莽原，西带长川，东控平原，原本是富饶之地。民国十八年(1929年)，关中地区遭了前所未有的大年馑，旱灾、蝗虫加瘟疫，死人过大半，十室九空，富饶之乡变成了荒僻之壤，土地也变得荒芜贫瘠，很难养人。有道是：“饭饱生余事，饥寒生盗贼。”此话不谬。贫瘠的土地长不出好庄稼，却盛产土匪。当然，书中涉及的地域不仅仅局限在今杨凌，而是包括整个关中西府的黄土地。

还有人以为我是土匪的后代。在这里我郑重声明：我家祖祖辈辈都是纯朴忠厚的良民，以农为本，种田为生，从没有人干过杀人放火抢劫的勾当；而且我家曾数次遭土匪抢劫，我的父亲和伯父都是血性硬汉，舍命跟土匪拼争过。那一年父亲和伯父因家务事吵了架，分开另过，土匪趁机而入，经过父亲住的门房时，土匪头子对几个匪卒说：“这家伙是个愣娃，把他看紧点！”随后直奔伯父住的后院，响动声惊醒了伯父，一家人赶紧下了窨子，伯父手执谷杈守在门口，撂倒了一个匪卒，随后跳下了窨子。至今许多老人跟我讲起往事，都对父亲兄弟俩赞不绝口，说他们兄弟俩是真汉子。

然而，我的家族中确实有人当过土匪，让乡亲们唾骂不已，这也让我心怀内疚感到难堪。有句俗话说："养女不笑嫁汉的，养儿不笑做贼的。"虽是俚语，却很有哲理。谁都希望自己的儿女成龙成凤，可谁又能保住自己的儿女不去做贼为匪，不去偷情养汉？家乡一带向来民风剽悍，几乎每个村寨都有为匪之人，都流传着关于土匪的传奇故事。追根溯源，这些为匪者或好吃懒做，或秉性使然，或贫困所迫，或逼上梁山……尽管他们出身不同，性情各异，可在人们的眼里他们都不是良善之辈。我无意为他们树碑立传，只是想再现一下历史，让后来者知道我们的历史中曾有过这么一页。

"关中枭雄"系列小说迄今写了五部，不管哪一部，您看过三页还觉得不能吸引眼球的话，就把书扔了吧，免得耽搁您的时间。

这不是广告词，是心里话。

好了，不啰嗦了，您看书吧。

贺绪林

2014 年中秋

楔 子

我写过几部关于土匪的小说，被拍成了电视连续剧，播出后反响还不错。这部小说我不想再写土匪了，想写一写我爷爷，因为这部小说的故事是爷爷给我讲的。其实，我写的故事都是听别人讲的——这话我在其他地方也说过——我反复说这话的目的是怕人家说我瞎编。当然写小说有时也难免要瞎编，用行话说是“虚构”。您要是觉得哪个地方是“虚构”的，就跳过去不看，免得耽误您的时间。扯远了，还是说我爷爷吧。

我爷爷是正儿八经的军人，他曾是中华民国国民革命军新编第五师一六八团的上尉连长。他的军人素质很高，作战勇敢，悍不畏死，二十五岁就当上了连长，是同级军官中年龄最轻的。他手下一个叫刘怀仁的陕北人，快四十岁了，当兵吃粮十多年才混了个一杠一星的少尉排长。有位哲人说过一句话：“当官肩上的杠星都是血染的。”正所谓，一将功成万骨枯啊！可那时爷爷年轻气盛，对这话并不以为然。他的奋斗目标是三十出头当上团长，四十出头当上将军。如果不是遇上我奶奶，他很可能就实现了自己的理想和愿望。

是奶奶改变了他后半生的命运。

奶奶是爷爷故事的主角。说到奶奶,这部小说又有了匪气,因为奶奶是个土匪。奶奶年轻时长得十分俊俏,柳眉凤眼,明眸皓齿,面如桃花,粉中透红,人见人爱。这是爷爷说的。可我看到的奶奶却是满头白发,干瘦的脸上皱纹堆垒,牙齿掉光了,窝着一张嘴,实在找不出一点“俊俏”的影子来。奶奶有一双天足(她那个年龄的女人都是三寸金莲),走路风风火火的,八十岁的年纪了腰板却不塌,平日里说话倒是慢言慢语的,偶尔和爷爷吵架时,嗓门很大也很粗,很是匪气。还要说明一下,我爷爷不是我的亲爷爷,当然奶奶也就不是我的亲奶奶了。也许有人会说我是不愿有个曾经当过土匪的奶奶,才这么“虚构”的,这可就太冤枉我了。话又说回来,爷爷奶奶是亲是假并不重要,重要的是爷爷讲的故事好不好听。您说是吧?

上 卷

第一章

冬日的夜很长，也很冷。奶奶把炕烧得很热，我只穿着背心短裤趴在爷爷身边等着他讲故事。那时我们家乡还没用上电，一盏油灯跳动着豆大的光焰，奶奶坐在灯前缝补衣裳，爷爷坐在一旁大口抽旱烟，那烟味不时地呛得我咳嗽几声。我忍不住又催促爷爷快讲，爷爷这才开始讲了起来。

爷爷的故事开头第一句是："彭胡子那个老尿那回差点送了我的丧。"说完这句他老人家又眯着眼大口抽烟，全不瞧我焦急等待的脸色。许久，他徐徐吐了口烟，才说了第二句："不管咋说，我心里一直都是感激他的，不是他命令我的特务连剿匪，我咋能遇上你婆（关中方言，奶奶）呢。"

奶奶这时插言道："你给娃说这些陈年烂谷子的事干啥。"

爷爷说："这些事在我肚里憋了大半辈子，总想找个人说道说道。咱孙子大了，也念中学了，给他说道说道，咱俩百年之后，给他留个念想。"

我生怕奶奶拦爷爷，急忙说：“婆，你就让我爷说吧。”

奶奶停下手中的活，抚着我的头说：“明日格还要上学哩，你不困？”

我急忙说：“我不困。”

奶奶说：“那就让你爷给你说道说道吧。”

爷爷却眯起眼睛大口抽烟，吐出的烟雾把眼前弄得一片混沌。爷爷的眼里透出两股亮光，似乎在烟雾中寻觅什么，等得人好不心焦。好半晌，爷爷才开口了……

爷爷说的彭胡子是他服役的那个军队的上校团长，真名叫彭子玉，因长着络腮胡，官兵们背地里都叫他彭胡子。彭胡子是黄埔出身，三十刚出头就当上了团长。爷爷说彭胡子能文能武，是当将军的料。爷爷的话后来得到了证实，彭胡子去台湾时已是少将了。爷爷给彭胡子当了三年卫兵，很敬佩彭胡子，对他忠心耿耿，唯命是从。彭胡子也是雍原人，跟爷爷是乡党。俩人的性格有些相似，因此，彭胡子很是喜欢爷爷。他有心提携爷爷，不愿让爷爷给他当卫兵，要让爷爷去带兵。爷爷不愿离开他，他瞪起眼睛训斥爷爷：“当卫兵能有啥出息？好钢得用在刀刃上！”他的话爷爷不能不听。爷爷是个典型的关中愣娃，为人耿直憨厚，轻生死重义气，打起仗来悍不畏死。彭胡子看中的就是爷爷这种血性，把他的卫兵排交给爷爷带领。时隔不久，部队奉命进终南山剿匪，不慎遭了埋伏，彭胡子左腿挂了彩。爷爷舍命背着彭胡子突围，一手持冲锋枪，边打边跑。冲出包围圈时爷爷浑身上下都是血，却没受一点伤。事后，彭胡子感慨道：“石头是一员福将。”

哦，忘了告诉诸位，我爷爷小名叫石头，大号叫贺云鹏。再后，彭胡子让爷爷当了特务连连长。不用细说，彭胡子不仅偏爱爷爷，也十分器重爷爷。

爷爷还讲了一个令人十分关注的细节:彭胡子想把他的外甥女嫁给爷爷。彭胡子的外甥女叫刘媛媛,在西安女中读书。那时一六八团在终南县驻防,每逢星期天或节假日,刘媛媛都来看望舅舅。爷爷当时给彭胡子当卫兵,俩人经常碰面。

我忍不住问:"刘媛媛长得漂亮吗?"

爷爷瞪了我一眼:"人家是洋学生,能长得不漂亮?"

我又问:"有没有我婆漂亮?"

爷爷看着奶奶,嘿嘿嘿地直笑。奶奶乜了爷爷一眼 ,说道:"瓜(傻)人笑多,乳牛尿多。瓜笑啥?给娃实话实说。"

爷爷又嘿嘿一笑:"那个刘媛媛和你婆比,还差那么一点点。"

奶奶剜了爷爷一眼:"你干脆就说我比人家差一大截子。我是土匪,人家是洋学生嘛,肯定人家比我强。要不,过去了几十年,你还惦念着人家。"

爷爷又是嘿嘿一笑:"你看你,一提刘媛媛你就上火。算了算了,我不说咧。"

我急了,央求奶奶让爷爷快讲。奶奶又剜了爷爷一眼,随后笑道:"别卖关子了,给娃快说,看把我娃急的。"

爷爷军人似的说了声:"是!"接着往下讲……

其实,爷爷第一次与刘媛媛接触时,根本就没看清女学生长的啥模样。爷爷那时二十刚出头,血气方刚,风华正茂,可还从没接触过陌生的年轻女人。刘媛媛走进团部的一刹那,他只觉得眼前忽地一亮,紧张得大气都不敢出,身子站得笔直,目不斜视。女学生却落落大方,拿一双黑白分明的大眼睛把爷爷上下打量了好几遍，直看得爷爷额头鼻尖都沁出了冷汗，觉得两只胳膊吊得都不是地方。女学生看出爷爷的窘迫相，忍俊不禁，笑出了声。爷爷越发窘迫尴尬，恨不能找个老鼠洞钻进去。就在这时，彭胡子从里屋走了出来。女学生上前跟舅舅打招呼，彭胡子与外甥女寒暄了几句，便让爷爷给外甥女沏茶。爷爷的紧张劲还没缓过来，递茶水时竟然没拿稳茶杯，茶水泼出来烫了女学生的手。女学生“哎哟哎哟”直叫唤，爷爷慌得拿过毛巾捉住女学生的手，擦板凳腿似的赶紧擦。爷爷的手很粗糙，力气也很大，无意中又把女学生的纤纤细手捏疼了，女学生又“哎哟哎哟”地叫了起来，吓得爷爷赶紧松开了手，不知所措。彭胡子却在一旁哈哈大笑。第一次见面，刘媛媛给爷爷留下最深刻的印象是：手很绵软，很嫩，很白。时间长了，俩人也熟识了，有时还说说闲话。一般都是刘媛媛问话，爷爷回答。

“你家在哪里？”

“雍原贺家堡。”

“家里都有什么人？”

“我爹我妈，四个兄弟两个妹子。”

“你是老大？”

“我是老大。”

“你多大出来当兵的？”

“十七。”

“你爹你妈舍得让你出来当兵？”

“舍得。我兄弟姊妹多，出来一个家里少一个张口吃饭的。”

…………

诸如此类，一问一答，有点乏味。可女学生却兴趣盎然，乐此不疲。

后来，爷爷下连队去带兵。刘媛媛每次来都要跟她舅舅问起爷爷，有时还去找爷爷谝闲传（聊天）。刘媛媛说跟爷爷在一起谝闲传很有意思很开心。其实，她跟爷爷在一起时，爷爷都很紧张，唯恐说错了啥话惹得女学生不高兴。一次，他俩在一起谝闲传，刘媛媛突然问爷爷有没有对象。那时"对象"这个词对爷爷来说十分陌生。爷爷没听明白，不知如何作答，看着刘媛媛眼睛发痴。刘媛媛见爷爷没听明白，便直截了当地问爷爷有没有找下媳妇。爷爷原本就是个红脸汉，一下脸涨成了猪肝色，使劲地挠着头，好像头发里有一大把虱子，"吭吭哧哧"了半晌却没说出个子丑寅卯来。那副尴尬相惹得女学生笑弯了腰，如春风吹弯了太阳花。

那时爷爷家家道小康，丁却不旺。曾祖父年过而立，却膝下无子。曾祖父的一位表哥是个算卦先生，擅长易经。曾祖父无奈之下向表哥要主意。表哥子丑寅卯、甲乙丙丁推算了一番，让曾祖父先抱养一个孩子，以后贺家会丁旺如林。曾祖父听信了表哥的话，抱养了一个男娃，这男娃便是爷爷。曾祖父的表哥果然言中，曾祖父抱养了爷爷后，曾祖母六年里生了四个丁（其中有对双胞胎）。后来，爷爷成了家，头几年奶奶没有生养，听从养父养母之言，便依样画葫芦抱养了我的父亲。有了我父亲之后，奶奶生了两个叔父和两个姑姑。因此，我在前面说爷爷奶奶不是我的亲爷爷奶奶。可爷爷奶奶待我比亲孙子还亲。这些都是后话。

家里一下添了四个张口要饭吃的"丁"，日子便艰难起来。曾祖父的脾气变坏了，动不动就骂老婆打娃娃。曾祖父动手的主要对象是爷爷，一是爷爷不是他亲生的；二是爷爷已经十岁了，多多少少也挨得起打了。在曾祖父的打骂中爷爷长大了。爷爷对曾祖父很有怨气，却慑于曾祖父的威严不敢反抗，把怨气一直窝在肚里。那一年抽壮丁，年仅十七岁的爷爷背着家人报了名。临行前，曾祖父自知有点对不起大儿子，拉住爷爷的手不松手，很有点依依不舍。

爷爷却抽出了手，气刚刚地说："爹，我要混不出个人样来，决不回来见你。"说罢，转身就走。

曾祖父扯着嗓子喊："过两年回来，我给你娶媳妇！"

"你别操那心。我有本事自个找媳妇，没本事就打光棍。"爷爷说这话时头也没回。

爷爷雄心勃勃，在心里打定主意：骑马就要骑骏马，娶媳妇就要娶俊媳妇。可他也明白，只有干出个人样来才能娶个好媳妇。爷爷在队伍上干了八年，二十五岁了，干成了上尉连长。应该说，爷爷混得很不错。可好媳妇在哪里呢？爷爷还没找到目标。

爷爷去特务连走马上任的那一天，彭胡子突然问："石头，今年多大了？"

爷爷回答："二十五了。"他有点莫名其妙，不明白彭胡子为啥突然问他的年龄。

彭胡子看了爷爷一眼，说："该娶个媳妇了。"

爷爷红了脸，不好意思地嘿嘿一笑："想娶哩，可没女人看上咱。"

彭胡子也嘿嘿一笑，忽然又问："这些日子媛媛没来找你？"

爷爷摇头。

"你抽空去看看她吧。"

"她病啦？"

"没病就不该去看看她？我看你俩在一起话稠得很嘛。"彭胡子在爷爷后脑勺拍了一巴掌，笑骂了一句："你这碎㞞看上去灵灵的，咋是个木头！”

彭胡子走了半天，爷爷才醒过神来，乐得一蹦三尺高。那天晚上爷爷兴奋得一夜没睡好觉，筹思着过两天就去西安女中“看看”刘媛媛。没有料到，翌日部队突然接到命令，立刻开拔北原县去剿匪。军令如山，当天下午部队就开拔了，爷爷失去了“看看”刘媛媛的机会。

我忍不住插言道：“你要不失去那个机会，说不定刘媛媛就是我婆呢。”

爷爷嘿嘿笑着，又拿眼睛看着身边补衣服的奶奶。奶奶瞅了爷爷一眼：“又看我干啥，给娃实话实说嘛。”爷爷接着往下说。

其实他和彭子玉都搞错了。刘媛媛对爷爷并没有那个意思，她之所以对爷爷感兴趣是觉得爷爷剽悍孔武，忠厚朴实，是个真正的军人。更重要的是她的理想是当个作家，想写一本关于军人生活的书，她在爷爷身上挖素材哩。几十年过去了，刘媛媛从海外归来，几经周折找到爷爷。忆起往事，刘媛媛道出了当年的奥秘。这都是后话了，咱们言归正传，说爷爷剿匪的事吧。

第二章

北原县有股杆子(土匪),杆子头是个女的,姓徐,真名不知叫啥,因是一双天足,人送外号徐大脚。传说,徐大脚的脚特别大,行走如飞,双手能打枪,弹无虚发,且长得十分俊俏。她身边有一班卫兵,都是女流,十八九岁,武艺高强,三五个壮小伙都敌不过一个。因为她如此厉害,她的外号四处传扬,名字反而被人们遗忘了。徐大脚原是一个朱姓乡绅的使唤丫鬟。朱乡绅家产万贯,有良田数十顷,雇了几十个长工女佣,朱乡绅常做些善事,人称朱善人……

爷爷讲到这里,奶奶忍不住骂道:“狗屁善人,他是个老骚猪!”

爷爷说:“别骂得那么难听嘛。”

奶奶说:“他是彭胡子的舅舅,你就要给他的脸上搽点粉。”

爷爷讪讪笑道:“徐大脚的事你比我清楚,你就把这段给娃说道说道。”

我赶紧缠着奶奶往下讲。没想到奶奶的故事讲得比爷爷更好听,根根梢梢都讲到了。

民国二十三年(1934年)农历四月十七日夜晚,有云无月,朱家大宅院黑乎乎的一片。

突然,后院的门“吱呀”一声响,钻出一个黑衣人来,蹑手蹑脚直奔西厢房,那是女佣住的地方。黑衣人来到西厢房靠南的一间屋门前,伸手推了一下门,门关得紧紧的。他掏出一把匕首,从门缝插进去拨开了门闩,门发出一声轻响。尽管响声很轻微,屋里的女人还是被惊醒了,打了个激灵,爬起身惶恐地问:“谁?”黑衣人疾步抢到床前,一把捂住了女人的嘴,低声喝道:“别喊叫!”

女人听出了黑衣人的声音,禁不住打了个寒战,原来是朱大先生!她拼力挣扎,黑衣人又是一声低喝:“悄着,别动!”手中的匕首搁在了女人的脖子上,女人不敢动弹了。

黑衣人是这个大宅院的主人朱雅儒,人称朱大先生。女人是他身边的使唤丫鬟,叫徐小玉。朱大先生是朱家寨的首富,他的儿子朱明轩是北原县的警察局长,外甥彭子玉更是了不得,在中央军当团长。仗着外甥和儿子的权势,在北原县没有朱大先生不敢干的事。朱大先生貌似文雅,却嗜酒和爱玩女人。他娶了三房姨太太,但还是吃了碗里的想着锅里的,已是往六十上奔的人了,还经常出没妓院。徐小玉是他掏了五块大洋买来的使唤丫头。

徐小玉虽是个使唤丫头,长相并不俗,眉清目秀的,特别是胸脯胀鼓鼓的,恰似涨潮的春水,十分地养眼。只是一双天足美中不足(那时以三寸金莲为美)。一个俊俏的黄花大姑娘整天价在身边伺候着,朱大先生哪能放过她。徐小玉是个伶俐女子,好多次都摆脱了朱大先生的纠缠。怎奈猫儿一定要吃腥,她躲了初一却难躲十五。今日夤夜朱大先生用匕首拨开了门闩,把她按在了床上,羔羊是难脱虎口了。

徐小玉来朱家三年了,经见的事不少,朱大先生如此对待丫鬟女佣不是第一次,事后软硬兼施,施以小恩小惠就把事摆平了。可徐小玉究竟是徐小玉,岂肯轻而易举地就范。她明白今晚难逃虎口,便软声说:"大先生,我依你……"

朱大先生大喜,撤回了搁在小玉脖子上的匕首,动手就撕她的胸衣。小玉急忙挡住朱大先生粗鲁的手:"别急嘛,人家还有话要说。"

朱大先生急不可待地说:"有啥话快说!我等不及了。"

小玉说:"你把我睡了,我就不是黄花姑娘了,可就嫁不出去了。"

朱大先生说:"你放心,我帮你找婆家,不怕嫁不出去。"

小玉泣声说:"不,你把我睡了就要娶我。如果你不娶我,今晚夕你就是把我杀了,我也不从。"

朱大先生稍一迟疑,随即答应道:"成,我娶你做四姨太。"说着动手又扒小玉的胸衣,又被小玉挡住了。他恼火地说:"咋,还有啥事?"

"我咋信你呢?"

"我还能哄你!"

小玉说:"不,你得给我个信物。"

朱大先生随手在衣袋里摸出了一个铜牙签:"给!"小玉接过一看,不乐意地说:"这算个啥信物?"

朱大先生说:"我出来身边没带啥东西,你就将就将就吧。"说着又扒小玉的衣服。小玉忍气吞声,不再反抗,遂了朱大先生的心愿……

往后的日子,朱大先生隔三岔五地在夜深人静之时溜到后院西厢房去发泄一下他的淫欲。每一次完事后小玉都要催问朱大先生什么时候娶她。朱大先生都是打哈哈地说:“别急嘛,性急吃不了热豆腐,我要挑个好日子再娶你。”时间长了,小玉看出朱大先生在糊弄她,并不是真心要娶她。

这天晚上,朱大先生又来到小玉的住处。一进屋,朱大先生搂住小玉就要亲嘴。小玉躲开他,怒声问:“今晚夕你要把话说明白,到底啥时候娶我?”

朱大先生觍着脸说:“乖乖,我受不了啦,让我把事干完再说好吗?”说着就迫不及待地把小玉压倒在床上。

小玉心想,已经跟他这样了,也不在乎这一次,心一软,满足了朱大先生的淫欲。完事后,朱大先生穿好衣服抬腿就要走人,小玉一把拽住了他的胳膊,要他说出个子丑寅卯来。不料朱大先生嘴脸一变,瞥了一眼小玉的大脚片,冷笑道:“瞧瞧你那双脚,比爷们的还大。老爷我是玩高兴哩,你以为你是个啥好东西,给你个棒槌你还当了针(真)!”甩开小玉的手扬长而去。

小玉木橛似的戳在了那里,屈辱的泪水似决了堤的河水在俊俏的脸蛋上恣意流淌。小时候母亲给她缠过脚,她嫌疼,背过母亲就把缠脚布解了。母亲发现了用笤帚打她,她生性倔强,说啥也不愿再缠脚。她家里太穷,一天到晚靠她去放牛打猪草,缠了脚,怎么去干活?因此母亲没有再逼她缠脚。她的一双天足朱大先生不是不知道,玩她时他并没嫌弃她的脚大,玩过了又如此羞辱她。这哪里把她当人看了?

三年前小玉的母亲生了一场大病,家里一贫如洗,拿不出钱给母亲治病。几年前她的哥哥被抓了壮丁,至今杳无音信。军队是个随时都可能丢掉性命的地方,没有消息那就是说哥哥很可能已经不在人世了。两个弟弟还小,到哪里找钱去?老实巴交的父亲一夜愁白了头。万般无奈,父亲只好把她卖给朱家做丫鬟。她只想着在朱家好好干活,总会有个出头之日,没料到朱大先生像苍蝇一样叮上了她。她是个有心计的女子,心想女人嫁谁还不是嫁,既然朱大先生看上了她,那就嫁给他,虽说是做四姨太,可毕竟身份不同了,以后不光自己有好日子过,娘家也能沾上光。那天晚上朱大先生强暴她时,她就提出了条件。朱大先生满口答应了她,可事后朱大先生又没有什么行动,她又急又气。今天晚上在她的再三追问下,朱大先生竟然如此羞辱她。她这才幡然醒悟,她在朱大先生眼里只是一个玩物,玩过后就可以随手扔掉。

小玉只感到胸口有一团烈火在燃烧,那团烈火把一切都烧毁了,只留下一腔仇恨!她是个刚烈女子,秉性要强,怎能咽下这口恶气!她抹去脸上的泪水,咬牙一跺脚,直奔厨房,在案板上摸了一把菜刀。平日里她在厨房干活,菜刀是她惯用的家伙,最为得心应手。她用拇指试了一下刀口,十分锋利,眉宇间泛起一股腾腾杀气。她怀着一腔怒火,提着菜刀在夜色的掩护下直奔前院朱大先生的住处。朱家大宅院她熟悉得跟自己的手掌一样。大老远她瞧见朱大先生的大老婆的屋子亮着灯光,寻思一定是那个老猪狗回了大老婆的屋,便奔灯光而去。

到了近前,小玉在窗外屏息细听,果然朱大先生在大老婆的屋子。就听大老婆在埋怨朱大先生:“你到哪里去了,咋这时才回来?”

朱大先生撒谎说:“我到账房跟李掌柜说了会儿话。”

大老婆说:“哄鬼去,你不知又跑到哪个婊子的炕头去了。”

朱大先生嬉笑道:“看你,咋又吃醋了。”

大老婆说:“是不是上了那个大脚片子的炕头?”

大老婆说的“大脚片子”就是小玉。大老婆是个刻薄凶狠的女人,平日里待丫鬟用人十分尖刻凶狠,稍不如意就骂就打。她从不叫小玉的名字,张口闭口叫小玉“大脚片子”,好像小玉没有名字似的。闹得宅院里上上下下的人都喊小玉“大脚片子”。因此小玉十分痛恨大老婆。

此时此刻,小玉听见大老婆又叫她“大脚片子”,再也忍不住心头的怒火,一脚把门踏开了。朱大先生吃了一惊,闪目疾看,面前站着一个怒目女煞神,惊得瞠目结舌。小玉骂道:“老猪狗,不劈了你难消我心头之恨!”挥刀就砍。

朱大先生慌忙用手去挡。小玉用力也真是猛,朱大先生的右腕竟然被齐刷刷地砍断了。朱大先生痛叫一声,跌倒在地,鲜血溅了一屋子。朱大先生泣声求饶,小玉哪里肯饶他,又抢前一步,对准他的脑袋又是一阵乱砍猛劈。脚地杀猪似的血流成河。小玉从衣袋掏出那个铜牙签,狠狠地刺进朱大先生的喉咙,他再也喊不出声了。

大老婆大叫起来:“快来人呀,强盗杀人啦!”

小玉凤眼圆睁,心想杀一个是杀,杀两个也是杀,这个老猪婆也不是个好东西,干脆也宰了她。她心一横,挥刀又朝大老婆劈去……

这时外边响起了急促的脚步声,是护院的听到了喊叫奔了过来。小玉不敢久留,从后窗翻出去钻进夜幕之中……

第二天,朱家家人把朱大先生夫妇的死讯报知在县城当警察局长的朱大少爷朱明轩。堂堂警察局长的父母被一个丫头砍死了,简直是奇耻大辱!朱明轩怒火中烧,亲自带着人马四处搜捕徐小玉，活要见人，死要见尸。

小玉逃离朱家后，本想回家去，但想到朱家人不会放过她的，她怕连累了父母，就跑到西乡一个表姨家躲藏起来。住了几日，她心中不安，自思这不是长久之计，权衡再三，咬牙下决心去投奔在盘龙山拉杆子的表兄。一个月黑风高之夜她离开了表姨家去了盘龙山。

小玉的表兄是个麻子，排行老五，江湖人称麻老五。麻老五的真名叫冉佳俊，他的父亲是晚清的穷秀才。冉秀才虽说家道清贫，可肚中的文墨不少，给儿子起了个很文雅的名字“佳俊”，寄希望于儿子。没想到儿子五岁时出天花，性命保住了，却落下了一脸麻子。不久冉秀才病故了，儿子冉佳俊为了养家糊口，跟一个老银匠去学手艺。

成年之后，冉佳俊成为这一带颇有名气的银匠，大户人家的太太小姐都来找他做首饰。尽管如此，因了一脸的麻子，他一直打着光棍；也因此，他对女人便有了特别的喜爱；同是如此，把他逼上梁山。

一天，一个张姓大户的姨太太找他打一对金镯。金镯打成之后，姨太太来试戴，伸出一双纤纤细手，那肤色如同凝脂，手指如同玉管。他傻了眼似的看着那一双玉手，下意识地抓住不放。姨太太先是惊叫一声，随后给他的麻脸上啐了一口。他这才灵醒过来，恋恋不舍地松开了手。后来张大户以“调戏良家妇女”的罪名把他告到了镇警察所。最可气的是那个白痴所长胡来武把他打了四十棍。

那天一进警察所，胡来武就喊：“再往後。”

他一听，往后退了两步。胡来武又喊了一嗓子：“再往後！”他急忙又往后退了两步。

胡来武见他仍不吱声，勃然大怒，猛一拍桌子，怒吼道："再往後，你耳朵聋啦！"

这时他已靠住了墙壁，茫然地看着胡来武说："我没地方退了。"说着指了一下墙角。

胡来武更为恼怒："谁让你往后退了？我叫你的名字！"

他先是一怔，随后明白过来，强忍住笑说："我不叫再往後，叫冉佳俊。"

胡来武仔细看了一下案卷，红了脸，又抬眼瞪着他，蛮横无理地说："你哪达俊？看你一脸的麻子，丑八怪一个！"

他也火了："你连我的名字都不认得，还当啥所长哩？"

就这句话惹了大祸。胡来武恼羞成怒，当下挽起衣袖抓起一根茶杯口粗的木棍，喝令人把他压倒扒掉裤子，噼噼啪啪打了四十大棍。

棍伤痊愈后，他不再耍手艺，拉起了杆子。插起造反旗，自有吃粮人。很快他身边聚集了一伙不安分的汉子。他把打劫的第一个目标就对准了胡来武。一个月黑风高夜，他们袭击了警察所，打死了胡来武。再后，他又把张大户的姨太太抢上了山做压寨夫人。那女人倒也烈性，不愿做他的压寨夫人，吞大烟自尽了。

麻老五比表妹小玉年长十多岁，年幼时每每去舅家，小表妹都哭闹着要他抱着玩，从不嫌弃他的麻脸。因此他对小表妹十分喜爱。长大成人之后，这份喜爱变成了丢舍不下的爱恋。后来他拉起了杆子当了山大王，便让他的师爷带着一份厚礼去舅家求亲。他的舅舅和舅母一口回绝了。一来嫌他当了土匪，二来嫌他是个麻子。他勃然大怒，本想带上人马去抢亲，却念着姑舅亲这层关系，还是强咽了这口恶气。再后，他先后抢了好几个女人上山来做压寨夫人。可那几个女人都不识抬举，宁死也不做他的压寨夫人，两个上了吊，一个跳了崖，还有一个吞了大烟。闹得他虽然名震三县，可还是打着光棍。表妹这时来投靠，他大喜过望，大摆宴席盛情款待，而且收拾了一处清静的地方让表妹居住。他是醉翁之意不在酒。

朱明轩搜捕不到徐小玉，便派出密探四处打听她的下落。一日密探来报，徐小玉投了麻老五当了土匪。朱明轩恨得直咬牙，却又无可奈何。麻老五是北原县最大的杆子，有百十号人七八十条枪，威震周边三县。加之盘龙山地势险要，易守难攻，保安大队几次出兵围剿，都铩羽而归。警察局只有五六十号人，开到盘龙山等于给虎口送羊。可他实在咽不下这口恶气，眼珠子转了半天，带着人马去抄小玉的家。他以通匪的罪名把小玉的父母和两个年幼的弟弟全都杀了。

消息传到盘龙山，小玉叫了声："爹！妈！兄弟！……"身子往后一仰，就昏倒在地。麻老五慌忙抱起她用拇指就掐人中。半晌，小玉苏醒过来，徐徐睁开眼睛，看清抱她的人，说道："五哥，你可要替我报仇雪恨……"言未罢，已是满脸泪水。

麻老五朗声说："表妹别伤心，你的爹妈也是我的舅父舅母，我一定要为他们报仇雪恨！"

可是，几天过去了，却不见麻老五出兵。小玉报仇心切，催促麻老五赶紧出兵。麻老五手捏着水烟袋呼噜噜地抽烟，抽罢一袋烟，这才笑着脸慢悠悠地说："表妹，君子报仇，十年不晚。你别心急，先安心在这里住下，一旦有好时机我就出兵下山灭了狗日的朱明轩。"说着话，一双大眼珠子贪婪地直往小玉丰满的胸脯上瞅。

小玉是何等乖觉的女子,看出了表哥的花花肠子,明白表哥是不见兔子不撒鹰。她略一思索,咬牙说道:“五哥,只要你肯出兵为我报仇雪恨,我就嫁给你!”

麻老五喜上眉梢,放下了水烟袋,拉住小玉的手说:“请表妹屋里说话。”

小玉知道他想干什么,站着没动,冷冷地说:“别以为我是个女人,可我吐口唾沫砸个坑!你今晚把朱明轩灭了,回来我就是你的媳妇。”

麻老五知道表妹是个烈性子,不敢强求。当下他就大喊一声:“集合!”要带人马下山去灭朱明轩。

小玉说:“五哥,给我支枪。”

麻老五一怔,问:“你要枪干啥?”

小玉咬牙说道:“我要亲手毙了朱明轩!”

麻老五说:“这个仇我替你去报。”

小玉说:“我一定要去!”麻老五拗不过小玉,把他的双枪给了小玉一支。小玉把枪插在腰间,又盘起了辫子,顿时显得威风凛凛。

是夜月黑风高,麻老五和小玉带着人马直奔北原县城。去县城朱家寨是必经之地。小玉天生一双大脚片,她报仇心切走得风快,竟然把一伙男人扔在了身后。就是麻老五蹽开长腿才勉强跟得上她。

来到一个三岔路口,小玉忽然站住了脚,眼看着左边。不远处有星星点点的灯火闪闪烁烁,偶尔传来几声犬吠鸡啼。紧跟在她身后的麻老五收住脚,忙问:“咋不走了?”

小玉咬牙切齿地说:“那边就是朱家寨,朱明轩狗日的杀了我的全家人，我要以牙还牙，杀了他的全家！”

麻老五眼里闪着凶光，恶狠狠地说：”你说收拾谁咱就收拾谁！”

小玉说：“去朱家寨！”

“去朱家寨！”麻老五大手一挥，身后的人马跟着他排着一字长蛇阵，直扑朱家寨……

第三章

夜幕下的朱家寨一片静悄悄。

昨天朱家刚刚埋葬了老掌柜夫妇,忙碌了几天总算消停下来,阖府上下的人都松了口气。朱家大少爷在外做官,现在是二少爷当家。朱家二少爷自幼读书,书读得不少但对社会上的事知之甚少。他自思大哥当警察局长,这几日带着人马正在四处抓捕凶犯徐大脚——朱家人现在都这么称呼徐小玉。在这个紧要关口哪个吃了熊心豹子胆还敢上门寻衅滋事?他放松了警惕,加之这几日劳累过度,天刚擦黑就上了炕,头一挨枕头就打起了呼噜。他做梦都没想到麻老五和徐大脚会带领人马偷袭朱家寨。

麻老五的人马进入朱家大院还是遇到了一点小麻烦。两只守门的大狼狗闭着眼睛打盹,被一个轻微的响动惊醒了,随后它们嗅到了一股生人味,急睁狗眼,发现一队黑影越墙进了宅院。它们就意识到有了贼,立刻跃身而起,一边狂吠一边凶猛地扑向贼人。进入宅院的贼人原以为他们是神不知鬼不觉,没有料到被看家狗发现了,都吃了一惊,慌忙躲避。两只狼狗十分忠于职守,吠声疾且厉,扑得更加凶猛,大有生吞对方之势。为首的贼人恼怒了,骂了声:“狗日的,找死来了!”一抬手,两声枪响“啪! 啪!”两条狼狗的狗头开了花,变成了死狗。

狗吠声和枪响声把大宅院里的人都从睡梦中惊醒了,一时没明白是怎么回事。这时就听有人喊:“土匪来咧!”大伙这才灵醒过来,惊叫着四处逃窜。

朱二少爷一手提着裤子一手拉着媳妇的手,惶恐地往炮楼跑,恰好与迎面而来的小玉相遇了。他惊叫了一声:“徐大脚!”掉头往回就跑。

小玉怒喝一声:“拿命来!”手中的枪响了。朱二少爷和媳妇双双倒在血泊之中。

麻老五挥着手中的枪恶狠狠地喊道:“不要留一个活的!”

一场屠杀开始了。朱家大宅院的男女老少乃至长工女佣一个不留地被这伙匪徒杀害了,鲜血流成了河,把堆在角落的煤堆都洇红了。临撤出朱家时,杀红了眼的麻老五又放了一把火,顿时熊熊大火冲天而起,映红了整个天空。麻老五望着冲天大火,得意地狞笑着。小玉面南而跪:“爹,妈,兄弟,我为你们报仇了!”

麻老五问道:“表妹,下步棋咋走?”

小玉站起身,咬牙说:“斩草就要除根,去县城找朱明轩把账彻底算清!”

“好嘞!”麻老五一挥手喊了声,“去县城!”

麻老五的人马刚撤出朱家寨,在村口就和朱明轩的人马相遇了。说来也真是奇怪,朱明轩的右眼皮跳了一整天,到了傍晚只觉得心神不安,魂不守舍,觉得家里要出点啥事。忽然想到土匪会不会趁着他家里办丧事之际来打劫?他禁不住打了个冷战,思之再三就带着警察局几十号人连夜往家里赶。大老远他就看到了冲天大火，心里叫了声："不好！"急令人马跑步前进，赶到村口时正好和麻老五的杆子相遇了。

起初，朱明轩并不知道是麻老五的杆子，那冲天的大火把村里村外照得通亮，火光中小玉先瞧见了朱明轩，怒声骂道："朱明轩你这个驴屎，杀我爹妈和我兄弟，我要以血还血！"

朱明轩也瞧见了小玉，咬牙切齿地叫骂："徐大脚，你个婊子客，我非扒了你的皮不可！"

小玉还要回骂，麻老五拦住了她："表妹，甭跟他磨牙了，打狗日的！"便命令开火。

朱明轩哪里肯示弱，急令还击。仇人相见分外眼红，当下双方交战的枪声响得如同爆豆一般。两下实力相当，但都摸不清对方的底细，加之天黑，双方只是打枪，并不敢贸然往上冲。

渐渐地，东方露出了鱼肚白色。麻老五的人马惯于夜战，眼看天要放亮，麻老五不再恋战，大手一挥，带着人马撤了。

朱明轩带着人马进了村子，朱家大宅院已化为灰烬，一片狼藉，烧焦的尸体发出难闻的臭味。朱明轩看着如此惨景，捶胸顿足地哭喊："麻老五，徐大脚，我朱某人不杀了你们誓不罢休！"

…………

麻老五这次偷袭朱家寨虽然没有打死朱明轩，但血洗了朱家，总算给小玉出了一口恶气。小玉没有食言，回到盘龙山的当天晚上就睡到了麻老五的炕头。麻老五迫不及待地去解她的衣扣，她伸手拦住了，泪水流了出来。麻老五一愣，不高兴地说："咋，你反悔了？"

小玉摇头:“我不反悔。”

“那是咋了?”

“朱明轩还没死。”

麻老五说:“我当是啥事呢,你放心,我们做了夫妻,你的仇就是我的仇,我一定杀了他。”

小玉躺倒在炕上,闭上了眼睛,任凭麻老五为所欲为……

奶奶的故事很是精彩,可我心中犯疑惑,忍不住问道:“婆,徐大脚的这些事您是咋知道的? 您在给我编故事吧。”

奶奶笑道:“这些故事我编不出来,都是徐大脚闲时给我们讲的。”

“是徐大脚给你们讲的?”我更是疑惑不解,眼睛瞪得有鸡蛋大,看着奶奶。

爷爷从嘴里拔出烟锅嘴,嘿嘿笑道:“你婆当年是徐大脚的亲兵哩,外号红刺玫,名气大得很。”

我惊愕了,嘴巴张得比眼睛还大:“这是真的?”

奶奶不置可否,抚摸着我的头莞尔一笑,满脸的慈祥,没有丝毫的匪气。半晌,她说:“还听不听故事?”

我迭声说:“听,听,听。”

“听我的故事?”

“听您的故事。”

“听我的故事还得从徐大脚讲起。”奶奶接着往下讲……

麻老五和徐小玉血洗了朱家寨,不仅跟朱明轩结下了血海深仇,而且也震惊了北原县和乾州专署。乾州专署和北原县悬赏五百大洋捉拿麻老五和徐大脚(通缉告示上写着徐小玉的绰号)。官府的大洋虽是好东西,麻老五和徐小玉的头却更是好东西。几个月过去,官府的大洋还在银行里存着,麻老五和徐小玉吃饭的家伙也都好端端地在他们的肩膀上扛着,并不曾易手。

朱家遭血洗后,朱明轩气恨惊恐交加,回到县城大病了一场。病愈后他心中的仇恨难消,派出密探四处打探麻老五和徐小玉的行迹,寻机要报灭家之恨。麻老五和徐小玉夫妇知道血洗了朱家寨,得罪了官府;又得到消息,官府悬赏重金要他们的人头。此时正在风头上,他们龟缩在盘龙山中按兵不动。盘龙山地势险要,易守难攻,咸宁专署的保安团和北原县的保安大队都不敢贸然出兵去攻打。朱明轩更是一筹莫展,只能在心里干着急。

朱家一家老少都惨死在麻老五和徐小玉的手里。所幸朱明轩一家住在县城躲过了此劫。朱明轩的老婆生了两个女儿便不再生了,为此朱明轩十分恼火痛心。他想娶个小妾生儿子,可老婆不同意,他只好作罢。现在朱家被麻老五和徐小玉灭了,他说啥也不能让朱家在他的手中断了香火,他做梦都盼着能有个儿子,整天为此发熬煎,闷闷不乐。他老婆见他一天到晚愁眉不展,便猜出他的心中所想,自思也怨自己没本事生个儿子,干脆遂了他的心愿,讨他个欢心,就主动提出让他娶小老婆。朱明轩大喜过望,把娶妾的风声放了出去,媒人就接二连三地登门给他说亲。他很快就选定一个姿色出众的小家碧玉,把成亲的日子定在了九月初八。

警察局长娶小老婆在北原县城可是个大新闻,城里城外传得沸沸扬扬,一时间成了街谈巷议的话题。

九月初八这天，警察局门前拥满了黑压压的人群，大伙都来瞧热闹，争睹新娘子的风采。朱家虽说被麻老五和徐小玉血洗了，但朱明轩还当着警察局长，别说朱家的亲朋好友前来送礼祝贺，就是县府的头头脑脑也赶来喝喜酒。警察局的全体人马都出动了，加强警戒，以防不测。朱明轩身穿蓝绸袍，斜披红绸，头戴青呢礼帽，帽边双插红花，笑着脸喜迎宾客，一双眼睛不时地四下张望，似乎在寻找什么人。

忽然有人高喊一声："花轿到了！"

众人循声看去，果然见一顶花轿从东边呼扇呼扇地抬了过来。这时迎亲的唢呐吹响了，鞭炮燃着了，霎时警察局门前热闹得像过大年。一伙讨饭的叫花子聚在门口，挎着破竹篮端着脏兮兮的碗，拄着打狗棍，鹅似的伸着脖子往花轿那边瞅，嘴里不住地乱喊着："恭喜了！恭喜了！"

朱明轩瞥了他们一眼，皱着眉斥责道："一边站着去！别挡道了！"叫花子们很不情愿地往后退了退，闪出一条道来。

花轿到了警察局门前，落了地。朱明轩上前撩起轿帘，把新娘搀扶出来。人们争相上前一睹新娘子的芳容，怎奈新娘头顶一个大红花盖头，只能看见她窈窕的腰身和一双秀溜的小脚。

这时有人拿来一个红绸绾成的彩结，一头让新娘牵着，另一头让朱明轩牵着。又有一个穿戴一新的中年汉子，手端升子跑出来。升子里盛的是五色粮食，他抓着升子里的物什朝新郎新娘头上撒去，嘴里唱念道："一撒金，二撒银，三撒媳妇进了门！"

新娘被迎进了门。县府的头头脑脑以及朱家的亲朋好友也被迎了进去。那伙叫花子也往里挤，其中一个头戴破草帽的壮汉打着竹板说起了快板：

打竹板，连天响
警察局长娶新娘
娶了新娘入洞房
入了洞房种地忙
种地忙，喜洋洋
来年生个好儿郎……

那叫花子打着竹板说着快板，就进了警察局大院。那个撒五色粮食的中年汉子从里边出来拦住了他。他笑着脸说："新郎新娘在哪个屋？我来给新房的门上贴张红喜字，大吉大利。"说着拿出一张红喜字。

中年汉子板着脸说："你没看见二楼的屋子门口挂着大红灯笼吗？红喜字早就贴上了，还用得着你来贴！快走，快走！这里不是你待的地方。"

叫花子说："我还没拿到赏钱哩。"嘴里说着，一双眼珠子直往二楼上边滚。

这时朱明轩从新房走了出来，趴在栏杆上问："你们干啥哩？"

中年汉子仰脸说："局长，这个叫花子讨赏钱哩。"

朱明轩上下打量了一下叫花子，问道："你是哪个村的？"

叫花子没抬头，答道："王家坡的。"

朱明轩又问："王九老汉你认得吗？"

叫花子说："认得，我叫他叔哩。"

朱明轩"哦"了一声，说："给你赏钱。"扔下一块银洋来。叫花子伸手去接，把草帽掉在了地上。他急忙捡起草帽扣在了头上。

朱明轩笑了一下，对中年汉子说："讨饭人怪可怜的，你带他到厨房再给他拿点吃的。"

中年汉子答应一声，又对叫花子说："还不赶快谢谢局长。"

叫花子说："谢局长大人赏钱。"没再抬头，跟着中年汉子去厨房，边走边四下乱瞅，好像把啥东西丢在了警察局大院。

这一切都被朱明轩瞧在了眼里。他望着叫花子的背影，嘴角挂上了一丝阴鸷的冷笑……

奶奶讲到这里，用针去拨灯花。我着急起来："那个叫花子是谁？是不是麻老五？"

奶奶笑着说："别急嘛，心急吃不了热豆腐。甘蔗甜也得一节一节吃。"

第四章

那个说快板的叫花子正是盘龙山的杆子头麻老五。

麻老五自从有了压寨夫人后，便把山寨事务交给二头目彪子管理，整天价和徐小玉寻欢作乐。他三十多岁了才娶上了媳妇，而且媳妇年轻貌美，是他心仪已久的女人，他实在是太高兴了，一天到晚都在偷着乐，黑脸上的麻坑也平展了许多。可徐小玉没个笑模样，一张白格生生的俏脸板得像刚浆过的白粗布。时间久了，麻老五也乐不起来了，问小玉到底是怎么了。小玉恨声说："朱明轩一天不死，我就一天高兴不起来。"

麻老五为了讨她的欢心，就说："你别不高兴，我就豁出去这一百多斤，也要宰了朱明轩那狗日的为你报仇雪恨。"当下派出几个探子下山去打探朱明轩的动静。

不多时日，探子报上山来，说是朱明轩要娶小老婆，日子定在了农历九月初八。麻老五和徐小玉闻讯大喜，都认为这是消灭朱明轩的大好时机，带着人马悄悄下了山。麻老五闯荡江湖多年，历经风雨，粗中有细，他怕朱明轩有诈，把人马隐蔽在县城附近的一个山沟里，亲自进城去打探虚实。九月初八这天，他扮成一个叫花子混进了警察局大院，摸清了情况。他回到山沟跟小玉把摸到的情况说了一遍，小玉大喜过望，当即就要带人马进县城。他急忙拦住说：“这会儿进城很容易暴露目标走漏风声，晚上再进城不迟。今晚夕是朱明轩的洞房花烛夜，有道是连（交媾）在一起的狗不咬人。到时候看我咋收拾那狗日的。”小玉觉得他说得很在理，强按心头怒火，耐着性子等天黑。

夜幕终于垂下了。上弦月刚刚落下地平线，天地间一片混沌，麻老五和徐小玉带着人马进了县城去偷袭警察局。警察局门口昏暗的灯光下两个岗哨背着枪，边抽烟边聊天，没有发觉危险正在悄悄降临。麻老五正想上前收拾掉岗哨，小玉一把拦住他，摆了一下手，示意越墙过去。

麻老五带着人马绕到后围墙，架起人梯越墙而入。小玉附在麻老五耳边悄声问：“朱明轩住在哪里？”她报仇心切，恨不能一把就擒住仇人。

麻老五低声说：“在前边的二楼上，跟我来！”他白天已查看了警察局大院的情况，此时带领人马绕过后花园来到了前边的大院。大院黑乎乎的一片，那座二层小洋楼在大院中央孤零零地耸立着，没有一星灯光，也没有半点声息。小玉咬牙说：“我要亲手杀了朱明轩那个狗东西！”抬腿就要上楼。

麻老五一把拦住她：“别急，我咋觉得有点不对劲。”

“咋不对劲？”

“大院静得有点奇怪呀。”

小玉不耐烦地说：“有啥奇怪的，黑天半夜的难道你要大院里唱大戏不成？你也太婆婆妈妈了。”

麻老五说：“我就怕朱明轩有诈，那狗日的是狐狸托生的……”

他话音刚落，就听一声锣响，四下里亮起了灯笼火把，把偌大的院子照得亮堂堂的，如同白昼一般。

麻老五和小玉惊得瞠目结舌，头发都竖了起来，一时竟不知所措。这时就听有人高声喊道："麻老五，徐大脚，你们的死期到了！"他们夫妇闪目疾看，只见朱明轩站在二楼上冲着他们呵呵冷笑。

原来，朱明轩在娶小老婆的同时设下了一个圈套。他料定麻老五和徐大脚会趁机打劫的，就故意把动静闹得很大引诱他们上钩。几天前他就派出了许多便衣暗探窥探麻老五的举动，果然麻老五夫妇闻讯下了山。他暗暗得意，悄悄设下埋伏，只等着麻老五夫妇往里钻。他原以为麻老五夫妇会趁着新娘花轿进门之时来打劫，却出乎意料，麻老五夫妇没有来。他很沮丧，正在新房里生闷气，忽听大院里有人说快板，便出了屋扶住栏杆往下看，只见一个头戴破草帽身坯很壮实的年轻叫花子在说快板。他心中犯疑，这么年轻壮实的小伙子怎的去讨饭？他就故意问叫花子认不认得王家坡的王九老汉。叫花子说认得，还说他叫王九老汉叔哩。其实他是随机瞎编的。他看出了破绽，便扔了一块银洋赏叫花子，叫花子仰脸接钱时把草帽掉了，一张麻脸让他瞧了个清清楚楚，当下他就明白这个年轻叫花子就是麻老五。他本想当场抓了麻老五，转念又一想，麻老五肯定是不放心前来打探虚实，自己设下这个圈套不易，干脆放长线钓大鱼，到时候来个一网打尽。他佯装不知，让穿便衣的中年汉子带麻老五去后院伙房拿吃的。果然麻老五中了圈套，晚上带人马来偷袭警察局。

朱明轩冷笑道："麻老五，徐大脚，我在这里等候你们多时了！"

麻老五青了脸，吼了一声："撤！"

可是已经晚了，四下里响起了枪声。麻老五抱住小玉就地一滚,躲过了子弹。他推了小玉一把,急道:“快跑,我掩护你!”

小玉不肯离去。这时门口的两个哨兵就要关闭大门,麻老五举枪打死了一个哨兵,另一个哨兵急忙卧倒,随即开了枪,打中了麻老五的左腿。麻老五跌倒在地。小玉吼了一声:“拿命来!”抬手一枪打死了那个哨兵,急忙抱起麻老五,失声叫道:“五哥,你咋了?”

麻老五咬牙说:“挂彩了。”摸了一下左腿,满手的血。

这时就听朱明轩的人大喊:“活捉麻老五!活捉徐大脚!”

麻老五猛地站起身,举枪打死一个喊叫最凶的警察,一把推开小玉:“快走,别管我!”

小玉痛叫一声:“五哥!”流下了悲愤的泪水。

麻老五红着眼睛催促道:“再不走就来不及了!”

小玉抹了一把泪水,带人冲出了大门。麻老五跛着腿边打边退。退到大门口,他一手扶着门框,一手举枪射击,凶狠狠地骂道:“狗日的,不要命就来吧!”冲在最前边的几个警察都做了冥间客,后边的人都卧倒在地,不敢往前冲了。

朱明轩眼看着徐小玉跑了,急了眼,大声吼道:“不要活的,往死打!”

一阵乱枪密如雨点,麻老五倒在了血泊之中。他拼尽最后的力气大声喊:“小玉,给我报仇!”

麻老五死后,依照山寨的规矩徐小玉被立为山寨之主。她派人下山打探消息,想摸清朱明轩还有什么举动。第二天打探消息的喽啰回来报告,麻老五的头被割下来挂在了县城的门楼上示众。小玉痛叫一声“五哥!”哭倒在地,众喽啰慌忙把她搀扶起来。她手指县城方向,咬牙切齿地骂道:“狗日的朱明轩,我与你不共戴天!”

是时，正值晚秋季节。每年秋收之后山寨的匪徒都要下山去吃大户，为过冬和来年春季筹集储存粮食和衣物。所谓吃大户就是抢劫，对象自然是富绅大户。徐小玉虽是女流之辈，却胆识过人。她现在被立为山寨之主，就要以山寨的利益为重。虽然她把朱明轩恨之入骨，但还是暂收复仇之心，带领人马下山为山寨筹款筹粮。

奶奶讲到这里，看了爷爷一眼，说："那时你们部队是不是刚从湖北调到陕西来？"

爷爷略一思忖，说："对着哩，新编五师刚调到陕西，我们一六八团就驻扎在乾州专署。"

奶奶说："当时听说朱明轩跑到乾州去向他表哥求救，有这码事吗？"

爷爷说："有，朱明轩那天来乾州我正好在团部。"

奶奶说："下面的事你就给娃说吧。"

爷爷磕掉烟灰："好吧。"

"徐大脚拉屎攥拳头放屁咬牙，是个厉害的角色。"爷爷这样评价徐大脚，"女人一旦狠了心比男人更凶残，女人一旦成了精那可就变成了妖魔鬼怪。"

爷爷又说："别看徐大脚是个女人，打仗很在行，简直是个天才。"

我茫然地看着爷爷，有点听不懂他的话。奶奶笑道："你爷一辈子没说过软话，今晚总算说了软话。"

爷爷讪讪笑道："我说的是实话，不是软话。"

奶奶莞尔道："我看你是让徐大脚一个伏击打怕了。"

爷爷争辩道:“最初我们可是连战连胜的。”

奶奶说:“我不跟你争了,你给娃往下讲吧。”

爷爷装了一锅烟,点燃,那淡淡的烟雾和往事一同袅袅升腾……

徐大脚扬长避短,躲开官府的锋芒,昼伏夜出专拣远离县城的村镇袭击。她打劫时使出的手段匪夷所思,令人毛骨悚然。她受够了大户人家的欺辱,因此痛恨所有的富绅。当了杆子头后,她竟然以兽性的疯狂对富家大户进行残忍的报复。她从不招惹穷家小户,矛头直指富家大户,入室后抓住掌柜当家的就扒光衣服吊在屋梁上,用竹扫帚蘸上清油点燃往身上戳,勒索银钱。遇见硬汉舍命不舍财,她也有办法对付,给财主的生殖器缠上棉花,再浇上清油,点灯。任你就是铁打铜铸的汉子也得求饶。如跑了男的那就抓内当家,用棉花搓成捻子,蘸上清油塞进下身,也点灯,就是女金刚也得屈服。闹得北原一带富绅大户人心惶惶,谈虎色变。北原县的头头脑脑也大为惊慌,急令警察局务必抓住徐小玉。

朱明轩接到命令,自思凭警察局的力量根本消灭不了徐小玉,说不定自己还会死在徐小玉手中。思之再三,他决定去向表兄彭子玉求救。是时中央军新编第五师刚从湖北调到陕西,彭子玉的一六八团驻扎在乾州市。乾州距北原一百六十里地,朱明轩带着两个随从护兵骑着快马直奔乾州求救。

傍晚时分朱明轩到了乾州市。见到表兄彭子玉他哭诉了全家被灭的惨景,请求表兄出兵相助,剿灭徐大脚。彭子玉大为震怒,咬牙说道:“匪患如此猖獗,令人发指。”随后又安慰表弟一番,让他暂且安歇,明日再商议出兵剿匪之事。

也是无巧不成书，就在当天晚上徐小玉潜入了北原县城。她此次来北原县城，目标对准的是朱明轩。她已派人打探清楚，朱明轩嫌警察局太吵闹，前些日子搬到了后街。她闻讯大喜，心中骂道："狗日的死期到了！"她胸中的仇恨一直难以释怀，稍有机会就要置朱明轩于死地。人多目标大容易走漏风声，她这次进北原县城只带了两个随从。

子夜时分，徐小玉他们进了城，随后潜入了朱明轩住的院子。院子一片漆黑，没有一星半点光亮。徐小玉这才注意到天是阴的，心里说："朱明轩这狗日的住在哪个屋？"一双眼睛四处搜寻，却啥也看不清，心里不免着急起来。

就在这时，东边屋子忽然有了亮光，接着吱呀响了一声，门开了。一个年轻女子打着灯笼走出来，奔后院茅房去了。徐小玉眼尖，借着灯光瞧见门楣上贴着"乔迁大吉"，心想十有八九朱明轩就住在这个屋。她悄声说了句："进屋去！"带着两个随从如轻风似的飘进了亮灯的屋子。

进了屋，徐小玉却傻了眼，屋子竟然空无一人，床上的红缎被子掀到一旁，散发着女人的余温。三人面面相觑，都有点不知所措。

忽然，门外响起了细碎的脚步声，年轻女人上茅房回来了。徐小玉紧握手中枪，给两个随从使了个眼色。两个随从会意地点点头，一左一右隐藏在门后。

那女人刚一进屋，徐小玉就猛地蹿了出来，黑洞洞的枪口对准了她的胸口。女人吓得目瞪口呆，手中的灯笼掉在地上，燃了起来，徐小玉一脚把灯笼踩灭了。女人醒过神来，掉头想跑，可屋门已被两个壮汉封住了，凶神恶煞似的瞪着她，她腿一软，一屁股坐在了地上。

徐小玉揪住女人的胸衣,把她提了起来,凶狠狠地问:“朱明轩哩?”

女人说话不利落了:“他……他……去乾州了……”

“你敢说谎!”徐小玉把手中的枪抖了一下。

女人吓得直哆嗦:“我……我……不敢说谎……”

“几时去的?”

“今日上午……”

“干啥去了?”

“我……我……不知道……”

徐小玉谅女人不敢撒谎,恨声骂道:“又让狗日的躲过了这一劫!”随后又问:“你是他的小老婆吧?”

女人已吓得说不出话来,哆哆嗦嗦地点了一下头。徐小玉冷笑道:“我是来杀‘猪’的,可只逮了只‘鸡’。那就拿你垫刀背吧。”

女人泣声求饶。徐小玉哪里肯饶她,低喝一声:“带走!”

两个随从用破布堵住女人的嘴,架起往外就走……

第五章

第二天，天刚麻麻亮，朱明轩的大老婆就跑到警察局哭报案情。朱明轩的副手闻讯大惊失色，急派人去乾州把案情报知朱明轩。是时，朱明轩正和彭子玉商量出兵剿匪之事。得知此消息，朱明轩哭求表兄火速出兵。新编第五师这次调到陕西，任务是要去围剿陕北红军，上峰让他们暂且待命休整。剿除土匪是地方武装的事，彭胡子本不想涉足地方上的事，加之舅舅为富不仁口碑很不好，他早有耳闻。尽管表弟哭求于他，他还是有点犹豫不决。但是徐大脚一而再，再而三地犯上作乱，激怒了彭胡子。他猛一拍桌子，说了声："不灭匪患，何以安民！"随后喊道："石头！"

"有！"爷爷应声站在彭胡子面前，身子挺得枪杆一样直。

彭胡子命令道："你带特务连去北原，务必全歼盘龙山的土匪，匪首徐大脚活要见人，死要见尸。"

爷爷不敢怠慢，当天就带着特务连和朱明轩到了北原县。

我的家乡在雍原县北乡。雍原和北原相邻，家乡距盘龙山只不过三十来里地。我去过盘龙山，沟深梁大林密人稀，当地流传着许多刀客和杆子的传奇故事。

离开家乡七年了,爷爷对一切都很感陌生,不甚了解。部队刚从湖北调到陕西,暂时驻扎在乾州。乾州距雍原不到二百里地,说远也不远。他本想等到部队驻扎稳定后再回家去探望父母弟妹,几年别离,他十分想家。可他想到离家时说了大话,娶不上媳妇混不出个人样来就不回家。现在虽然当上了连长,可媳妇还不知道在哪儿呢。他觉得回去无颜见“江东父老”,因此他迟迟没有回家。没想到突然接到剿匪的命令,他是军人,服从命令是天职。他在心中暗暗打定主意,剿灭了这股土匪,无论如何也要回家去看看。

一路上爷爷向朱明轩详细询问匪情。他原以为徐大脚是个彪汉,一打问这才知道徐大脚是个年轻女人。他惊讶不已,心里说,离家几年家乡竟然出了个女匪首。他在心中暗暗嘲笑朱明轩,堂堂一个县警察局长连一个女人都斗不过,真是丢人!

再后的闲谈中,爷爷这才知道朱明轩的老家朱家寨虽然与自己家乡贺家堡不属一县管辖(朱家寨隶属于北原县,贺家堡隶属于雍原县),但相隔只有七八里地。他本想跟朱明轩打听一下家里的情况,可转念一想,朱家是富绅大户,自己家是穷家小户,素无往来,此时跟朱明轩打听家里的情况,闹不好朱明轩还以为他想攀高枝。他是个耿直刚烈的汉子,不愿别人误解他,便打消了这个念头。

爷爷来到盘龙山,仔细察看地形,见地势险要,易守难攻,不能贸然进攻,便按兵不动。朱明轩却坐立不安,不住地催他攻打盘龙山。爷爷有点不高兴地说:“朱局长,盘龙山地势险要,易守难攻,只能智取,不可强攻。”

朱明轩急道:“我老婆还在徐大脚手里呢。”

爷爷不以为然地说："据我所知，土匪绑花票，一是做压寨夫人，二为钱。徐大脚是个女人，她不需要压寨夫人。朱局长不妨使些钱把你姨太太赎回来，这也是缓兵之计，一旦有时机咱就打他个锅底朝天。你看咋样？"

朱明轩无法可想，只好让人上盘龙山与徐大脚讲和。徐大脚给花票开出了五千大洋的高价。朱明轩咬牙忍痛凑足了五千块大洋，让人送上山赎人。没想到徐大脚收了银洋还不肯放人。

徐大脚让人把朱明轩的小老婆带过来，瞥了一眼站在身边的二头目彪子，问道："这个花票漂（漂亮）不漂？"

彪子不知其意，随口答道："漂。"

"你想不想玩她一回？"

彪子嬉笑起来。他二十啷当岁，黑黑明明都做娶媳妇的美梦。看着眼前的漂亮女人，他心里直痒痒，巴不得娶她做媳妇。

徐大脚说："你傻笑啥，想不想玩她？"

彪子虽是山寨的二头目，可他知道女寨主的凶狠，哪敢说实话，只是傻笑。

徐大脚冷冷一笑："你把她给我干了！"

彪子以为听岔了耳朵，呆眼看着徐大脚。徐大脚恼火了："看我干啥，耳朵聋啦！把她给我干了！"

彪子看出徐大脚是真要他干这个漂亮的年轻女人，大喜过望，上前就拉那个女人。女人泣声求饶，彪子像只发了情的公狗，不管女人怎样求饶，拉着她的胳膊往屋里拖。徐大脚想起了朱大先生欺辱她的情景，心中怒火又添，她要以百倍的疯狂报复朱家。她又冷笑一声："别进屋，就在这里干！"

彪子略一迟疑，随即脱了裤子，又扒光那女人的衣服。女人哭喊着拼命挣扎,彪子野兽似的把女人压倒在脚地就干了起来。女侍们见此情景都转身走开了,男匪们围成一圈瞪大眼睛看西洋景。送赎银的老汉是女人的叔父,他跪在一旁双手掩面放声大哭……

彪子干罢刚要穿裤子,徐大脚收住笑声,抡起手中的马鞭就抽他的光屁股。他被打傻了,龇牙咧嘴地叫着,却不敢躲避……

女人回到县城的当天晚上就上吊自尽了。朱明轩悲愤交加怒火填胸,当即就催爷爷发兵。爷爷也是一腔怒火,是可忍,孰不可忍!徐大脚不除,北原民众无有宁日。可他考虑到,如果强攻盘龙山,仅靠他的特务连和朱明轩那点人马是远远不够的。兵法云:十倍围之。他的兵力不足徐大脚的两倍,况且山上沟壑纵横、林深草密,土匪在暗处,他们在明处,吃亏的肯定是他们。思之再三,他劝朱明轩暂忍一时之气,寻机再战不迟。朱明轩却不听他的劝阻,愤然道:"不割谁的肉谁不疼,指靠谁都不如指靠自个儿。"怒气冲冲带着他的人马去攻打盘龙山。

早有探子把消息报上了盘龙山,徐大脚闻讯冷笑道:"有种的你们就来吧,姑奶奶陪你们玩玩!"

朱明轩的人马刚进盘龙山就遭到了徐大脚的伏击,只逃出了十几个命大的。朱明轩冲在前头,没逃出来,被枪子打成了马蜂窝。

爷爷闻讯大吃一惊,急忙报知彭胡子。彭胡子也十分震惊,他恼羞成怒,亲自带一个加强营来到北原县。他把爷爷训斥了一顿,一仗未打就让朱明轩丢了性命,到底是怎么搞的?!爷爷知道彭胡子正在火头上,吓得一声也不敢吭。

第二天,彭胡子兵进盘龙山。到了盘龙山,但见沟壑纵横,林木丛生,不见路径人迹。此时彭胡子才明白爷爷迟迟不进兵的原因,朱明轩为啥丢了性命。可他哪里肯善罢甘休,他吸取教训,步步为营向盘龙山深处进兵。

早有探子把彭胡子进兵盘龙山的消息报给徐大脚。徐大脚虽是女流之辈,也没读过《孙子兵法》之类的书,却很懂游击战术。她见彭胡子来势汹汹,人多势众,就不跟彭胡子的部队硬碰硬,打得赢就打,打不赢就跑,玩起了捉迷藏的游戏。盘龙山地处陕甘交界,方圆数十里,山虽不高,但梁多沟深林密,地形复杂。她对这一带地形十分熟悉,跑起来如行水流云,飘忽不定。彭胡子的部队进了盘龙山,如老牛掉进了井里,有力没法使。他们费了九牛二虎之力,却很难找到徐大脚的踪影,反而常常被徐大脚的人马偷袭,折了不少兵卒。彭胡子没想到自己一个加强营竟然对付不了一个女土匪,他十分恼怒,夜不成眠,几天的时间鬓角添了不少白发。就在这时,爷爷给他献了一计……

第六章

那天晚上，爷爷来到彭胡子的指挥部，彭胡子大口抽烟，屋子着了火似的烟雾弥漫。彭胡子看了爷爷一眼：“石头，有啥事？”

爷爷说：“团长，这么打不行。“

彭胡子一怔，随后瞪眼看着爷爷：“这么打不行，你说咋打？”

爷爷说：“这一带塬大沟深梁多林密，徐大脚是本地人，对这一带地形十分熟悉，她的人马钻进沟壑里犹如芝麻掉进了草丛中，很难寻找。徐大脚占尽了地利之便。敌在暗处，咱在明处，咱们虽然兵多势众，却是拳头打跳蚤，越急越打不着。咱们应该以己之长攻敌人之短。”他说到这里钳住了口，看着彭胡子。

彭胡子频频点头：“石头，说下去说下去。”

“徐大脚现在跟咱玩捉迷藏的把戏，咱们就陪她玩一回，咱们把部队分成数十支小分队，篦子梳理头发似的把盘龙山的沟沟壑壑梳理一遍，看她徐大脚这个悍匪还能躲藏到哪里去！”

彭胡子哈哈笑道：“石头，大有长进啊！”

爷爷挠着头，嘿嘿一笑说：“我这也是跟团长你学的。”

彭胡子拍着爷爷的肩膀：“好好干，别让我失望。”

“是！”爷爷的身板挺得笔直……

彭胡子采纳了爷爷的意见，把兵力分成了数十支小分队，篦子梳理头发似的搜索徐大脚的人马。徐大脚没想到彭胡子来了这一手，乱了方寸。迷藏捉得很失败，半个多月下来，折了几十名匪卒。她着了忙，不与彭团硬碰硬，当即撤离了老巢。她是当地土著，对这一带地形了如指掌。北原县西邻甘肃，处于陕甘两省交界的偏僻之地。她和政府对抗多年，积累了经验，打得赢就打，打不赢就跑，陕甘两省都有她的眼线，跑起来如行水流云，很难寻着她的踪影。

彭胡子是雍原人，雍原和北原相邻，也算是土著，对这一带地形当然也很熟悉。他部下的官兵有近半数都是这一带人，自然都熟悉这里的地形。虽然这一带塬大沟深梁多，但是以一团之众下气力搜寻，逮几只狐狸和狼也不是什么难事。彭胡子是下决心要剿掉徐大脚的。徐大脚惶恐了，知道遇上了克星，带着残兵败将急忙撤出陕西境内，向西北方向的甘肃逃窜。彭胡子正准备集中兵力追剿，又有急令传来，让他火速北上陕北，围剿共产党的军队。接到命令，彭胡子很是懊丧。他向来对土匪恨之入骨，其原因是他的祖父死于土匪之手。

彭家在雍原北乡是有名的大户，大户历来是土匪打劫的主要对象。彭胡子十二岁那年，一股土匪抢劫了他家。那是深秋的一个夜晚，他睡得正香，被父亲叫醒了，只听祖父大声喊叫："土匪来咧，快上炮楼！"一家人上了炮楼，可他的祖父跟土匪拼搏，寡不敌众，被土匪擒住。他的祖父是个硬汉子，宁折不弯，被土匪活活烧死了。他在炮楼上目睹了这惨烈的一幕。后来他投笔从戎，暗暗在心中发誓要为祖父报仇雪恨。队伍每次剿匪，他都冲锋在前。他把所有的土匪都当作烧死他祖父的仇人，置于死地而后快。这次围剿徐大脚虽说不是他的初衷，可徐大脚一而再，再而三地犯上作乱，杀了他舅家全家，把他完全激怒了，真是是可忍，孰不可忍！他全力以赴，精心设谋。眼看徐大脚的人马节节败退，已是秋后的蚂蚱，蹦跶不了几天了，可偏偏在这节骨眼上来了急令。没有剿灭徐大脚，他心里实在不甘，但上峰的命令不能违抗，思之再三，便命令特务连跟踪追击，务必全歼徐大脚的人马。

特务连是彭团最精锐的部队，彭胡子让特务连追剿徐大脚意在速战速决，再则他想把这个功劳让给爷爷，好让爷爷今后晋升有块垫脚石。爷爷明白彭胡子的用心，十分感激彭胡子对他的信任和器重，当即率领特务连跟踪追击。爷爷反复算计过，徐大脚的残兵败将充其量也就七八十号人，一个装备优良的特务连对付七八十号逃亡土匪还不是以石击卵，小菜一碟。他万万没有料到小沟里翻了大船，他的特务连钻进了徐大脚设下的圈套，险乎全军覆没……

第七章

下弦月挂上了树梢，昏黄的月光把一伙孤鬼似的黑影钉在一片荒漠上。为首的年轻军官身材高挑，军衣破旧，染满了斑斑血迹，一根牛皮武装带把疲惫的身躯扎出几分精神来。他手提盒子枪，一脸的惊慌、沮丧和不安，木桩似的戳在那里，呆眼望着响枪的方向。他就是我的爷爷贺云鹏。

西北方向枪响如同爆豆，夹杂着喊杀声，震得爷爷一伙连连打战。好半晌，黑影中有人发了话："连长，咱们撤吧，大炮他们怕是完㞞了。"

爷爷惊醒过来，看清说话的是三排长刘怀仁。他是陕北人，说话鼻音很重。前边说过，就是这个刘怀仁快四十岁了才当上排长。爷爷曾在他手下当过兵，对他很尊重。爷爷对全连的官兵都直呼其名，唯独把刘怀仁称"老刘"，向来对他的意见和建议都慎重对待。可此时，他不容置疑地说："再等等！"

刘怀仁不再说啥。

时间一秒一分地过去了，似乎过去了一百年，其实只有十来分钟。刘怀仁忍不住了，又开了口："连长，这里不能久停。走吧，常排长和大炮他们突出来会追上来的。"

爷爷没有吭声。

常排长名叫常安民，跟爷爷是一个村的。他跟着爷爷一块出来吃粮当兵，现在是特务连二排排长。“大炮”是一排黄来福的绰号。特务连钻进了徐大脚的包围圈，若不是常安民带领二排“调虎离山”，黄来福率一排拼死掩护，他们一伙恐怕都已经做了鬼。

这一仗实在败得太惨了，完全出乎了爷爷的意料。爷爷原以为消灭这伙残匪费不了多大的劲，虽无鹰拿燕雀之易，但也决无牵牛下井之难。徐大脚撤出陕西，沿着甘肃和宁夏的交界线往西北方向逃窜，时而甘肃，时而宁夏，行迹不定。爷爷回忆说，他完全可以罢兵不追，可那时他昏了头，穷追不舍，不顾一切地跟踪追击，想全歼徐大脚这股顽匪。

这天中午他们追到一个叫沙口店的小镇。爷爷抬头看看，已是日悬中天，队伍已十分疲惫，爷爷便命令队伍打尖，稍事休息。

沙口店不大，有百十户人家，五六百口人。特务连开进小镇，立刻就引起了极大的轰动。人生地不熟，爷爷保持着高度的警惕性，派出侦察班去侦察匪情。

士兵们刚刚放下碗，侦察班派人回来报告：西边发现徐大脚的人马出没。爷爷当即命令队伍立即出发。追出三里多地，果然远远看见徐大脚的人马。队伍加速前进，可土匪似有察觉，跑得也快了。说来也真是奇怪，他们追得快，土匪跑得也快；他们追得慢，土匪也就跑得慢。追了大半天，土匪一直在他们眼皮底下，就是抓不着。爷爷心中疑惑，怀疑徐大脚在引诱他们，想打他们埋伏。可他环顾四周，周围并没有树林山峦，只有一座大沙丘，大馒头似的耸立在那儿，光秃秃的，只长着些许沙柳。爷爷释然了，心想，徐大脚撤离了老窝，好比蛟龙离了水，猛虎离了山，加之又连吃败仗，如今是丧家之犬，何惧之有？想到这儿，爷爷放了心，大着胆子拼命地追。傍晚时分，他们追到了一条大沟，徐大脚的人马钻进了沟，他们特务连也追进了沟。进了沟太阳就跌进了窝，徐大脚的人马突然钻进地缝似的无影无踪。他们似一群长途跋涉的猎犬，找不着猎物急得团团转。

这时天色昏暗下来，可眼前的景物还依稀可见。爷爷环顾四周，只见两边陡壁如斧劈刀削一般，沟里杂草丛生，深不可测。他心中一惊，倘若这里有一支伏兵如何是好。这个险恶之地绝对不可久留。他刚说了声："撤！"可为时已晚。四下里突然响起了密集的枪声，喊杀声一片，夜幕里不知隐匿着多少人马，堂堂的国军士兵都成了活靶子，麦捆似的往下倒。没中弹的乱成了没头苍蝇，到处乱窜。爷爷心中大骇，但到底久经战阵，最先醒悟过来，明白是中了埋伏。他急忙伏下身，命令队伍就地卧倒，不要慌乱。起初他以为敌方是共产党的游击队，他们曾多次和游击队交过火，后来他从密集的枪声中听出不是共产党的游击队，游击队绝没有这样猛烈的火力。似乎也不是徐大脚的人马，徐大脚已溃不成军，也不会有这样猛烈的火力。难道徐大脚与这里的杆子勾上了手合伙打他们的埋伏？只有这种可能！爷爷想到这里，起了一身的鸡皮疙瘩。不能束手待毙，要突出重围！爷爷身先士卒，率队突围。可敌方火力十分凶猛，几次冲锋都被拦了回来。

三个排长趴在爷爷身边，急问怎么办。爷爷临危不惧，压低嗓子说："看来硬拼不行，咱得想个法子。"

刘怀仁急忙问："连长，有啥好办法？"

爷爷说："咱们声东击西，分开敌人的兵力。"

"连长，你就下命令吧！"二排长常安民说。

爷爷当机立断，下了命令："安民带二排往沟南突围，我和老刘带三排往沟北突围，大炮的一排跟随三排，掩护断后。冲出包围圈在东北方向的大沙丘处会合。听清楚了没有？"

三个排长异口同声："听清楚了！"

临分手时，二排长常安民忽然说："连长，你们慢一点行动，我先走一步。"

爷爷一怔，随即明白了常安民的用心，拉住他的手叫了声："安民，我的好兄弟！"眼睛就潮湿了。

那年爷爷去当兵吃粮，走出村子不远忽听有人喊叫他，扭脸一看，是常安民。常安民比爷爷小一岁，弟兄五个，家中十分贫寒。是时，他给村里一家大户扛活，正扶犁耕地。

"石头哥，干啥去呀？"

"当兵吃粮去。"

"我也跟你去。"常安民扔了手中的鞭子。

"你给人家扛活着哩。"

"管屎他哩，老子早就不想干了。"

"那你回去给你爹妈说一声吧。"

"不说了。我爹妈巴不得我走哩。我走了，家里少一个端老碗吃饭的。"

就这样常安民跟着爷爷当了兵。爷爷当了排长，他当上班长；爷爷当了连长，他当了排长。俩人相处得跟亲兄弟似的。在这生死攸关的关键时刻，常安民奋勇请缨，要把土匪引开。爷爷眼眶涌出了泪水，拉住常安民的手不肯松开。

常安民抽出手来："石头哥，我爹我妈那里你替我多照顾点。"遂带领二排喊着冲杀声，往左突围。

爷爷冲着常安民背影喊:“安民,在大沙丘那达我等着你!”

是时,徐大脚和当地的杆子头陈元魁联起了手。陈元魁有二百多号人,兵强马壮,且以逸待劳,设下了埋伏,企图把爷爷的特务连一口吞掉。爷爷虽然对敌方的情况知之甚少,但身置险境,对敌方的企图看得一清二楚。爷爷哪里肯甘心束手待毙,他走这一着险棋,拼个鱼死网破,以求死里逃生。

徐大脚和陈元魁的注意力果然被常安民吸引过去了。爷爷急带一、三排往右突围,三排在前,一排在后。徐大脚和陈元魁不是平庸之辈,注意力虽然集中在左边,但也没放松右边。他们设下这个圈套费了九牛二虎之力,就是要全歼特务连。爷爷的特务连是块硬骨头,不是徐大脚他们想吃就能吃掉的。爷爷他们拼命杀开一条血胡同,子夜时分总算冲出了包围圈。来到大沙丘前时一个排只剩下了十来个人。

爷爷看了看身边的士卒,心里一阵发痛。他侧耳细听,左边的枪声依然响得很紧,看来常安民的一排凶多吉少。不知黄大炮他们怎么样了?按时间推算,他们应该跟上来,可怎么还不见踪影?是不是全完屎了?想到这里,爷爷禁不住打了几个寒战,沁出了一身的冷汗。

忽然,传令兵王二狗喊了声:“连长,黄排长他们回来了!”

爷爷急忙转脸看,只见一排长黄来福猫着腰慌慌忙忙跑了过来,犴牛似的喘着粗气。爷爷急忙问:“大炮,回来了多少?”

黄大炮用衣袖抹了一把脸,回头一指身后,懊丧地说:“就剩他们几个了。”

爷爷举目看,也就七八个人吧,心里不禁又是一痛。半晌,又问："二排的情况咋样？"

黄大炮摇头说："不清楚。徐大脚的人马都往左边去了，我们这才撤了出来。"

爷爷不再说啥，侧耳再听，那边的枪声渐渐稀落下来，自思常安民他们凶多吉少。黄大炮忽然说："连长，我们抓了几个俘虏。"

爷爷定睛细看，几个士兵押着几个俘虏，月色中看不清眉目，只看得清俘虏反剪着手，身影较瘦弱，看样子是几个体质差的土匪。

"四个，都是土匪婆。"黄大炮在一旁指点说。

原来是女匪！爷爷有点诧异。一一细看，四个女匪都被破布塞了嘴巴，倒剪着双手，对他怒目而视，毫无惧色。爷爷知道徐大脚的护兵和贴身侍卫都是女的，能把她们俘虏真不容易，说明徐大脚也到了山穷水尽的地步。

黄大炮请示爷爷："连长，咋处置她们？"

爷爷略一思索，手一挥："带走！"

刘怀仁在一旁说："那咱们撤吧？"

爷爷还在迟疑。刘怀仁明白爷爷的心思，沙哑着嗓子说："连长，撤吧！这地方不能久停，常排长是个精明人，若能冲出来，就一定会跟上咱们的。"

爷爷朝响枪的方向又凝视片刻，那一刻，他的心情十分沉重。等吧，常安民排若是全军覆没了，等也是白等，还会耽搁了时间。闹不好徐大脚的人马还会追过来，凶多吉少。不等吧，常安民排若是突出来，找不着他们怎么办？他实在举棋不定。

黄大炮也催促爷爷："连长，撤吧！"

有道是：义不养财，慈不带兵。爷爷终于狠下了心，咬牙说了声:“撤!”

一伙残兵败将押着四个女匪向月亮升起的方向奔去。爷爷走在最前面,刘怀仁紧跟在他身后,黄大炮依旧断后。爷爷大步流星疾速走着。他十分清楚还没有脱离险境,想尽快把部队带离虎口。他身后的人马有点体力不支,渐渐地跟他拉开了距离。忽然,身后一阵骚乱,爷爷急止脚步,回首问出了啥事。

原来是个女匪挣脱了绑绳,从挨她身边走的士兵腰间拔出了刺刀,捅死了那个士兵企图逃跑,被黄大炮疾步赶上,一刺刀从后背捅了进去。爷爷赶到近前时,黄大炮拔出了刺刀,那个女匪还没死,瞪着眼睛恶狠狠地盯着黄大炮破口大骂。黄大炮窝着一肚子火正没处发泄,恼怒地骂了句:“操你妈!”爷爷一把没拦住,黄大炮端起枪又是一刺刀,随后又有几把刺刀捅在女匪的躯体上,鲜血咕嘟咕嘟地直往外冒。女匪身子晃了几晃,倒在了脚地,两只眼睛瞪得滚圆。爷爷浑身一颤,扭过脸去。当兵吃粮以来,他以硬汉闻名全团,少说也杀过十几个人,在阵地上见到的死尸更是不计其数,可眼睁睁地看着一伙汉子杀女人还是头一回。他心里有点刺痛。

黄大炮拔出刺刀,恶狠狠地说:“连长,把这三个土匪婆干脆都宰㞗算了!”

士卒们都乱嚷嚷:“连长,把这几个臭娘儿们宰了!”

余下的三个女匪都瞪着眼看爷爷,一脸的惊恐和仇恨。爷爷皱着眉,半天没吭声。此时他心乱如麻。原想一个特务连对付几十号残匪不用费多大的劲,没料到中了圈套,几乎全连覆没,回去怎么跟团长交代?好歹抓了徐大脚身边几个女匪,多少总算挽回了一点面子,回去也好跟团长有个交代。眼前的事一发生,他倒真动了杀心。他走过去,咬着牙,怒目瞪着三个女匪。三个女匪目睹了同伙的死亡,惊恐化作了仇恨,以牙还牙地怒目瞪着他,似乎早已将生死置之度外。爷爷不禁心里一震,暗暗称奇。在他二十五岁的生涯中,还从没见过如此不怕死的女人,不由得生出几分怜惜之意。他徐徐吐了口胸中愤懑之气,举目看看苍穹。天色青蓝,一钩残月挂在半空,月色暗淡,东方渐露鱼肚白色。再环顾四周,空旷寂寥,没一点声息。忽然,他发现走的方向似乎不对头,心里叫声:"糟了!"两道浓眉拧成了两个墨疙瘩。

黄大炮又催问一声:"连长,咋办?"他手中的刺刀紧对着一个女匪的后背,只等着爷爷下令。

爷爷发出了命令:"带走!"

黄大炮一怔:"连长,带上她们是累赘。"

"执行命令!"爷爷的脸色很不好。

"是!"黄大炮很不情愿地去执行命令,把捆绑女匪的绳子紧了又紧。

爷爷讲到这里,慢慢磕掉烟灰。沉默片刻,爷爷说,他发现走的方向不对头就知道糟了,可到底有多糟,他不知道。直觉告诉他,这几个女俘很可能对他们有至关重要的作用。所以黄大炮提出要杀女俘的要求被他坚决阻止了。后来,事实证明爷爷的直觉是十分正确的。

第八章

东方破晓。

一朵红霞在天边燃烧起来,红火球似的太阳从燃烧的霞光中脱颖而出,夜幕瞬间化成一片灰烬。

爷爷大吃一惊,目光发痴,呈现在他眼前的是一望无边的大戈壁。追捕这股顽匪他们在黄土高原上疾行了八天九夜,所到之处虽然沟壑纵横,但时值盛夏,满目都是绿色,村庄也随处可见。可此刻一眼望去,一片褐黄色,除了鹅卵石就是沙丘,看不到树木庄稼,更别说村庄人影了,只有几丛沙柳、骆驼草当风抖着。他虽是北方汉子,看惯了大自然的苍凉景象,但还是被眼前的荒蛮惊呆了。

黄大炮一伙浑然不觉,在后面推搡着三个女俘说着荤话寻开心。这伙丘八刚从死人堆里爬出来就忘掉了一切。他们倒也能随遇而安,同时也急需另一种刺激提神。此时他们不遮不掩地露出了雄性动物的本色,一开口就奔下道。

爷爷是个比较严谨的人,平日里带兵要求极严,是不容许士兵在女人面前行为放肆说荤话的。可这会儿他心事重重,顾不上理会这些。黄大炮却没看出爷爷的脸色,大声嚷道:“大哥,你给评评，这三个土匪婆哪个最漂亮？”

黄大炮是乾州人，乾州与雍原相邻，不用套近乎，黄大炮和爷爷也是乡党。他没当兵之前给一个吴姓财东扛长工。吴财东财大气粗，年过六旬，老婆也娶了六房。那个六姨太比吴财东小了四十多岁，年仅十八，而且跟大炮是同村。六个老婆吴财东哪里顾得过来，六姨太难免受到冷落。寂寞难耐，六姨太便去找同村的年轻长工谝闲传。三来两往的俩人缠绵在了一起。没有不透风的墙，这事很快就被吴财东发现了。吴财东勃然大怒，把黄大炮抓住打了个半死，把六姨太卖到了妓院。黄大炮本来就是个火暴脾气，哪里肯咽下这口恶气。伤好之后，他给吴家放了一把火，随后当兵吃粮去了。

黄大炮穿上军装后，和爷爷同在刘怀仁的班里当兵。最初，他和爷爷尿不到一个壶里，常因一些鸡毛蒜皮的小事和爷爷吵架。一天爷爷打洗脸水，他说爷爷把水洒在了他的被子上。俩人吵了起来，后来动了手，谁也拦不住。爷爷的头发被他揪下了一撮，脸也被抓破了。可他更惨，鼻血涂得满脸都是，躺在地上大口喘着气，半天起不来。最终，他挣扎着站起身来，谁都以为他要和爷爷拼命，没料到他冲着爷爷抱拳，说道：“大哥，我服你了。往后我听你的。”

黄大炮和爷爷真是不打不相识。从那以后，他俩成了十分要好的朋友，爷爷的话他言听计从。再往后，爷爷当了连长，他也当了排长。特务连的人都说他和常安民是爷爷的左右臂膀。他为此常常扬扬得意。

爷爷说，黄大炮性子暴，脾气躁，说话嘴边不站岗，还有爱玩女人的毛病，可他心眼并不坏，打仗很勇敢，办事公私极为分明。在下边黄大炮把他叫“大哥”，在正式场合喊他“连长”。或者说，若是黄大炮把他喊“连长”，那肯定是公事；若是喊他“大哥”，一定是私事。

那时，黄大炮让爷爷评判三个女俘哪个最漂亮，叫爷爷“大哥”。黄大炮果然如爷爷所说那样“办事公私极为分明”。评论女人的美丑绝对不是公事。

“大哥，我给这三个土匪婆编了号，这是一号，这是二号，这是三号。”黄大炮一脸邪笑，给爷爷一一指点。

昨晚月色下看不清女俘的面容，此时在早霞的映照下看得清清白白。被黄大炮编为一号的女俘最年轻，十八九岁，一条镢柄独辫油黑发亮，鹅蛋脸白里透红，两颊嵌着酒窝，虽怒似笑，不由得人生出怜香惜玉之意；一双黑葡萄似的眸子里溢满着野性，身材高挑，体健却不失窈窕；一条绳索捆了个交叉十字花，把一对原本就十分丰满的乳房勒得似要挣破衣服。编为二号和三号的两个女俘都在二十四五岁，比一号明显逊色一些，腰身粗壮了些，脸膛红黑了些，但五官都很周正，辱没不了“俊俏”这个词，且都丰乳肥臀，很有诱惑力。只是因为一号女俘太出色了，才使得她们黯然失色。爷爷忍不住也多看了一号女俘几眼，觉得她很眼熟，好像在哪里见过。想了半天，没想起来，他在心里嘲笑自己看花了眼，自己怎能见过她呢。一号女俘见爷爷看她，也瞪眼看爷爷，毫不示弱。爷爷觉得自己的目光有点放肆，不好意思了，撤回了目光。

一号女俘的秀色无可争议，黄大炮与三排长刘怀仁为二号和三号的排序有了异议，并因此发生了争执。刘怀仁说三号应该是二号，二号只能是三号。俩人为此争得脸红脖子粗，其他人在一旁起哄邪笑。传令兵王二狗也跟着傻笑。

黄大炮一把拽过王二狗，坏笑道："二狗，让这两个女人给你做媳妇，你挑哪一个？"

王二狗十六岁，嘴唇上刚刚生出黄茸茸的嫩毛，一脸的娃娃相。他看着两个女人，小圆脸涨得血红。刘怀仁在一旁笑道："二狗还毛嫩哩，不知道女人是啥滋味。"

"二狗，你想吃奶吗？来来来，尝尝是啥滋味。"黄大炮按住二狗的脑袋往胸脯挺得最高的二号女俘怀里推。二狗躲闪不及，脑袋撞在女俘的丰乳上。一伙人都大笑起来。

王二狗羞得满脸通红，向爷爷求救："连长！……"

爷爷回过头来，见黄大炮闹得实在不像话，冷着脸训斥道："大炮，正经一点！也不看看是啥时候了，还要二杆子！"

黄大炮一怔，这才发现爷爷的脸色很难看，急忙松开了王二狗。其他人见爷爷恼了火，也都赶紧噤了声。爷爷冲黄大炮和刘怀仁招了一下手，朝一旁走去。黄、刘二人相对一视，明白爷爷有话要对他们说，尾随过去。

爷爷走出十来步，站住脚。两个下属一左一右站在他身旁。爷爷环顾一下四周，声音低沉地说："咱们走错了方向。"

黄大炮抬眼看看跃上地平线如火球般的太阳，很自信地说："没错。咱们来时是向西，现在是往东，咋能走错？"

爷爷指了一下大戈壁："咱们来时没经过这地方呀。"

刘怀仁环顾四周，半晌，疑惑地说："是有点不对头，咱们好像走进了戈壁滩？"

爷爷点了一下头，他所担忧的就是误入戈壁滩。

"咱们现在在啥位置？"刘怀仁问。

"二狗！"爷爷喊了一嗓子。

王二狗跑了过来。他穿着一身与身体极不相符的宽大军装，左肩斜挎着干粮袋，右肩斜挎着公文包。这两样东西把他装扮得很像一个兵。昨晚一场恶战，许多壮汉都丢了性命，可他却没少一根汗毛。他真是福大命大造化大。

“把地图拿出来！”

王二狗从斜挎在身上的公文包拿出地图摊开。几双眼睛看了半天，都弄不清楚他们现在在什么地方。爷爷想确定一下方向，伸手去掏指南针，却摸遍全身的衣兜都没找着。昨晚一场恶战，指南针不知何时弄丢了。他沮丧地叹了口气，抬眼远望，扑进眼帘的是白花花一片的盐碱地，不敢多看，多看了眼都花。这个鬼地方是哪儿？是甘肃的大戈壁？还是宁夏的大荒漠？该不会到了口外吧？爷爷十分茫然，回过头来，只见刘怀仁和黄大炮也面面相觑，他们更是弄不明白到了啥地方。爷爷心中十分惶然，自己现在在啥地方都弄不清楚，还往哪里走哩?!

黄大炮嘟囔道：“这屎地方该不会是新疆的大沙漠吧？”

刘怀仁说：“不会是新疆，从来时的方向和行军的速度来看，可能是甘肃，也可能是宁夏。”

这话等于没说。

爷爷的目光射到了几个俘虏身上，决定审一审俘虏，摸摸情况。

爷爷让人给女俘们松了绑。十几条汉子刀枪在握，她们三个就全都是魔头，也插翅难逃。爷爷下意识地整了一下军装。他向来很注重自己的军人仪表，现在面对三个女俘也不例外。

三个女俘活动着麻木的胳膊，面无表情地呆望着爷爷。爷爷是典型的关中汉子，高个头，四方脸，浓眉大眼，鼻直口阔，嘴唇生出一圈浓密的短须；一身戎装被汗水渍得变了颜色，倒也整齐，肩头一杠三星的上尉军衔十分醒目，腰扎武装带，斜挎盒子枪，英武剽悍，不怒自威。他叉开双腿，双手叉腰，干咳了一声，刚要开口，忽然意识到站在他面前的不是他的部下士兵，而是女俘。他略一思忖，换了个姿势，两手背在身后，来回踱着步，尽量把语气放得和蔼一些："我知道你们都是良家妇女，是被徐大脚抓去当土匪的。我们是国军，不杀妇女。"

三个女俘冷眼看着爷爷，显然都不相信他的话。爷爷明白她们的心思，顿了一下说："你们那个同伙先动手杀了我们的弟兄，我们这才动手杀了她。你们只要老老实实跟随我们走，我们不会为难你们的。"

三个女俘还是冷眼看着爷爷。

爷爷又缓和了一下口气，问道："你们谁知道这地方叫什么名？"

没人回答。

"你们不用害怕，说出来我们不会为难你们的。"

还是没人吭声。

爷爷在三号女俘面前站住了脚（为了叙述方便，咱们暂且按照黄大炮的编号称谓三个女俘），说道："你说吧，我们保证你的生命安全。"

三号女俘凶狠狠地瞪着眼喊道："要杀就杀，要毙就毙，姑奶奶我啥都不知道！"

爷爷肚里的火腾的一下就上来了，脸也变了颜色。他咬了咬牙，把蹿上心窝的火气又压了回去。他转脸想审问二号女俘，只见二号女俘很妩媚地看着他，眼波充满着暧昧。他心里不由得咯噔了一下,意识到这个女匪不寻常,很难从她嘴里得到有用的东西,便打消了审问她的念头。

爷爷最后来到一号女俘面前。他上上下下仔仔细细把一号女俘又打量一番,越看越觉得眼熟,可就是想不起在哪里见过。

我忍不住问:“你以前到底见没见过我婆?”

爷爷笑道:“见过。”

“在哪儿见过?”我喜欢刨根问底。

爷爷说:“你婆先前在一个马戏班子耍马戏,那个马戏班来过咱们村。你婆的艺名叫红刺玫,长得十分心疼(漂亮)。那时她穿一身红衣红裤,骑一匹红马,手提一把三尺青锋剑,一出场就把所有的目光勾住了。一场演下来,我把手掌都拍红了……”

爷爷的烟锅冒着淡淡的青烟,他望着袅袅升腾的青烟出神,似乎回到了昔日的岁月里……

我转脸去看奶奶,奶奶停下了手中的活,目光也似爷爷一样,看着灯火出神。她也在追忆自己的美好年华。

我却耐不住寂寞,又追问爷爷:“那时你跟我婆拉过话吗?”

爷爷回过神来,笑道:“没有。你婆那时用现在的话说是大明星,根本就不正眼瞧我。”

我为爷爷鸣不平:“婆,你的架子也太大了。”

奶奶笑道:“别听你爷爷瞎说,婆那时是挣口饭吃。骑马舞剑马虎不得,一不留神掉下马来不摔断胳膊腿,也会摔得头肿面青,就讨不到赏钱,还要挨班头的骂。别说你爷爷,就围观的那堆人在我眼里只是一大堆木头疙瘩,我那时心和眼都在马和剑上。”

爷爷说:“你婆那时名声响得很,人们都说北原地面出了两个巾帼英雄，一个是徐大脚，一个就是你婆红刺玫。”

爷爷又说：“你婆当了我们的俘虏，我看她十分面熟，可就是想不起在哪儿见过她。我们突出重围后，我的脑子里乱成了一团麻，根本就理不出个头绪来。”

爷爷接着往下讲……

一号女俘的秀色让爷爷大动恻隐之心。他真是想不明白，这个女子正在妙龄，而且长得天仙般漂亮，怎么当了土匪？他打心底里替一号女俘感到惋惜，用少有的温和语气问：“你叫啥名？不用怕，说出来我马上就放了你。”

一号女俘标致的面庞流露出不信任的神色，一双凤眼眨巴着，显然在权衡。爷爷自然看出了端倪，赶紧又说：“我是这里的头，说话算数。只要你说出来，我就放你走。”

一号女俘的目光柔和起来，嘴唇微微启动，但还是不开口。爷爷又说：“你年纪轻轻，长得又漂亮——真是太可惜了。”他话中的意味谁都能听得出来。

一号女俘的神情有了变化。爷爷看出她的心有点活动了，又趁热打铁：“你家中有父母兄弟姐妹吧，他们等着你回家团聚呢。说吧，说出来我就放你回家。”

一号女俘抬起目光看着爷爷，没想到三号女俘大喊大叫起来：“别听信他那一套，你说出来命就丢了！”

一号女俘的目光疑惑起来。三号女俘又喊：“他们杀死玉娴你没看见！他们的话不能信，他在诱骗你哩！”

一号女俘的脸色陡变，目光霎时又凶狠起来，不再看爷爷。爷爷心头的火苗又蹿了起来，真想一枪崩了三号女俘。他把枪把攥了攥,最终还是强按住了心头的怒火。小不忍则乱大谋,这个道理爷爷懂。

黄大炮却忍不住了,破口大骂:“你这个瞎×,老子扒光你的衣服,看你的×嘴还硬不硬!”骂着就要动手,被爷爷拦住了。

爷爷把黄、刘二人叫到一旁,商量了半天,决定朝太阳升起的方向走。

来时向西,回时往东。这个不会错吧?

第九章

奶奶芳名叫赵碧秀。赵碧秀这个名字一听就会让男人心动。所有的男人都会猜想,这个女子一定长得十分俊俏,不会有谁把她跟土匪联系在一起。

爷爷说,奶奶的确长得很俊,鹅蛋脸,柳叶眉,葡萄眼,樱桃口,糯米牙,高鼻梁,一笑脸蛋上就旋出两个酒窝;高挑的身材,上穿红绸碎花衫子,下穿蓝绸裤子,一迈脚步,绸衫绸裤就突突颤动,颤出夺人魂魄的风韵来。

那天晚上奶奶她们做了爷爷他们的俘虏,因为天黑,奶奶的风采无法显现出来。翌日太阳一露脸,奶奶大放异彩,那伙残兵都被奶奶的秀色惊呆了。连很少对女人动心的爷爷也暗暗称奇,惊叹土匪窝中竟然有如此美艳的女子,不禁动了恻隐之心。

漂亮的女人是一朵花,无论开放在哪里,都会引来许多采花的蜜蜂,当然也会引来人头蜂和苍蝇。奶奶的美丽虽然使她遭遇坎坷,险入狼口,但拯救了她的生命。奶奶说她永远感激她的父母,感激上苍的恩赐。

我忍不住又插言问爷爷:"我婆与刘媛媛相比,到底是谁更漂亮？”

爷爷笑着看奶奶。奶奶说：“又看我干啥？给娃说嘛。”

爷爷说：“那我就实话实说。”

奶奶说：“谁让你说假话了？”

爷爷说：“你婆和刘媛媛都漂亮。”

这话等于没说。

少顷，爷爷又说：“你婆和刘媛媛不是一个园子的花，没法比。这么跟你说吧，你婆是山野上的刺玫花，刘媛媛是花园中的玫瑰花，你说哪个更美？”

我又问：“你喜欢哪个花？”

爷爷笑道：“我出身农家，当然喜欢山野上的刺玫花。”

我抬眼偷看，奶奶的脸颊染上了少女才有的红霞……

奶奶本是良家女子。奶奶的父母都是忠厚老实的农民，种田为生。奶奶兄弟姊妹五个，她是老三，上有兄姐，下有弟妹，是个爹娘不疼的阿猫阿狗。其实，也不是爹娘不疼她，是家里实在太穷，孩子又太多，爹娘想疼疼不过来。

奶奶的父亲叫赵发财，行二。他名叫“发财”，可一辈子没发过财，实在是名不副实。他身材魁梧，却被生活的重担压弯了腰。他终日勾着头，寡言少语，显得行动迟缓。四十刚出头，倒像有六十多岁。村里没人叫他大名，都喊他二老汉。二老汉只知节俭过日子，他的节俭到了吝啬的程度。那年中秋节，村里人或多或少都割了点肉打打牙祭。奶奶姊妹几个闻着别人家飘来的肉香，流着口水眼巴巴地看着父亲。二老汉勾着头一个劲地吧嗒旱烟锅，那烟锅早就不冒烟了。老伴忍不住说：“割点肉吧，娃们都馋了。”说着撩起衣襟擦眼泪。

二老汉终于站起了身，气冲冲地说：“就知道吃！”转身出了门。

好半天，二老汉回来了，手里提着一斤肉。奶奶他们破涕为笑。一斤肉实在是太少了，二老汉让老伴去地里拔几个萝卜回来熬肉汤。老伴刚要走，又被他叫住了。他再三叮咛老伴，大的不要拔，要卖钱；小的也不能拔，还要长；拣双窝和破裂不好卖的拔。老伴去了很久，空手而归，说是找不到他所说的能拔的萝卜。最终他去地里忍痛拔了几个萝卜回来。

隔年遭了灾，两茬庄稼颗粒未收。到了青黄不接的二三月，一家人挖草根吃树皮度日，爹娘整天价唉声叹气。一夜，爹娘整宿未眠，低声商谈如何度过灾年，黎明时分，终于下定了决心。天一放亮，娘给年仅五岁的三女换了一身干净衣服，让二老汉带着出了门。半上午时分，二老汉背着半袋玉米回来了，身后却没有了三女。

二老汉把三女也就是我奶奶卖给了一个马戏班子，身价是三十斤玉米。

马戏班子过的是四处飘荡不定的生活，五岁的女孩吃的苦受的罪可想而知。不管遭受了多么大的苦难，奶奶总算活了下来。十几年过去了，她学会了耍刀弄棒，练就了一身好武功，且出脱成了一个亭亭玉立的美人，犹如一棵饱经风霜摧残的刺玫花，傲然怒放在山梁崖畔之上。

一天，马戏班子来到了北原一个集镇演出。先表演了几个节目，随即奶奶出场。那天奶奶打扮得十分俊俏惹眼，一身红衣，腰系绿绸丝绦，手持一把三尺剑，出场一亮相就博了个满堂彩。她舞了一回剑，随后与她的一个师兄练对打。一个舞剑，一个弄棍，乒乒乒乓打斗得激烈惊险。

这时就听有人大声喝彩:“好功夫!”

众人循声看时,那人已走进了场子,是个女人,半老徐娘,风韵犹存。她上穿红下挂绿,腰扎一根宽板牛皮带,斜插一把盒子枪,脚蹬一双皮靴,手提一根马鞭。她嗓音洪亮,没有半点女人的声气。她的出现让所有的人都吃了一惊。奶奶和她的师兄都住了手,呆眼看那个女人。她用马鞭指着奶奶说:“女子,叫啥名?跟我走。”

奶奶呆眼看着她,不知道她是谁,没有吭声。

“跟我走!”那女人又用马鞭指了一下奶奶,下命令似的说。

班头看出事情不妙,急忙上前,冲那女人一拱手,笑着脸说:“请问英雄尊姓大名?”

那女人哈哈一笑:“你是班头吧?这个女娃归我了。”

围观的有人认出了那女人,低声说:“是徐大脚,还不快走!”

人群霎时散了一大半。

班头恳求道:“请英雄高抬贵手,放我们一马。我们这就收摊走人。”

徐大脚哈哈笑道:“你把这个娃让给我,你在这达爱要多久就要多久,没谁敢找你半点麻达。”随后就让人带奶奶走。

班头哪里肯,上前就拦,徐大脚脸色陡然一变,骂道:“老㞞,别给脸不要脸!”抬手一马鞭抽过去,班头的脸颊上暴起了一道血印子。

马戏班子的人见他们班头被打,都怒火中烧,冲上前要跟徐大脚动手。徐大脚的人马也冲了过来,亮出了家伙。班头这时已猜出来面前的女人就是杀人不眨眼的徐大脚,急忙拦住自己的人,强忍怒火,再三恳求徐大脚放他们一马。

徐大脚在江湖上以蛮横而闻名。她看上眼的东西,你给也得给,不给也得给。班头的求饶她哪里听得进去,早就不耐烦了,掣出盒子枪,顶住班头的额颅,咬牙道:“你这老屄,咋这么啰唆,打灯笼拾粪——找死(屎)呀!”

奶奶他们的马戏班子常在江湖上走,早就风闻徐大脚的蛮横、霸道和凶残。奶奶却是初生牛犊不怕虎,猛一扬手,青锋剑指住徐大脚的胸口,厉声喝道:“放开我师父!”

徐大脚的人马没想到奶奶来了这一手,都大吃一惊,急忙掉转枪口对准奶奶。奶奶毫无惧色,大声叫道:“谁敢开枪我就宰了她!拼个鱼死网破!”

徐大脚的人马都被奶奶震慑住了,不敢贸然开枪。徐大脚到底是徐大脚,她先是吃了一惊,随即镇定下来,笑道:“你是红刺玫吧?”

奶奶点了一下头。

“我就说谁有这么大的胆,原来是红刺玫。果然身手不凡。”徐大脚掣回了枪,“你知道我是谁吗?”

奶奶摇摇头。

“你听说过徐大脚吗?”

奶奶点点头。

“我就是徐大脚。”徐大脚用马鞭指着自己的胸脯。

奶奶下意识地打量了她一眼,心里暗暗叫苦,看来今日在劫难逃了。她牙一咬心一横,说道:“不许碰其他人,我跟你走。”

班头是奶奶的师父,哪里肯忍心让奶奶跟徐大脚走,叫道:“碧秀,你不能跟她走!”

众人都围住奶奶,不让她走。

奶奶泣声道:“师父,你拉这个班子不易。”又冲众人一抱拳,“各位叔叔大爷、兄弟姐妹,你们多保重!”

奶奶的人缘很好,几个小姐妹拉着她的手都哭了。班头一伙也都落了泪。奶奶也直抹眼泪。徐大脚收了枪,不耐烦地说:“你这个弟子倒有点侠肝义胆,看在她分上,我饶你一命。”转脸又训斥奶奶:“让你去跟我吃香的喝辣的穿绸的,又不是要你的命,哭啥哩!”随即命令手下人带着奶奶走。

…………

徐大脚身边有几个贴身侍卫,清一色的大姑娘,个个长得俊俏出众,且都有一身好武功。徐大脚看中了奶奶的一身好武功,抢了去充实她的卫队力量。徐大脚虽然蛮横凶残,可对待身边的人挺不错的。奶奶做了徐大脚的贴身侍卫,果然吃香的喝辣的穿绸的,还学会了打枪,日子过得倒比在马戏班子还滋润。

最初,奶奶因徐大脚抢她来为匪,怀恨在心。渐渐地,她被徐大脚的厚待软化了那份恨。如果不是徐大脚把她当作礼物送给陈元魁,她会一辈子都对徐大脚忠心耿耿。

爷爷讲这段往事时,对徐大脚那边的情况不甚清楚,这时奶奶忍不住插了言。

奶奶说,徐大脚向来跟官兵交手,打得赢就打,打不赢就跑。那次跟彭胡子交手兵败后,徐大脚就撤了。她想一撤出陕西境内彭胡子就罢手了,没料到彭胡子竟然派兵穷追不舍。徐大脚拉杆子也有些年头了,虽然惊慌,但很快就镇静下来。年前徐大脚曾去河套一带买马,在那里她结识了一个杆子头。那杆子头名叫陈元魁,十分剽悍,手下有百十号人,是那地方一霸。徐大脚闯荡江湖,没有爷们当家,自觉底气不足,便有依附陈元魁之意,就投怀送抱。对于送上门的女人,陈元魁更是来者不拒,与徐大脚明铺暗盖,俨然夫妻一般。时间久了,徐大脚提出结婚要求,陈元魁却直打哈哈,毫无娶她之意。徐大脚这时才幡然猛醒,这个贼男人只是玩她而已,当下怒火中烧,却奈何陈元魁不得,只好带着人马不辞而别。

奶奶又说,那时徐大脚一来是无计可施,二来是急中生智,她想拖着爷爷的队伍去陈元魁的地盘,到那时肯定就把爷爷的队伍拖垮了,她再和陈元魁合兵一处歼灭爷爷的特务连。果然爷爷上了徐大脚的当,一直追到了甘肃、宁夏、蒙古交界的腾格里沙漠边缘,而且钻进了徐大脚和陈元魁设下的埋伏圈,几乎全军覆没。

奶奶又说,她们几个之所以做了黄大炮的俘虏都怨徐大脚。到了那里,徐大脚很快就找到了陈元魁。徐大脚虽说心中对陈元魁有气,但兵败有求于人,强把哭脸换上笑脸,一口一个"魁哥",叫得异常亲热。陈元魁倒也没计较徐大脚上次的不辞而别,设宴为徐大脚接风洗尘。酒宴刚开,徐大脚就迫不及待地请求陈元魁出兵为她报仇雪恨,并说已诱敌到了沙口店。陈元魁当即答应了她的请求,却不急于出兵,说是不管谁的人马到了他的地盘上,就是他嘴边的肉,他说几时吃就几时吃。说罢,举杯邀徐大脚喝酒。徐大脚虽是女流,可酒量非凡,三五斤醉不倒她。可此时徐大脚肚中有火,哪有心思喝酒,她勉强端起杯子,却瞧见陈元魁色眯眯地看着她身边几个年轻俏丽的女侍卫。她心头油然生出一股怒火,脸上却波澜不起。徐大脚有个过人之处,喝酒越多心里越明白。她连喝三大杯酒,心里更加清楚,自知这次不同寻常,不下大本钱很难请动陈元魁出兵相助。她咬了咬牙,痛下决心,压下心中怒火,换上笑脸，把身边最有姿色的侍卫送给陈元魁做见面礼。陈元魁大喜过望，一双环眼笑成了一条缝。这时他已有了七八分醉意，拍着徐大脚的肩膀说：“妹子，哥谢你了。你鞍马劳顿，先歇上一宿，明日我一定给你报仇雪恨。”

陈元魁的心思徐大脚瞧得明明白白，知道他这会儿的心思全在她最俊俏的年轻侍卫身上。她心里一阵酸痛，真想一枪崩了陈元魁。可她还是忍住了，苦涩地一笑，只好客随主便。

其实，奶奶的性子十分刚烈。她刚到徐大脚的匪窝时，一个叫天狼的小头目觊觎她的美色，一天到晚用色眯眯的目光盯着她。一天夜里，天狼闯进了她的屋，欲行不轨。奶奶在匪窝里混日子，整天价打交道的都是娄阿鼠、矮脚虎、鼓上蚤、西门庆之辈，她一直存着戒备之心。屋门刚一响动，她就翻身爬起。当天狼扑过来时，她侧身躲过，飞起一脚踢了过去，当下天狼的脸就开了酱油铺，连滚带爬地跑了。第二天，她告知徐大脚，徐大脚十分恼火，亲自动手打了天狼二十皮鞭，以儆效尤。徐大脚性格乖戾，她可以任意处置身边的女侍，但不容许其他人动她们一指头。

彼一时，此一时。现在徐大脚把奶奶当作礼品送给了陈元魁，她想以死相抗，可她知道死也是白死，徐大脚不但不会给她立贞节牌坊，反而还会把她碎尸万段。她更不想给陈元魁当玩物，可她又能怎么样呢？事已至此，她只有听从命运的安排。

那时若不是爷爷率特务连追得急，奶奶就做了陈元魁的牺牲品。奶奶说，他们逃窜到了陈元魁的地盘，徐大脚松了口气，想着法要报仇雪恨。她派人和陈元魁接上头，又怕爷爷他们不肯再追，就派出一小股人马在后边诱敌深入。爷爷果然上了当，穷追不舍。

陈元魁迈着醉步拥着美人刚要进屋，忽然探子来报，说追兵已到了葫芦沟口。陈元魁一怔,脚下留步,瞪着眼看着探子:“你看清白了?”

探子说:“看清白了。”

“有多少人马?”

“百十多号人。”

陈元魁说了句:“他妈的,来得还真快。”

徐大脚这时急忙说道:“魁哥,这是个难得的好机会。把他们引进沟来,来个瓮中捉鳖!”

陈元魁犹豫不决。徐大脚又说:“魁哥,机不可失,时不再来,过了这个村可不一定有这个店!”

陈元魁眉头一皱,随即又舒展了,呵呵笑道:“是个难得的好机会,咱们就来个瓮中捉鳖。”他恋恋不舍地松开怀中的美人,“等着我,回来再跟你喝交杯酒。”

徐大脚皱了一下眉,说:“让她们几个都上阵吧。她们的枪法都不错,个个都能枪打飞鸟。”

陈元魁扫一眼徐大脚送他的“礼物”,说道:“她们是我的女人了,就再不用上阵打枪了。再者说,骒马母驴去拉车还要我们这些儿马干啥?”说罢哈哈大笑。

徐大脚面无表情,显然陈元魁的话伤害了她。陈元魁觉察到徐大脚的不高兴,又是一笑:“妹子,我说话直,你不要在意。你是女中丈夫,跟她们不一样。走,咱们瓮中捉鳖去。”走出两步,他又回过头对一个十分宠信的女侍说:“玉珍,你和玉秀、玉娴几个好生服侍着她。喂,美人,你叫啥名?”

奶奶低着头不吭声。

徐大脚替奶奶回答:“她叫碧秀。”

“碧秀,这个名字不好。我身边的女人都是以‘玉’字排队,从现在起,你就叫玉翠吧。”

奶奶说,陈元魁就这么蛮横无理,他说出的钉子就是铁打的,不管别人喜欢不喜欢。

那一仗爷爷他们败得很惨,常安民调虎离山,杳如黄鹤;冲出包围圈时,爷爷身后只剩下了十六名士卒。黄大炮掩护断后,损失更加惨重。他带着残兵余卒胡冲乱撞,无意中发现了陈元魁的匪巢——一道土崖上凿着一排窑洞,其中一孔窑洞亮着灯光。黄大炮虽在危境中,可还是多长了个心眼。他带着残兵悄悄摸了过去,窑洞里躺着几个年轻女人,正是奶奶她们。奶奶她们往甘肃、宁夏一带逃窜,一路缺吃少喝,又乏又累。陈元魁和徐大脚走后,奶奶看着炕上铺着软和的被褥禁不住打了哈欠,只觉困乏得要命,心里说管他三七二十一,先睡上一觉再说。她爬上炕,头一挨枕头就睡着了。玉珍她们几个本来十分嫉妒奶奶,又气恨又烦闷,可是见奶奶呼呼大睡,不由得也哈欠连天。有道是:闷上头来瞌睡多。她们几个也倒头便睡,时辰不大就梦见周公。

黄大炮扒在窗口看了半天,发现炕沿上放着几支短枪,就知道她们是徐大脚的人马。当下带人扑进了窑洞,奶奶她们在睡梦中做了俘虏。

奶奶还说,要不是她们实在太困太乏睡得太实,黄大炮那几个残兵根本不是她们姐妹四个的对手。她们姐妹几个落在黄大炮的手中实在是天意,不然的话也遇不上爷爷。

爷爷这时把一双豹眼笑成了一条缝:“你说得对,这是老天爷成全咱们俩哩!”

第十章

最初的行军颇有几分轻松。

三个女俘没有再被五花大绑，只是用绳子拴住她们的手脖子串成一串，被大兵们夹在中间前行。尽管这支队伍疲惫不堪，却因有三个漂亮女俘的存在，倒也有了很多生气。这伙士兵都二十刚出头，正是血气方刚的年华，他们长年生活在兵营，很少接触到女人，心底都埋藏着雄性动物的欲望和饥渴。此时他们互相拿三个女俘调侃取笑，嘴巴解一解馋，抚慰一下心头蠢蠢欲动的原始欲望。有几个士兵借推搡女俘们快走之机，趁势在女俘们诱人之处捏摸一把，惹得一声怒骂和一阵哄笑。

爷爷走在队伍的最前头，一张脸板得如同生了锈的铁块。怒骂哄笑声不时地撞进他的耳鼓，可他已无心去约束呵斥部下。他忧心忡忡，不时地举目看着迎面如血浸似的朝阳，又环顾一下四野。他心里一直不踏实，很是疑惑，升起太阳的方向究竟是不是东方？

举目远望，清晨的戈壁滩茫茫一片，满目皆是大大小小的沙丘，沙丘上有着如同海浪般的波纹，一直涌到了看不到头的天边。天色如洗，浮动着几块白云，看不到飞鸟，瞧不见走兽，没有绿色，只有一望无垠的荒凉与令人心寒的寂寥。天尽头有一轮无与伦比的如画般的火球,区别着天与地的界线。如果这是一幅油画,景色可谓雄浑壮美。可这不是油画,这是现实,不能不让爷爷惊恐不安、忧心忡忡。

太阳愈升愈高,天气也愈来愈热。士兵们的军装早已被热汗溻透,随即又被阳光晒干,晒干后又被溻透,如此这般地循环着。那一片带咸腥味的破衣服就在身上咔咔地响。队伍前进的速度明显地减慢了。有人直喊热。脱了帽子,解开了衣扣。当太阳升到头顶时,天气闷热得像个大蒸笼,所有的人都死鱼般地张大着嘴巴,出气如牛喘。平日里最讲究军人仪表的爷爷也解掉了武装带,敞着怀,摘下军帽直擦汗。黄大炮、刘怀仁他们干脆脱了军装,光着膀子行军。三个女俘的绸料衣裤早已被汗水浸得雨淋了似的,紧紧贴在身上,把女人特有的曲线勾勒得显山露水的,惹得这伙大兵的目光锥子一样地往她们身上钻。却因骄阳的炙烤,他们都没了最初的心情,只是放荡了目光而已。

队伍行军的速度减慢了。大伙默然不语,只有疲沓的脚步声沙沙作响。爷爷回头看了一眼死气沉沉的队伍,眉头皱了一下,对紧跟在身后的刘怀仁说:“老刘,别走哑巴路,活跃一下气氛,唱两嗓子。”

刘怀仁祖籍陕西绥德,是个热闹的人,平日里爱唱几句信天游。当下他唱了起来:“走头头那个骡子三盏盏灯……”

只唱了一句他就打住了。

爷爷问:“咋不唱了?”

“我嗓子疼。”

爷爷干咳了一声,吼起了秦腔:

…………

萧银宗打来战表要夺江山

宋王爷着了忙选娘为帅

儿的父先行官前把路开

兵行到黑虎关扎下营寨

与胡儿打一仗败回营来

…………

爷爷的须生唱得很不错,可这时士兵们被大漠的烈日晒得没精神气了,谁也没心思听爷爷的乱弹。

爷爷忽然觉得这段乱弹唱得不合时宜,而且嗓子眼发干发疼,便钳住了口。

天气愈来愈热,行军的速度越来越慢。消耗掉的水分需要补充,黄大炮仰起脖子把水壶里最后一滴水倒进喉咙,赌气似的把水壶扔得老远。水壶在沙地上滚动着,发出一阵令人沮丧的咣唧唧的声响。爷爷转脸去看,看到还有好几个士兵都喝干了水。他下意识地摸了一下腰间的水壶。他的嗓子眼早都冒烟了,可他舍不得喝一口水。他已经看出了问题的严重性,知道干渴刚刚开始。腰间的这壶水就是性命,每喝一口生命也许就接近死亡一步,不到最关键的时刻他绝不轻易动用这壶水。他停下脚步,用舌尖舔了舔已经干裂的嘴唇,沙哑着嗓子对大伙说:"弟兄们,忍着点,水要省着喝。"

黄大炮伸出大舌头环舔了一下嘴唇,有气无力地说:"连长,歇歇脚吧。"说着一屁股坐在地上,随即蛇咬了似的跳了起来。原来是沙地上的鹅卵石烙了屁股。

"他娘的,这石头蛋赛过了煤球!"黄大炮一脚把一块鹅卵石踢得老远，悻悻地骂了一句。

爷爷仰脸看着天。天蓝得发青，没有一丝云彩，没有一丝风，太阳似一个硕大无朋的火球在头顶上空悬着，耀眼得令人目眩，毒辣辣的阳光烤得空气都发烫，吸进肺里都有点呛人。环顾四野，别说遮阴的树木，连棵草也难得瞧见。

爷爷无声叹息一下，说了句："慢慢走吧。"垂下头又朝前移动脚步。

士兵们面面相觑，无人吭声，可谁都明白连长的话是对的。这时候谁都看得出他们的处境不妙，不禁心中都是一沉，再没有人对那三个年轻俊俏的女俘感兴趣。此时在这个地方歇脚会被活活烤死的。他们强打起精神，默然无语地往前赶路。

太阳斜到了西天，眼前终于出现了一点绿色。黄大炮最先瞧见了，打了一支强心针似的喊叫起来："连长，快看！"

爷爷手搭凉棚，顺着黄大炮手指的方向看去。果然，天尽头处隐隐约约现出一抹绿色。他立刻兴奋起来，大声命令道："弟兄们，加速前进！"

大伙都瞧见了那抹绿色，队伍立刻有了生气，行军的速度明显地加快了。三个女俘交换着眼神，黄大炮搡了二号一把："磨蹭啥，还不快点走！"

奶奶这时插言说："别埋汰人了。黄大炮说的二号叫玉秀，三号叫玉珍。凌晨逃跑时被杀死的那个叫玉娴。她们的名字都是陈元魁起的。"奶奶又说，她们年前跟徐大脚买马时，陈元魁曾带她们来这地方打过猎。她们几人都知道那里有片胡杨林。

我急忙说："你就给我说说这段吧。"

奶奶笑了一笑，说：“好吧，我就给你说说这段，免得你爷爷他瞎编派。”

奶奶说，徐大脚虽然十分凶残，可对她还挺不错的，甚至还有几分偏爱。

那年，她跟随徐大脚来到过陈元魁的地盘。一天，陈元魁请徐大脚去打猎，她也跟着去了。他们发现了一群黄羊，穷追不舍，一直追到了那片胡杨林。一伙人举枪就射，几只黄羊中了弹，其他四散而逃，她骑马紧追一只黄羊不舍。

忽然那只黄羊不跑了。她也了勒住了马，举起了枪。说来真是奇怪，那只黄羊回过头来，用乞求的眼神望着她。她的心颤了一下，但没有放下枪，到手的猎物她怎肯轻易放掉。她的手扣住了扳机。黄羊两条前腿突然一弯，竟然跪了下来。她吓了一跳，清楚地看到两行长泪从黄羊的眼里流了出来。她全身一颤，这只有灵性的生灵在向她求饶。她的心完全软了，扣扳机的手指松开了，慢慢地放下举起的枪。身后忽然有人冷笑一声，随后是一声枪响，那只黄羊倒下了。它倒地后仍是跪卧的姿势，用哀怨的眼光望着她，不肯闭上，两颗泪珠还挂在眼角。

她惊呆了。醒过神来，回首去看，是徐大脚。徐大脚稳坐在马背上，手中盒子枪的枪管冒着一缕青烟。徐大脚冲着她冷笑道：“打黄羊都下不了手，还能吃江湖这碗饭吗？”

徐大脚要她下马去把那只黄羊拖过来用马拖走。她只能从命。那只黄羊很肥壮，肚子出奇地大。她拖不动，徐大脚跳下马过来看了一眼，抽出刀来要把黄羊大卸八块。利刀割开了黄羊的腹腔，徐大脚惊叫一声，手中的屠刀咣啷一声掉在了地上。原来黄羊的肚子里有两只胎儿，已经成形，一公一母。奶奶这时才明白黄羊为啥要弯下腿向她下跪，它是求猎人留下自己的孩子呀！

她不知道徐大脚以前杀人越货有没有愧疚和惶恐不安，可那时她从徐大脚的神情上看出了愧疚，看出了惶恐，看出了不安。徐大脚没有把黄羊大卸八块，而是用那把屠刀和她在沙地上挖了个坑，把黄羊和它的一双还没有出世的儿女埋葬了。自始至终，她眼里含着盈盈泪水，徐大脚哭丧着脸，沉默不语。对于徐大脚来说，这是从没有过的事。

…………

回忆这段往事，奶奶昏花的老眼里又泛起了莹莹泪光。我忍不住说："依您这么说，徐大脚还挺善良的。"奶奶说："徐大脚是女人，她知道当妈的对儿女的那份情意。那只黄羊虽是野兽，可它是只母兽，也通人性。徐大脚对它自然有了同情心。"

我不明白，又问："那她杀人咋不手软呢？"

奶奶说："也许她觉得畜生对她没有威胁和伤害，而人很可能找她报仇并杀害她吧。话又说回来，善人也有恶的时候，恶人也有善的时候。这话跟你一时半会儿也说不明白。你长大了，自然也就明白了。"

爷爷在一旁说："别刨根问底了，你还听不听故事？"

我不敢再问了，怕打断了爷爷和奶奶的故事。

奶奶接着往下讲……

陈元魁是那一方的霸王，不仅凶悍，而且十分好色。凡他看上眼的女人都逃不出他的魔掌。

他没有正经娶过老婆，可身边却有一个女卫队，那些女人年龄在十六岁到二十五岁之间，个个面容姣好。这些女人都被陈元魁睡过。说来也真是奇怪,这些女人都是陈元魁抢掠来的,最初她们都哭哭啼啼的以泪洗面。可时过不久,她们都心甘情愿地跟陈元魁在一起,且对陈元魁十分忠心。仔细想来,也不奇怪。那地方十分苦焦,苦做苦受一年却吃不饱肚子,常常是半年糠菜半年粮。那些女人都是穷家小户出身,从来就没吃过饱饭,穿过囫囵衣裳。到了陈元魁那里上顿有菜有肉,下顿有肉有菜,而且啥好穿啥。陈元魁还有个特别,特别怜香惜玉,对待漂亮女人十二分地好。那些女人都觉得掉进了福窝窝里了,心里说,女人总是要嫁人的,嫁谁还不都是嫁,只要能吃好穿好就行。

就说玉珍吧,她出身贫寒之家,母亲早亡, 留下她和弟弟与父亲相依为命。为了养家糊口,父亲给邻村的周大户扛长工。家里实在太穷,到了青黄不接的二三月便揭不开锅。玉珍的爹不忍心一双儿女在家里忍饥挨饿,每天偷偷地从牲口棚拿点饲料带回家,让儿女充饥。此事终被周大户发觉,打了玉珍爹两个耳光,臭骂一顿,还砸了他的饭碗。玉珍爹见饭碗被砸,一双儿女瘦得皮包骨头,全家生计无望,一怒之下投了陈元魁做了土匪。

陈元魁的人马常年活动在玉珍家乡一带。那时,玉珍刚刚十五岁,家里日子过得很难,她带着弟弟经常去找父亲要钱买粮。每次找到父亲,他们都能打一打牙祭,享一下口福。在她的眼里土匪过着皇帝的日子,天天有酒喝有肉吃。她不愿喝酒只想吃肉。

一次陈元魁的人马去州城抢钱庄,失了手,折了好多人马,玉珍的爹也被打死了。玉珍是找父亲要钱时才知道父亲被打死了,她眼圈红了半天,两串泪水滚出了眼眶,但她没有号啕大哭。她早已知道父亲干的是抢劫勾当,迟早会被人打死的。她没想到的是父亲会死得这么早,她今后找谁要钱买粮呢?

那年玉珍已经十七岁。俗话说,女大十八变,越变越好看。这话一点也不假。她出脱得亭亭玉立,宛如一朵含苞待放的花骨朵。就在她十分绝望之时,陈元魁骑马走了过来,他好像一只花蝴蝶,当下就被这朵即将开放的野菊花迷住了。陈元魁下了马,问她是谁,来干啥?她很早就认识陈元魁,当下便说来找爹要钱买粮。陈元魁又问她爹是谁,她说了爹的名字。陈元魁惊奇地说:“你爹是王大憨!没想到大憨养出了这么俊气的女子来。”随后一拍胸脯,“你爹死了你别怕,往后你找我,我保你吃香的喝辣的穿绸的。”

玉珍却说了一句石破天惊的话:“我不喝辣的,只要能吃上香的穿上了绸的我就给你做媳妇。”

那时陈元魁刚拉杆子不久,身边还没有女人,当下大喜过望,把玉珍留在了身边,果然让她吃上了香的穿上了绸的。六年过去了,陈元魁跟数不清的女人上过床,身边也有了不下十个俏丽女人,虽然他没有娶玉珍为妻,但始终宠爱玉珍。玉珍虽说对陈元魁没有娶她很是不高兴,但嘴里也没说,而且对陈元魁忠贞不贰。她始终认为陈元魁是她的恩人,让她过上了做梦都不敢想的好日子。

这话是后来玉秀给奶奶说的。

那天,徐大脚把奶奶作为礼物送给了陈元魁,玉秀她们都十分嫉妒,用愤恨的目光盯着奶奶。奶奶长得太出众了,使陈元魁的女卫队的女人一下子黯然失色。当陈元魁强拥着浑身发抖的奶奶往屋里走时,玉珍对玉秀恨恨地说:“我迟早要杀了这个小妖精!”

奶奶对陈元魁没有半点好感。她知道陈元魁的德行,吃着碗里的,盯着锅里的,还不肯放了碟子里的。她是徐大脚的贴身侍卫,常跟着徐大脚去见陈元魁。每次陈元魁都用贪婪的目光盯着奶奶,犹如苍蝇盯着一朵鲜花。每每这时,奶奶慌忙躲开那目光。有好几次陈元魁半开玩笑半认真地要徐大脚把奶奶送给他。徐大脚是何等之人,也半开玩笑半认真地拒绝了。

陈元魁对徐大脚说,他愿用二十支快枪换奶奶。徐大脚笑道:“我的红玫瑰只值二十支枪吗?”

陈元魁色眯眯地看了奶奶一眼,说:“我再给你一挺机枪,咋样?”

徐大脚一怔,不吭声了。那年代武器就是土匪的命和胆,她现在缺的就是武器,她手下许多喽啰还在耍大刀。有了这枪,她的势力就更强大了。她的心动了。

陈元魁看出她心动了,又说:“我再给你两把盒子枪。”

徐大脚虽说心动了,但还是迟疑不决。她转脸问奶奶:“你愿意跟魁爷去吗?”

奶奶说了声:“夫人,我舍不下你……”话未说完,泪水就流了出来。她真怕徐大脚拿她去换枪。

徐大脚迟疑半晌,打了个哈哈,拒绝了陈元魁。

可那一次徐大脚虎落平阳,向陈元魁求援,强忍酸痛,把奶奶送给了陈元魁。

奶奶只道这一回逃不脱陈元魁的掌心了。没料到紧急关口事情出现转折。探子来报追兵到了,徐大脚再三请求出兵,陈元魁这才极不情愿地丢开了她,吩咐玉秀她们三个好好伺候她,匆匆地走了。

玉秀她们并没有好好伺候奶奶。她们恨奶奶恨得牙痒,如果不是慑于陈元魁的凶残,说不定她们真的会杀了奶奶。她们把奶奶带到了一个大窑洞。窑洞很宽敞,盘着一方大炕,能睡七八个人。炕上有被有褥。奶奶跟着徐大脚逃窜，一路马不停蹄，缺吃少喝，此刻困乏已极，顾不了许多，爬上炕拉开被褥，头一挨枕头就睡着了。玉秀她们也昏昏然地进了梦乡。

一阵喝喊声把奶奶从沉睡中惊醒。她睁开眼睛，只见窑洞里闯进一伙丘八。她以为自己在做梦，当一个丘八扭疼了她的胳膊，她才明白过来，她们迷迷怔怔地做了黄大炮他们的俘虏。

奶奶说，她们几个被俘完全是意外。如果她们稍加防范，黄大炮他们一伙丘八根本就不是她们的对手。玉秀她们三个都是枪打黄羊的神枪手，她的一把左轮枪能弹打飞鹰，打黄大炮如同打狗熊。说归说，她们最终都成为狗熊们的俘虏了。

奶奶还说，那天天一放亮，她就发现爷爷他们走错了路，可她啥也没说，就是说了，那会儿爷爷他们能相信一个俘虏的话吗？

后来爷爷发现走错了路，审讯她们。她们被俘后都认为落在这伙丘八的手中凶多吉少。特别是玉娴逃跑未遂，被丘八们乱刀刺死。她们因怕生恨，对爷爷的诱供不理不睬。

其实，奶奶对那一带的路径很陌生。她一直跟着徐大脚，虽曾和陈元魁去戈壁滩猎过黄羊，但并不熟悉路径。她只知道爷爷他们走错了路，可该朝啥方向走她也不清楚。玉秀和玉珍是这里的土著，她俩都知道路径，可她俩宁愿死，也不愿给爷爷他们指路。

由于玉秀和玉珍不吐半点秘密，爷爷的连队越走离死神越近。

第十一章

到了近前,果然是一片胡杨林。大戈壁的胡杨林生长在风沙肆虐的世界,每一棵树都与风沙和干旱做过不屈不挠的抗争,因而显露出独特的风采。有的身段优雅四肢舒展,好似戈壁滩的迎宾松;有的只有树身没有树叶,却生成奇特的形状,好似枯木雕塑;有的前面完整,背面蚀空,宛如舞台耸立的树的模型;有的横卧在地,如同一堆乱石,用手指去敲,发出铮铮的声响;有一棵胡杨十分奇特有趣,粗壮高大的树干没有一片树叶,朝北的一面被风沙蚀空了,树顶有一个硕大的瘤疱,远远看去,犹如一个老人肩上架着一只雄鹰。林边有棵胡杨,碾盘般粗壮,堪称树王,树端斜逸出两杈,呈"丫"字形伸向苍穹。一枝像杂技演员耍碟子,屈着颈弓着腰嘴里叼着一团绿荫;另一枝伸向东南方,枝头树叶甚为茂密,犹如撑着一把硕大无朋的绿伞。传说沙漠中的胡杨树可以三千年不死,死后三千年不倒,倒下之后还可以三千年不腐烂。这片胡杨林多少年了？也许自从盘古开天地就有了这片胡杨林。爷爷没有心思追根溯源去探询胡杨林的年龄。他看到胡杨林的那一刻,沉重的心情有了一点轻松。

爷爷看着胡杨林,又转眼看着就要跌进山窝的夕阳,说道:"今晚就在这里宿营吧。”

大伙得到命令，谁也没心思去欣赏戈壁滩上这独特美丽的风景，拣一抹阴凉就四仰八叉地躺倒在地。戈壁滩上一天的行军把这伙残兵全都累垮了。

爷爷四下察看了一番，这是他的习惯。胡杨林也就十多亩大吧，被沙漠锁在了一隅。他走了一圈，在一棵枯树前站住脚。他仰脸看树，树冠光秃秃的，没有一片叶子，伸手推了一下，枯树竟然轰然倒下。他吃了一惊，看着倒在沙地上的枯树发呆。这棵枯树立了多少年？难道等待他的这一推？讶然良久，他心中油然生出一种不祥的预感，长长叹息一声。他忽然想到三个女俘，环境虽然恶劣，也不能掉以轻心。

爷爷把三个女俘安顿到一棵大胡杨树下，便靠着另一棵胡杨树坐下，目光正对着三个女俘。他浑身的骨头散了架似的酸痛疲惫，摸出烟叼在嘴角，想抽口烟解解乏。刚抽了一口，他就咳嗽起来，赶紧掐灭了烟。他的嗓子眼着了火似的生疼生疼，那烟进了嗓子眼，似火上浇了油，嗓子眼疼得钻心。他下意识地摸着腰间的水壶，迟疑半晌，解下来喝了一口。当他放下水壶时，发觉三个女俘都瞪着眼看他手中的水壶，伸出舌尖不住地舔着裂出血口子的嘴唇。他没有理睬，闭上眼睛养精蓄锐。

忽然，耳边响起一阵骚动声。爷爷一惊，全身的肌肉绷紧了，下意识地握住枪把，忽地站起了身。原来两个士兵为争一块干粮打闹起来。

行军途中大伙都被干渴折磨得奄奄一息，饥饿的感觉被挤到了角落。此刻找到了阴凉地，歇息了片刻，精神稍有了恢复，饥饿这个魔鬼从角落里爬了出来开始在士兵们空空如也的肠胃里尽情地唱独角戏。出发时,连队有由两个班组建的驮队载着物品给养,可昨晚那一场恶仗把驮队做了对方的战利品,士兵们随身带的干粮也丢失不少。适才,就是一个丢了干粮的士兵饿急了眼,抢吃王二狗的干粮,而打了起来。

爷爷疾步走了过去,大声喝道:"李长胜,住手!"

身坯粗壮的李长胜很不情愿地住了手。他三十出头,是伙头兵。平日里他沉默寡言,人送外号——李老蔫。昨晚的战斗中他把锅都丢了,现在攥着两个空拳头。

王二狗擦了一把鼻血,叫了声:"连长!"泪水就流了出来。

爷爷走过去拍拍王二狗的脑袋,心里很不是滋味。

今年开春,队伍在雍原县城招兵。一个小叫花子说啥都要吃粮当兵,负责登记注册的刘怀仁见他年龄小,不愿意收他。小叫花子便大吵大闹起来。这时爷爷恰好从连部出来,过来问是咋回事。刘怀仁说明情况。爷爷仔细一看,小叫花子也就十五六岁模样,衣衫褴褛,头发蓬乱,一脸菜色。爷爷随口问道:"你叫啥名?多大啦?"

"王二狗,十六啦,吃十七的饭。"

"你年龄小了点,过了十八再来吧。"

"长官,收下我吧,我扛得动枪。"

"你家里人愿意你当兵吗?"

"我爹病死了,我妈带着弟弟嫁人了,就剩下我吃百家饭。"

爷爷的心咯噔了一下,动了恻隐之心。想当年他也是十七岁出来扛枪当兵的,与其说让这孩子吃百家饭,还不如让他扛枪吃粮。

王二狗十分机灵,看出爷爷是个拿事的,再三恳求:"长官,收下我吧,我啥都能干。"

爷爷说:"部队上苦哩,你受得了?"

"受得了。"

"好,我收下你了。"

从此王二狗穿上了军装,做了爷爷的传令兵……

此时此刻,爷爷看到二狗被打出了鼻血,肚里的火直往上蹿,真想抽李长胜几个耳光。可他看到李长胜却毫无惧色,一双求食的目光虎视眈眈地盯着二狗手中的锅盔。饥饿使这个平日里蔫不唧的汉子不再安分守己。爷爷想训斥他一顿,怎么把锅都丢了!可想到就是有锅又有什么用?背着也是累赘。昨晚那一场恶仗,能活着出来就是福分。他轻叹一声,消了肚里的火气。他下意识地去摸自己的干粮袋,却摸了个空。他的干粮袋不知啥时候弄丢了,不禁皱紧了眉。他发现其他士兵都瞪着眼睛看他,当下心里明白这件事必须谨慎处理。略一思忖,命令道:"二狗,把你的干粮分一半给李长胜。"

王二狗讶然地看着爷爷,见爷爷的脸色不容置疑。他垂下目光看着手中的锅盔,半晌不肯动手。爷爷的声音严厉了:"王二狗,执行命令!"

王二狗这才极不情愿地把手中的锅盔掰了少一半给李长胜。李长胜拿过锅盔,大口吞吃着。爷爷在他肩膀上拍了拍说:"老蔫,二狗还是娃娃,你让着他点。"李长胜一边吞吃,一边点头。他贪婪的吃相勾引得爷爷也饥肠辘辘,他转过身去,干咽了一口涎水。少顷,他把黄大炮和刘怀仁叫到一旁,三人嘀咕了半天。

随后爷爷留下两个人看守俘虏,命令其他人四处寻找水源和能吃的东西。

时辰不大,出去的人一个个都垂头丧气地回来了。这个胡杨林并不大,两根烟的工夫他们就寻了个遍。没有水源,没有走兽,连一只飞鸟也没找见。

爷爷的脸黑得很难看,默然无语。黄大炮说他带上弟兄们再仔细找找看,不相信连个兔子都找不到。爷爷摇摇头。他心里明白,没有水源哪来的飞禽走兽。在这个荒凉的大戈壁滩上这块巴掌大的胡杨林能存在已经是个奇迹了,不可能再有奇迹出现了。

黄大炮请示爷爷:“连长,咋办?”

爷爷沉吟半晌,有气无力地挥了一下手:“让弟兄们好好休息休息,保存点体力明日个好行军。”

天很快就黑了下来。

干渴、饥饿和疲惫已经把这支队伍折磨垮了。士兵们横七竖八地躺在地上,昏沉沉地死睡过去。爷爷身心皆十分疲惫,可没有睡意。他躺在还有些发烫的沙地上闭目养神。忽然,他想起一件重要的事,猛地坐起了身。安寨宿营必须有安全防御措施,这是带兵者不可忘记的。他想派几个岗哨,可耳边都是一片如雷的鼾声。他略一思忖,挣扎起身,准备自己去站岗。躺在他身边的黄大炮睁开眼睛,问道:“连长,干啥去?”爷爷说:“得有个岗哨盯着点。”

黄大炮嘟囔道:“这屌地方鬼都不愿来,还盯谁哩?你就安心睡吧。”

躺在另一侧的刘怀仁也没睡着,也说道:“刚才找水时我察看了一下地形。这是大戈壁滩,给谁个金娃娃谁也不会来这个鬼地方。”爷爷站住了脚,刚才他也察看了地形,四周是一眼望不到边的沙丘,估计土匪不可能跟踪寻迹到这个荒漠之地来袭击他们。可一种本能却没有使他完全放松警惕。他把三个女俘赶到一个沙窝里，捆了她们的双手，随后仰靠在沙窝口一棵水桶般粗壮的胡杨树上假寐着。

大漠之夜有一种难以名状的寂寞，四周听不到一点天籁之音，似乎连风儿也死去了。没有月亮，只有满天星斗闪闪烁烁。

爷爷的心海却不似大漠之夜风平浪静。他心潮汹涌，思绪万千……此时他吃起了后悔药，悔不该当初接受这个任务。他原以为能轻而易举地歼灭这股残匪，做梦都没想到会败得这样惨，竟然到了性命都难保的田地！想当初他是跟父亲赌气才跑出来扛枪当兵的，只想着凭本事能一刀一枪挣功劳，弄个高官厚禄，闹个衣锦还乡，好让父亲和家乡父老对他刮目相看。可这会儿却要马革裹尸了。唉，一时冲动，心血来潮，闹得满盘皆输，他这是被名利所害啊！认真想想他扛枪当兵以来，打的都是些没名堂的仗，跟吴佩孚打，跟阎锡山打，跟共产党打。说白了，都是窝里斗。日本人侵略了东三省，国人义愤填膺，当兵的更是摩拳擦掌，要上前线跟日本鬼子拼个你死我活，可蒋委员长却不让他们往东北开。再说剿匪吧，这一带土匪多如牛毛，特别是民国十八年(1929 年)年馑之后，关中西府一带，塬大沟深，遍地是匪，的确祸害得老百姓不得安宁。可话又说回来，顽匪只是少数，大多数土匪都是逼上梁山的老百姓，并没有犯下杀头的弥天大罪，但上峰却命令只要是土匪一律格杀勿论。这样一来，凡土匪都明白落到国军手中就不得活命，因此拼性命与他们作对。他是农家出身，看着那些农民装束的土匪哀号着死在他们的枪下，他实在有些于心不忍。昨晚那一仗，他的特务连几乎拼光了。常言说，杀人一千，自损八百。土匪的伤亡绝对不会小的。一仗打下来，几百条人命没了，真是伤惨啊！仔细想想，人比虎狼更凶残。今日你打我，明日我打你为的是啥？图名的为名而死,图利的为利而亡,到头来是竹篮打水一场空。

爷爷自觉自己有点想明白了,长长地吐了口气。他是个不怕死的硬汉子,扛枪当兵就是把脑袋拴在裤腰带上讨生活。如果拼死在沙场,他连眼睛都不会眨一下。可要这么受折磨受熬煎地死在戈壁滩上,他实在不甘心。他在心中拿定主意,如果这次大难不死,能平安地走出戈壁滩,他就解甲归田,回家去种地。他忽然想到了刘媛媛,不知他当了农民人家肯不肯嫁他?如果肯嫁他那是最好不过了。可人家是洋学生,能嫁给一个农民吗?他如果能当上团长,娶她做媳妇估计没啥问题。如果他是一个打牛后半截(种地)的农民,肯定没戏。想到这里他的心不禁一沉。半晌,又想,只要活着就好,好歹娶个媳妇,男耕女织与世无争,过一个清闲自在的逍遥日子。这么一想,他的心境有点开朗起来。

子夜时分,温度骤然降了下来,和白天的高温判若两季。爷爷禁不住打了个寒战,揉了揉发涩的眼睛,只见四周一片漆黑,天上的星星比刚黑时繁了许多。他把军装的纽扣扣了起来,又扎上了武装带,还是有点冷。他很早就听人说过,戈壁滩的气候是:早穿棉袄午穿纱,晚上围着火炉吃西瓜。此言果然不谬。可惜没有火炉,更没有西瓜。呆坐片刻,他只觉得眼皮发沉,直发迷糊。他怕坚持不住昏睡过去,便挣扎起身,折了些树枝,燃起了一堆篝火。

篝火的烈焰撕破了黑暗,把近旁的一切映照得清清楚楚。三个女俘就横躺在眼前,篝火的橙色给她们的脸上抹上一层淡淡的红晕。子夜的寒冷并没影响她们的睡眠,她们实在是太困乏太疲倦了。熟睡中的女俘没有了白日里的敌视冷漠对抗的表情,还原了女人温馨柔情如水的本色。被黄大炮列为"一号"的女俘躺在边上,距爷爷不足一丈远。篝火把她辉映得更加妩媚俏丽,她白皙的肤色并没有被戈壁的烈日晒黑，而是红了些，却更加娇艳迷人。她的睫毛很长，鼻梁高挺且直，嘴巴很小，只是嘴唇不再娇艳红润，布满了细密的血口子，那是干渴缺水所致。她的呼吸很急促，每次都把胸绷得很紧，似乎单薄的绸衫限制住了她的呼吸。绸衫是粉红色的，好久没洗了，油汗浸透出一种发光的物质，与绸料自身的光泽融为一体，在跳跃的篝火映照下忽明忽暗地变幻着，把女人身上丰腴的一切都出卖在爷爷的眼里。乍看上去，她很像刚从泥水中捞出来的裸体女人。

爷爷看呆了。说实在话，他还从没这样近距离如此专心致志地看过一个女人。他以前跟刘媛媛谈话，可不敢如此忘情地瞪着眼看她。每每接触刘媛媛，他都是惊鸿一瞥，慌忙垂下目光。如今回忆起来，他都想不起刘媛媛到底长的啥模样。面前这个俏丽的女人睡着了，他的目光不仅大胆，且十分放肆地在她的身上徜徉浏览。

蓦地，爷爷脑海清晰起来，她不是那个马戏班穿红衣红裤骑红马的红刺玫吗？他仔细再看，没错，就是红刺玫！她怎么当了土匪？爷爷感到十分困惑。

这个女人的确太漂亮了，让人无法把她与土匪联系在一起。爷爷那时正血气方刚，在他二十五年的生涯中还真没有见过如此漂亮的女人，禁不住心中怦然一动，泛起一股强烈的原始欲望，不能自已地站起身，脚步下意识地朝“一号”挪动。待到了“一号”身边，他浑身激动得有点颤抖，一双目光贪婪地盯着“一号”如裸的身体。他如痴如醉呆呆地看着，竟不知该干什么。好半晌，一阵夜风袭来，他禁不住打了个冷战，激灵一下灵醒过来，急忙闭上双眼。理智告诉他，此时此地千万不能干荒唐的事，稍有不慎，就会铸成大错。他鼓起从没有过的自制力，强把心头喷发的原始欲望压了下去。他慢慢退了回去。待睁开眼睛时，他倚在了胡杨树身上，一屁股跌坐在沙地上。

他不敢再看"一号"如裸的身体，强按心头欲火，望着篝火飘扬的火焰发呆。

忽然，身后响起了脚步声。他猛然惊醒，打了个寒战，低声喝道："谁?!"一把掣出了手枪。

"是我，连长。"

来人是黄大炮。爷爷把手枪插进枪盒。黄大炮打着哈欠走过来，说道："连长，你咋没睡?"

爷爷说："说啥也得有人盯着点。"

黄大炮揉揉眼睛，说："那你睡去吧，我来盯着。"说着坐在火堆跟前，顺手给火堆里添了些树枝，火苗欢快地跳跃起来。

黄大炮又说："其实这个哨不用放，在这个兔子不拉屎的屄地方能出个啥事?"

爷爷说："大意失荆州，小心点没错。咱们吃了一次大亏，再也不敢有半点闪失了。"他长长地打了个哈欠，看了一眼拨弄火堆的黄大炮："大炮，你盯着点，我打个盹。"

黄大炮大大咧咧地说："连长，你就放心睡吧，有我在屎事都出不了。"

爷爷顺势躺在火堆旁，双肘抱在怀中，头一挨地就迷糊了过去。他实在太困乏了。

不知过了多久，他隐约听见似有厮打声，军人的本能使他警觉，睁眼一看，火堆边不见了黄大炮；侧耳细听，果然是厮打声。有情况！他忽地跳起身来，掣出手枪就朝沙窝子扑去。

扑进沙窝子，爷爷惊呆了，只见黄大炮骑在一号女俘身上，撕她的衣裤。一号女俘的双手被绑着，无力还击，只是拼命地扭动身体，用双脚和牙齿搏击。另外两个女俘都惊醒了，因为被绑了双手，爬起身用脚踢黄大炮，援助同伙，但明显对黄大炮构不成威胁。黄大炮欲火中烧，不管不顾，一双大手在一号女俘身体上不屈不挠地动作着。一号女俘一对发面馍馍似的乳房被他从衣衫里拨弄出来，在篝火的映照下格外醒目。黄大炮的脸上溢满了坏笑，一双手又去撕一号女俘的裤子。一号女俘拼死挣扎。可怎是黄大炮的敌手，羔羊渐落饿狼之口。

爷爷明白是怎么回事了，心头忽地蹿起一股怒火，直往脑门上撞。他猛扑过去，一把抓住拴二号女俘和三号女俘的绳索，使劲一拽，把两个女俘都摔倒在沙地上；随即抢上一步，一把抓住黄大炮的后衣领，咆哮道："驴尿，松手！"

黄大炮被欲火烧昏了头，哪里肯松手。爷爷急了眼，猛一使劲，提起了黄大炮的衣领把他甩出两米多远。黄大炮摔了一跤，有点清醒了，他看清是爷爷，嘴里嘟囔着："连长，我好长时间都没摸女人了，实在憋不住了，你就让我解解馋吧……"

爷爷知道黄大炮有好色的毛病。在驻地时他常常偷偷去妓院。彭胡子治军极严，不容许士兵狎妓嫖娼。一次黄大炮又偷偷去妓院被彭胡子发现了，打了二十军棍，以儆效尤。黄大炮好了伤疤就忘了疼，照旧偷着去妓院。他的举动瞒不过爷爷的眼睛，只是爷爷和他关系很好，碍于情面。再者爷爷和他年龄一般大小，身上奔流着青春的热血，理解他的心情，因而也原谅他的行为，可是爷爷还是郑重地警告他："大炮，你再胡来让团长发现了，吃饭的家伙就长不住啊！"

黄大炮打着哈哈："不去咧不去咧，没了吃饭的家伙就啥也弄不成了。"可背过爷爷依旧去妓院。

爷爷没料到他的老毛病又犯了。这家伙真是色胆包天，刚歇了点力气就想胡来。他又嘟嘟囔囔地说："大哥，咱们都到这个分上了，你还不让我找点乐子。再说了，也是废物利用，她们也不是良家妇女……"

爷爷狠狠瞪了他一眼。这家伙欲火未熄，又说："这娘儿们漂得很，实在馋人。大哥，你先来。你来罢了我再来。"

这家伙越说越不像话了。爷爷看见一号女俘一双惊恐的眼睛直勾勾地看着他，那目光除了惊恐还有乞求。他的心颤了一下，避开她的目光，上前狠狠踢了黄大炮一脚，怒斥道："啥时候也不许胡来！你要敢胡来，我就毙了你！"

这时一号女俘坐起了身，双手掩住胸，一双黑幽幽的目光刀子似的捅向黄大炮。黄大炮的目光还恋恋不舍地在一号女俘的身体上游动，喉结一上一下地滚动着，干咽着垂涎，悻悻地骂了句："看啥哩，不是我大哥拦着，我非收拾了你不可！"

刘怀仁他们都惊醒了，全都跑了过来，急声问出了啥事。爷爷摆摆手，说没啥事，让大伙抓紧时间再睡一觉。

第十二章

后半夜寒气更浓了。士兵们捡来树枝生起了篝火,大家围着篝火挤在一起躺着,很快地打起了鼾声。

爷爷很困很乏,可没有再去睡。他坐在火堆旁用树枝拨弄着火堆,淡黄的火星子在黑夜中四处飞散。他望着那如同飞萤般的火星子发呆。他没想到黄大炮竟敢对一号女俘下手,他真恨黄大炮。如果现在不是非常时期,他至少要打黄大炮二十军棍以示警诫。他又想到了自己也对一号女俘动了非分之想,脸面一热,不觉轻叹了一声,原谅了黄大炮。

篝火逼走了寒气,把温暖给了爷爷。可爷爷的心情十分沉重。直觉告诉他,他们迷失了方向,走进了险地。明天把队伍带向何处?他心里没谱。水和干粮都极有限,李长胜和王二狗已经为水和干粮打了起来,明天的情况肯定更糟糕。一个特务连只剩下了二十八个人,这二十八人的性命都握在他手中,他该怎么办?

爷爷忧心忡忡。

不知过了多久,刘怀仁来到了爷爷身边。他让爷爷去睡,自己来放哨。爷爷摇摇头,说他不困。刚才的经历使爷爷对谁也不敢信任。他真担心再出点啥事。

爷爷当兵后分在刘怀仁的班里,刘怀仁是他的班长。不到三个月,彭胡子把爷爷抽去当了他的卫兵。三年后爷爷当了卫兵排排长,刘怀仁还是班长。得不到提拔升迁,刘怀仁便有了满腹牢骚,他多次与人说,团长重用提拔的都是他的雍原乡党。咱是陕北人,虽说不是外来的野种,也只能算个带犊子,冲锋卖命有咱,提拔当官没咱。彭胡子本想提拔提拔他,可这话不知怎么传到了彭胡子的耳朵,彭胡子十分恼怒,嘴里虽然没说什么,可心里不待见刘怀仁,因此也取消了提拔他的念头。再后来爷爷当了特务连连长,刘怀仁是连里资格最老的班长。几年相处,爷爷觉得他这人还是很不错,做事谨慎老成,而且点子多,爱动脑筋,就是爱发个牢骚。人不得志,在所难免。爷爷多次向彭胡子举荐刘怀仁,要提拔他当排长。时过境迁,彭胡子不像当初那样恼恨刘怀仁了,便答应了爷爷的请求,提拔刘怀仁当了排长。为此,刘怀仁十分感激爷爷。爷爷虽说在他手下当过兵,可他不在爷爷面前摆老资格,不叫"连长"不开口。起初,爷爷有点不好意思,让他就按最初那么叫"石头",刘怀仁说啥也不肯叫爷爷小名。时间长了,爷爷也就习惯了。可爷爷对他一直很尊敬。

爷爷挪了挪屁股,刘怀仁挨着爷爷坐下,半晌,问:"连长,刚才出了啥事?"他是个精细人,看出了点端倪。

爷爷知道瞒不住他,说:"大炮那家伙犯浑,要耍鞭。"

刘怀仁笑道:"我一猜就是这事,他没得手吧。"

爷爷摇摇头。

刘怀仁往火堆里加了些树枝,爷爷用手中的树枝拨弄着,火苗蹿了起来,把他的脸映得通红。刘怀仁看到爷爷的脸色很不好,知道他还在为刚才的事生气,开口道:"连长,你还在生大炮的气?大炮就是那号人，你别跟他认真计较。”

爷爷没吭声。

沉默半晌，刘怀仁压低声音说：“连长，咱们现在的处境很不妙。”

爷爷抬眼看着刘怀仁。

“咱们很可能走错了方向。黄昏找水时，我四下瞧了瞧，都是一眼望不到头的沙丘，一两天恐怕走不出戈壁滩。咱们的水和干粮都不多了，得想个法子。”

爷爷也正为这事忧愁。“老刘，你点子多，给咱想个法子。”

刘怀仁说：“把干粮和水集中起来，统一分配。免得再闹内讧。”

爷爷猛一拍大腿：“这是个好点子！”

俩人商量着明天行军的方向和路线……

不知过了多久，在暗黑色的远方，有了一抹绛紫色在悄悄淡淡地泛起。那淡淡的若有若无的绛紫色渐渐地在天地间连成了一条线，把无尽的黑暗剖成两半。不知不觉间，远方那条绛紫色的线开始弯曲，聚拢。一弦火红如破土的幼芽，披着绛紫的外衣不屈不挠地从沙漠中升起。爷爷扔掉手中的树枝，站起身来：“老刘，集合队伍，咱们趁凉走吧。”

刘怀仁把士兵们从熟睡中喊醒，集合起了队伍。爷爷站在队列前，一脸的冷峻，用威严的目光把队伍扫视了两遍，沙哑着嗓子说：“弟兄们，咱们走进了戈壁滩，一天两天不一定就能走出去。从现在起，全连的干粮交给黄排长；水，交给刘排长，由他俩按我的命令统一发放。谁也不能多吃一口，多喝一口！”说罢，他摘下挎在腰间的水壶交给了刘怀仁。

有水有干粮的士兵虽然十分不愿意,但还是都服从了命令,把水壶和干粮袋分别交给了黄大炮和刘怀仁。爷爷又扫视大伙一眼,提高声音说道:“弟兄们,咱们来自天南海北,这辈子能在一起当兵吃粮,在一个锅搅勺把,这是缘分。前天晚上那一场恶仗,百十号弟兄都把命丢了,只剩下了咱们二十八个人,这是咱们福大命大造化大。现在咱们还处在十分危险的境地。咱们要像亲兄弟一样团结起来,拧成一股绳,劲往一处使,有福同享,有难共当。有天大的困难咱们一同担当,说啥都要活着走出这戈壁滩!”

这时火球似的太阳冉冉从地平线升起了,先是一弦如弓,继而半圆,而后渐渐地圆润丰满,千丝万缕的与大漠相连。戈壁滩的日出实在壮观迷人。爷爷凝望着东天,他无意欣赏戈壁日出,而是在确定行军的方向。从昨天早晨开始,他一直怀疑太阳升起的地方是否东方。他拿出地图,刘怀仁和黄大炮凑过来,三人看了半天,面面相觑,都弄不明白他们现在身处何处。

爷爷收起地图,说了声:“出发吧。”

刘怀仁说:“连长,弟兄们太疲惫了,多少给吃喝一口吧。”

爷爷略一思忖,便命令给每人喝一口水,发半块锅盔。在士兵们分吃锅盔时,他把三个女俘带到一旁。随后他向刘怀仁要了一壶水,又跟黄大炮要了一块锅盔。刘怀仁和黄大炮不明白他要干啥,都瞪着眼看他。爷爷来到三个女俘跟前,扫视她们一眼,举起手中的水壶和干粮,说道:“谁说出走出戈壁滩的道,这壶水和这块锅盔就归谁。”三个女俘冷眼看着爷爷手中的水壶和锅盔。爷爷把刚才的话又重复了一遍。他以为这三个女俘都是徐大脚的亲随女侍,而徐大脚曾来过这里住过半年,不可能不知道这地方的路径。

爷爷的猜测没有错,陈元魁曾带徐大脚多次在戈壁滩打猎,有一次不知怎的走进了这片胡杨林。他们在胡杨林宿了一夜,第二天早晨陈元魁把他们带出戈壁滩。那次她们三人都跟随着徐大脚和陈元魁。

三号女俘看了一眼爷爷手中的水壶和干粮,很快扭过脸去,似乎不屑一顾。一号女俘看了爷爷一眼,眼里闪出一丝别样的东西,但稍纵即逝。爷爷走到她的跟前,竭力把声音放得很温柔:"你说吧,我们绝不难为你。"把手中的水壶和干粮递到她的面前。

一号女俘没有看水壶和干粮,只是望着爷爷,目光里充满着怀疑和不信任。爷爷还想再说点啥,只听三号女俘高声喊道:"碧秀,别信他的,这伙丘八没有一个好东西!"

爷爷这时才知道一号女俘名叫碧秀。碧秀眼里的怀疑和不信任霎时变成了敌视和仇恨。黄大炮扑了过来,骂道:"臭娘儿们,我叫你嘴硬!"抡起武装带就要抽打三号女俘,被爷爷急忙拦住。爷爷已经看出,三个女俘中三号女俘最顽强凶悍,二号女俘最狐媚狡猾,一号女俘有几分野性傲骨,也有几分纯情良善。

爷爷看问不出什么结果,准备收起诱供品,忽然发现二号女俘用异样的目光看他,心里不禁一喜。

这时奶奶插言说,那玉秀本是个青楼女子,姿色不俗,陈元魁看中掠了去,做了贴身侍从。她很会诱惑男人,一双狐媚子眼睛很特别,能把男人撩拨得浑身发酥。你爷爷也是个贱骨头,只被玉秀撩拨了几眼就不知道姓啥为老几了。

爷爷争辩说:"她没你长得漂,我对你都没动心,还能对她动心。你别冤枉人了。"

奶奶说:"谁冤枉你了?她会骚情,我不会骚情嘛。"

爷爷说:“我是急着想让她说实话,没想到上了她的当。”

奶奶说:“你别诡辩了。你敢说你当时没往别处想？男人那点花花肠子我清楚着哩。再硬的汉子也经不住有姿色的女人撩拨。”

爷爷不再争辩,只是傻笑……

那时爷爷的确被玉秀迷惑住了,他走到玉秀面前,让玉秀说。

“长官,先让我喝口水吧。”玉秀一双目光温柔多情,声音也软绵绵的使人不忍拒绝。

爷爷有点迟疑。

“长官,喝口水我就说。”玉秀又扮出一副可怜兮兮的模样,任谁都会怜香惜玉。

爷爷把持不住,把水壶递了过去,玉秀眼里闪出一丝狡黠的亮光,接住水壶,拧开盖子,对着嘴就灌。爷爷急忙说:“只许喝一口!”

玉秀似乎没听见他的话,一个劲地往嘴里灌。爷爷慌了,急忙抢过水壶,厉声喝道:“快说!”玉秀长出一口气,说:“我不知道。”

爷爷的脸色变得十分难看:“你说不说?”

“长官,我真的不知道嘛,你要我说啥哩?”

爷爷气急败坏,扬手一个耳光扇了过去,玉秀的嘴角流出血,温柔的目光霎时变得仇恨起来。爷爷说,他是头一次下手打女人,他实在是气极了。

这时,黄大炮过来说:“连长,把这个骚娘儿们宰尿了!”

爷爷强按心头的怒火,摇了摇头。理智告诉他,这几个女俘可能真的有用,不能杀她们。半晌,他转过身,黑着脸大声命令道:“出发!”

队伍迤逦前进。最初的行走速度还是比较快的。休息了一夜,又喝了口水吃了点干粮,加之早晨天气凉爽,大伙都有了一些精神和体力。随着太阳的渐渐升高,行军的速度越来越慢。

太阳升到了头顶,脚下的黄沙和卵石好像炒过似的,隔着鞋脚都烫得慌。

黄大炮光着膀子,阿拉伯人似的把衣服裹缠在头上,黝黑的脊背滚动着闪亮的油汗珠子。他抬头看了看似乎钉在头顶的太阳,边走边骂:"他娘的脚,这是个啥屌地方!比孙猴子过的火焰山还要热!"走了几步,又嚷嚷:"连长,给弟兄们喝口水吧?"他虽然背着几壶水,此时还知道请示长官。

没等爷爷发话,队伍就停了下来。大伙看了看连长,目光最后全都落到了黄大炮腰间的水壶上,伸出舌头舔着早已干裂起泡的嘴唇。

爷爷扫视了队伍一眼,士兵们喘着粗气,全都打了蔫。他抬起头看了看天空,太阳悬在头顶,往下喷着流火。他轻叹一声,点了一下头。大伙立刻围住了黄大炮。黄大炮摘下水壶,威严地说:"每人只许喝一口!连长,你先喝吧。"遂把水壶递到爷爷面前。

爷爷接过水壶,只见大伙都盯着他手中的水壶,目光贪婪且凶悍。他迟疑一下,举起水壶仰喝了一口,浑身顿觉清爽起来,可更感到干渴,恨不能连水壶都喝进肚里。但他还是把水壶递给站在他身旁的王二狗。他十分清楚,自己是这支队伍的最高长官,士兵们的眼睛都盯着他,此时此刻万万不能搞半点特殊。

这口水还是没有给三个女俘喝。爷爷是想再抗抗她们,等她们实在支持不住了,再诱供她们。三个女俘此时都像霜打了的三月黄花,蔫头耷脑的,有气无力。爷爷想加快行军速度,看女俘们这般模样,估计这种时候和这种境地她们根本不可能逃跑,便让人给她们松了绑。

终于熬过了中午最难熬的时刻。太阳斜到了西天,温度虽然有所减退,但整个队伍疲惫不堪,前进的速度如同蚯蚓蠕动。

爷爷心里万分焦急。他手搭凉棚,举目远眺,荒漠一望无垠,沙丘似阔人家祭奠亡人供桌上的馒头,一个挨着一个,直到看不见的天边。他不知道何时才能走出大戈壁。假如明天还走不出去,那后果将不堪设想。昨晚还有巴掌大的胡杨林可以宿营,今晚该上哪里去宿营呢?他不禁仰天长叹了一口气。

刘怀仁赶了上来,喘着粗气说:"连长,大伙都不行了,几个挂彩的弟兄口鼻都出血了。是不是休息一下,给弟兄们喝点水吃点干粮?"

爷爷看着刘怀仁,这个原本精瘦的汉子只剩下一把骨头了,一双眼睛出奇地大,眼仁黑白分明,让人看着害怕。他点点头。刘怀仁转身刚要走,又被他叫住了:"怀仁,让大炮给几个俘虏也喝口水吧。"

刘怀仁一怔,有点疑惑地看着爷爷。

爷爷说:"别把她们渴死了。我们的性命也许在她们手里攥着哩。"

刘怀仁有点明白爷爷的用意,可还是有些迟疑:"只怕大炮不肯……"

爷爷略一沉吟,说:"你先给弟兄们分干粮吧。水的事我跟大炮说。"

一听要给俘虏喝水,黄大炮果然瞪起了眼睛:"连长,水现在可是咱们的命哩!你咋能把咱的'命'给土匪。依我看把她们毙𡱁算了,带着她们是个累赘。”

爷爷咧嘴笑了一下,说道:“大炮,把那个叫碧秀的一号女俘毙了你不心疼?”

黄大炮转眼去看一号女俘碧秀。她已花容尽失,头发蓬乱,面容憔悴,干渴、饥饿和疲惫把她折磨得没有半点精气神了;衣衫昨晚被黄大炮撕烂了,半个乳房裸露在外,她也不去遮掩丑,自随其便。黄大炮收回目光,苦笑道:“大哥,不瞒你说,昨晚我还有一股邪劲,这会就是她光着屁股找我睡觉,我也没一点心思了。”

刘怀仁在一旁取笑:“你这会儿对啥有心思?”

黄大炮说:“这会儿我光想喝水。你给我一老瓮水我都能喝干,你信不信?”

“你就不怕把你胀死。”

“胀死也比渴死强。”

“你这家伙!”

黄大炮说:“连长,这救命水咱咋能给土匪喝?!”

爷爷苦笑一下,在黄大炮肩头拍了一巴掌:“大炮,看远点。在紧要关头她们也许对咱们有大用。咱可不能让她们死掉。”

黄大炮嘟囔道:“有啥大用?你想娶她们做媳妇?”

爷爷又苦笑一下:“你个驴屄尽胡说,执行命令吧。”

黄大炮虽然十分不情愿,但还是服从了命令。他从腰间解下一个水壶,摇了摇,递给爷爷。

爷爷拿着水壶来到三个女俘面前。三个女俘的目光齐刷刷地望着爷爷手中的水壶,用舌头舔着裂着血口子的嘴唇。爷爷本想再来一次诱供,思忖片刻,钳住了嘴。他想用怀柔政策来感化三个冥顽不化的女俘。他没有问什么,只是说了一句:“一人只许喝一口。”顺手把水壶给一号碧秀。

碧秀看了爷爷一眼，有些迟疑不决。

“喝吧。”爷爷又说了一句，口气很温和。

碧秀不再迟疑，接过水壶，喝了一口，递给身边的三号女俘。三号女俘没有接水壶，充满敌意地看着爷爷。二号女俘按捺不住，一把抢过水壶，仰脖贪婪地喝了一口，不肯罢休地还想续喝。站在一旁的黄大炮急了眼，抢前一步去抢水壶。二号女俘不肯松手，黄大炮卡住她的脖子才把水壶夺下，顺手打了二号女俘一个耳光。一缕鲜血从二号女俘的嘴角流了出来，二号女俘伸出舌头把鲜血裹回嘴里，一脸仇恨地瞪着黄大炮。黄大炮骂道：“你个婊子养的！给你点颜色，你还蹬着鼻子上脸，看我不抽死你！”扬起手还要打。

爷爷拦住了黄大炮。黄大炮不愿再给三号女俘水喝。爷爷不想把自己的用心毁在一口水上。

他要过水壶，把水壶递到了三号女俘面前，她看着水壶，伸出舌头舔了下干裂的嘴唇。干渴把她打垮了，收敛了凶悍之气，喝了一口水。

喝罢水，便出发。

但行军的速度并没有快多少，整个队伍已经干渴至极，饥饿至极，疲惫至极，不是一口水半块干粮能解决问题的。

傍晚时分，走到了一个大沙窝里。爷爷举眼眺望，前边是连绵起伏的沙丘，回望西天，红日已半隐西山。再看看身后的队伍，人人筋疲力尽，走一步喘一口气，便命令队伍停止前进，就在沙窝里宿营。他取出绳索，把三个女俘的手脖子拴住，又串成一串，命令她们挤在一起。随后又让其他人睡在四周。他担心再发生类似昨晚黄大炮的事件，自己紧挨着女俘躺下。

队伍疲惫到了极点，所有的人一躺倒在地就死了似的，一动也不动，只有鼾声证明他们是活物。爷爷虽然疲惫至极，可脑子并不疲倦。他估计土匪不可能来这个鬼地方追杀他们，但也没有完全放松警惕。他闭目养神，竭力不让自己死睡过去。

不知过了多久，一号女俘碧秀翻了个身，把半个身子压在了爷爷身上。爷爷惊醒，睁开眼睛，虽是夜色，却也看得分明。碧秀衣不遮体，半截白花花的肚皮裸露着，其中一只乳房整个压在他的身体上，软绵绵地温热，十分惬意受用。那股原始的欲望忽地在心头涨起，但体内十分缺乏推动力，不能使欲望掀起狂涛巨澜。渐渐地，那股原始欲望又落了潮。

爷爷在不知不觉中昏睡过去。忽然，有人在耳畔急呼他："连长，醒醒！有情况！"他浑身一激灵，猛地坐起了身，一把掣出了手枪……

第十三章

急呼爷爷的人是刘怀仁。爷爷忙问出了啥事。刘怀仁看了一眼爷爷身边的女俘,示意爷爷跟他来。

爷爷跟随刘怀仁出了沙窝子。刘怀仁压低声音说:“连长,那边有个驮队。”这时天刚麻麻亮,爷爷顺着刘怀仁指的方向去看,只看到起伏的沙丘,没看见驮队。

“在哪达?”

“就在沙丘那边。”

说话间,驮队出现在沙丘之间,爷爷瞧见了。原来刘怀仁被一泡屎憋醒了,他怕臭了弟兄们,走出沙窝子方便,就在提裤子那一刻,他抬起头瞧见远处隐隐约约有一队小白点在移动。起初他以为看花了眼,仔细地瞧,那白点愈来愈显眼,再瞧,看见了马匹。他俯下身看了好半天,是驮队,赶驮的人穿着白衣白裤。他十分惊喜,急忙跑回来叫醒爷爷,报告了这一重大发现。

爷爷瞧着驮队,一脸的兴奋:“咱们有救了!赶快叫醒弟兄们,跟着驮队走!”刘怀仁说:“连长,我瞧着有点不对劲。”

“咋不对劲?”

“赶驮的人背着枪哩。”

“哦,都背着枪。”

“我咋瞧着赶驮的人比驮子还多?”

爷爷瞪大眼睛仔细瞧,果然赶驮的人比驮子还多,这有点不合规矩。

刘怀仁忧心道:“万一是土匪的驮队咋办?”

爷爷反问一句:“你说咋办?”

“咱干脆把驮队剿了!”

“剿了?”

“如果是商驮,咱吃他的喝他的,让他把咱带出戈壁滩。如果是土匪的驮队,咱打的是偷袭,也吃不了亏。”

国军打劫商驮,这话既不好说,也不好听。爷爷有点迟疑。刘怀仁看出了爷爷的心思,急忙说:“连长,都啥时候了,你还顾及个啥?就算是商驮,咱们回去赔他。如果是土匪的驮队,那可就是一箭双雕的大好事,不仅得了给养,而且也给咱圆了脸气。”

爷爷一拳砸在沙地上:“就这么办!”

俩人急急回到沙窝子,集合起队伍。爷爷留下李长胜和另外两个士兵在沙窝子看守三个女俘。随后把队伍带出沙窝子,说明了情况,并拿出剩下的两壶水分给士兵们喝。大伙一听要打驮队,顿时都长了精神。

爷爷站在队前训话:“弟兄们,把吃奶的劲都使出来,不要放过一个驮子!出发!”大步流星走在最前边。队伍拉成一条线,人人猫着腰,鼓着劲,顺着沙丘飞快地跑着。从波浪似的起伏的沙丘之间,出现了一条绛色的线,随着距离的缩短,士兵们看清了那就是驮队。距离越来越近,马背上的驮包也看得清清楚楚。那沉重的驮包里边也许是干粮,也许是水。水和干粮在戈壁上就是生命!

士兵们如同饥饿的狼群，望着驮队眼睛发出贪婪的凶光。爷爷压低声音威严地命令道："不要把马匹打死，要抓活驮子！"

回忆往事，爷爷说他当时下了一个十分错误的命令。如果当时不下那个命令，那些马匹大多会被击毙，他们会获得更多的吃食及物品，不会受后来那么多的苦。

天色这时已经大亮，景物看得清清楚楚。沙包依依偎偎，如荒败的坟冢，起伏连绵，直摆到天的尽头。爷爷的队伍借着沙包的掩护迅速地接近驮队，呈扇形包抄过去。驮队没有发现他们，从从容容、安安静静地走着。马背上的驮包看得很清楚了，沉甸甸的，左右摇晃。赶驮的人比驮子多出两倍来，足足有二十几个，都骑着马背着枪。骑者无精打采，似乎还没睡醒。

爷爷眼观着驮队，兴奋得满脸放光。在他身边的黄大炮惊喜地说："狗日的，送吃喝的来咧！"激动得干咽了一口垂涎。

刘怀仁在一旁也欣喜若狂："好肥的一块肉！"

爷爷下了命令："我打中间，你俩带人左右包抄！"随后跃身而起，登上沙丘顶，手握盒子枪，打雷似的喊道："站住，放下枪，不许动，谁动就打死谁！"他喊声一落，士兵们端着枪，跑得气喘吁吁，包围了过去。

"弟兄们，把驮子赶过来！"爷爷大声喊，朝天打了一枪。

赶驮的马队被突然出现的队伍惊呆了，随即一阵慌乱。只听有人高声喊道："别怕，他们人不多，给我顶住！"

很快马队镇定了下来，并开枪抵抗。爷爷的特务连毕竟是正规军，训练有素，伏在沙地上，开枪还击。马队不像是一般的商队，抵抗很顽强，且枪打得很准，爷爷身边的一个士兵“啊”地叫了一声，伸直胳膊不再动弹了。爷爷红了眼，扣住扳机不松手，一梭子弹全打了出去，马背上栽下了两个人。

爷爷换弹匣之时，刘怀仁猫着腰跑了过来，喘着粗气说：“连长，不是商驮，看样子是土匪。”

爷爷早就看出来了，对手是土匪，且是一伙悍匪，要想活擒驮队是根本不可能的，眼前的形势对他们很不利，土匪都骑着马，而且装备和体力都比他们强，如果冲过来，那后果将不堪设想。爷爷有点后悔不该来招惹这伙毛鬼神，额头沁出了冷汗，可此时此刻容不得他吃后悔药。

爷爷究竟是久经战阵，处险不慌。他命令士兵不要贸然冲锋，伏卧在沙地上瞄准对方的马匹开枪。这一招很有效，对方的马匹接二连三地倒下。

土匪没有冲过来。他们弄不清这边有多少伏兵，不敢往过冲，只是拼命打枪，掩护着驮队撤退。

爷爷不敢贸然发起冲锋追击，也只是打枪，噼噼啪啪的枪声震动着荒漠，打破了荒漠千年的沉寂宁静。渐渐地，枪声平息了。土匪丢下了几具驮子和马匹往东南方向撤去，片刻工夫消失得无影无踪。

爷爷这时命令士兵们冲过去打扫战场，三具驮子和四匹死马是他们的战利品。

黄大炮冲在最前头，刚想看看驮子里是什么东西。忽然从一匹死马后边钻出个人来。

“不许动，这是我们的驮子！”说话的是个穿一身白衣白裤的少年，约莫十六七岁，他上前一步护住驮子。

卧在地上的马突然昂起头，抖动一下鬃毛，两个前蹄奋力刨腾了几下，忽地站了起来，仰天长嘶。原来这匹马没有死！黄大炮仔细看那马，是匹白龙驹，浑身上下没有一根杂毛。那马一双很有灵性的眼睛打量着这群衣衫脏污不堪的军人，打了个响鼻似乎不屑。黄大炮伸手去抓笼头。白衣少年拦住他："不许碰我的白龙驹！"

黄大炮狞笑一声，骂道："你这个崽娃子，敢拦你老子！"伸手抓住少年的胸衣要动武。忽然，斜刺里伸出一只粗糙的大手钳住了他的手腕。他只觉得一阵生疼，急侧目，只见一个黄脸中年汉子不知从啥地方冒了出来，不卑不亢地说："老总，手下留点情，他还是个娃娃。"黄大炮瞪着眼看着黄脸汉子："你是啥人？"

黄脸汉子说："别管我是啥人，你先把手松开。"

黄大炮极不情愿地松开了手。这时爷爷走了过来，黄大炮报告道："连长，我们抓了两个俘虏。"

爷爷仔细打量了一下黄脸汉子。他四十出头，身材魁梧，左胳膊缠着绷带，显然是受了伤。

他面对一伙大兵不慌不惧，神态沉稳，镇定自若，不像土匪。再看那少年，稚气未脱，却一脸的倔强，一双杏核眼虎生生地盯着他们。

对峙半晌，爷爷开言问道："你是干啥的？"

黄脸汉子答道："我是个赶驮的。"

"你叫啥名？"

"我姓钱，你叫我钱掌柜就行了。"

"刚才那驮队是你的？"

"是我的。"

"那赶驮的人呢？"

“那伙人是土匪，他们抢了我的驮子。我的人被他们打死了，只剩下我们叔侄俩。”

爷爷明白了，钱掌柜的驮队遭遇了土匪。

“那股杆子的头是谁？”

“听他们说，是陈元魁的人马。”

爷爷浑身一震，心里说：“真个是冤家路窄，幸亏刚才没有硬碰硬。若是硬碰硬，他的残兵也许会永远躺在这里。”

爷爷的眼睛盯住驮子：“驮子里是啥？”

钱掌柜说：“毛皮，茶叶。”

“有没有吃的喝的？”

“有，不多。”

“快拿出来！”

钱掌柜指着身旁的驮子，说：“在这个驮子里，你们自己拿吧。”黄大炮动手就解驮子，少年拦住了他，喊道：“驮子是我们的，不许动！”

黄大炮的眼睛瞪得如同牛卵子，怒视着少年。钱掌柜拽过少年：“铁蛋，能在这达遇上这伙老总是咱们和老总有缘。老总们一定是渴坏了，饿坏了，让他们吃点喝点吧。”

黄大炮打开了驮子，驮子里一边装的是饦饦馍（一种饼子），另一边是个大皮囊，盛满了水。士兵们围了过来，爷爷让刘怀仁和黄大炮把饦饦馍和水分给他们。随后又派人去沙窝子让李长胜他们把三个女俘押过来，并给了三个女俘一点吃喝。

吃罢喝罢，太阳已升起了两竿多高，爷爷来到钱掌柜跟前，沉默半晌，欲言又止。钱掌柜已经知道爷爷是连长，便问道：“贺连长，你还有啥事？”

爷爷又说："钱掌柜，不瞒你说，我们迷了路，不知朝哪个方向才能走出戈壁滩。你是赶驮的，一定知道路吧。"

钱掌柜说："贺连长，我赶驮好些年了，可每次都是从北边绕着戈壁滩走。两天前我的驮队遇上了大沙暴，狂风吹得昏天黑地，沙粒子打得人睁不开眼睛，后来迷失了方向，迷迷糊糊地走进了戈壁滩。昨天傍晚，我遭遇到土匪的马队，护驮的保镖都被打死了，只剩下我们叔侄俩。今日个天刚发亮又被你的队伍打了伏击，把我们叔侄俩救了出来。现在我晕头晕脑的，也不知该朝哪个方向走才好。"

爷爷不吭声了，一双犀利的目光直射钱掌柜，似要把他的五脏六腑穿透，钱掌柜迎着爷爷的目光，丝毫没有回避，神情坦然自若。

黄大炮从爷爷身后闪出来，怒声道："连长，不给他点颜色瞧瞧他不知道马王爷是三只眼！"捋起衣袖要来武的。

爷爷拉住了黄大炮。

钱掌柜瞥了黄大炮一眼，不畏不惧地说："这位长官别发火。说句不好听的话，我们叔侄俩现在是蚂蚱拴在鳖腿上了，想跑也跑不了。你们走不出戈壁滩，我们叔侄也出不了戈壁滩。你们完蛋了，我们叔侄也就完蛋了。我要知道路能不给你们说吗？"

钱掌柜言之有理，黄大炮泄了气。爷爷举眼看着太阳，太阳的火焰把天边的云朵烧成了橘红色。半晌，他喃喃自语："朝哪个方向走呢？"直觉告诉他，朝太阳升起的方向走好像不大对头。

钱掌柜说："如果我的判断没错，咱们走进了腾格里大沙漠。"

"腾格里大沙漠？"爷爷让王二狗拿出地图，摊在沙地上寻找这个令人诅咒的地方。他找了半天没找着。钱掌柜蹲下身子，指给爷爷："在这里。"

爷爷把地图看了半天，讶然道："依你这么说，咱们现在在蒙古！"

钱掌柜点点头。

"你以前没来过这个鬼地方？"

"我赶驮走过比这里更远的地方，但没来过这个鬼地方。大沙漠自古到今是死亡之地，赶驮的商客都是绕开沙漠戈壁走道。"

"这么说咱们没活路了？"爷爷的两道浓眉拧成了两个黑疙瘩，脸色变得青黑，一双豹眼恶狠狠地瞪着钱掌柜，似乎钱掌柜把他们带进了荒漠。

钱掌柜苦涩地一笑："有句话说得好，活人让尿憋不死。咱想办法找活路走。"

"啥办法？"

钱掌柜说："贺连长，有句话我不知该说不该说。"

爷爷说："你说吧。"

"咱们跟着土匪的马队留下的足迹走。"

爷爷瞪着眼睛看钱掌柜。钱掌柜迎着他的目光，说道："我估摸土匪的马队一定知道道的。"

黄大炮在一旁说："连长，别听他的。这驴屌说不准是土匪的眼线，让咱往匪窝里钻哩。"

铁蛋瞪起眼睛，以牙还牙："你个驴屌才是土匪的眼线！"

黄大炮上了火，动手要打铁蛋。铁蛋毫不示弱，也握起拳头，被钱掌柜拦住了。

爷爷侧目，用眼神征求刘怀仁的意见，刘怀仁点点头。爷爷走前一步，对钱掌柜言道："钱掌柜，咱们在这里相遇也是前生有约，今世有缘。咱们现在是同船共渡，万一翻了船，淹死了我，也跑不了你。”钱掌柜不卑不亢地说:“贺连长,你要是认为我在撒谎,刚才的话你就当我放了个屁。你想朝啥方向走就朝啥方向走,我叔侄俩跟着你们也就是了。”

爷爷略一迟疑,随即上前一步,拍着钱掌柜的肩膀说:“老哥我相信你。”

刘、黄二人想说啥,爷爷摆了一下手,用不容置疑的口气说:“就这样吧,跟着土匪的马队留下的足迹走!”

接下来,爷爷让刘怀仁把驮子装的干粮和水分给士兵们。水和干粮都不多,每个士兵只分到了有限的一点。有两个驮子装的竟然是枪支弹药。爷爷用威严疑惑的目光询问钱掌柜。钱掌柜说,那是土匪的东西。

爷爷说,后来他才知道钱掌柜是共产党的人,给陕北贩运枪支弹药,那两驮枪支弹药其实都是他的货。

黄大炮踢着装枪支弹药的木箱,骂骂咧咧地说:“狗日的咋不是锅盔和水哩,这东西这会儿都不如打狗棍。”爷爷轻叹一声,让把枪支弹药分给士兵带上。他是军人,最爱的是这些东西,而且这两驮枪支都是德国货,烤蓝耀眼,崭新发亮。

他拿起一支枪,左看看,右瞧瞧,爱不释手。枪是军人的第二生命,当兵的都明白这个理。好几个士兵扔了手中破旧的“汉阳造”,换上了锃光发亮的德国货,随手又抓起黄澄澄的子弹往子弹袋里塞。铁蛋目睹此景眼里冒着凶光,咬着牙要扑上去阻拦,却被钱掌柜死死拽住了胳膊,并用威严的目光迫使铁蛋安静下来。爷爷回头看了钱掌柜一眼,钱掌柜面无表情,一语不发。爷爷最终还是放下了德国货,枪是好枪,可太沉了,就他现在的体力扛上实在吃不消,有把盒子枪就行了。

爷爷看大伙收拾停当了，便命令队伍出发。钱掌柜这时过来又进一言："贺连长，这戈壁滩大着哩，谁知道几时才能走出去？要我说，把那几匹死马剥了，把肉切成块让弟兄们带上。"

这真是个好主意！

爷爷当即下令，让士兵们剥马取肉，把能吃的东西尽最大可能地都带上。可又出现了新的问题，士兵们又要带枪又要带肉，不堪重负。爷爷刚舒展的眉头又皱了起来。

钱掌柜这时又说："贺连长，到了这步田地，吃的喝的比啥都重要。刚才那个长官说得对，这时枪都不如打狗棍。"

爷爷瞪着眼看着钱掌柜。钱掌柜并不避开他的目光，继续往下说："要我说，每个弟兄只带一件武器，多余的扔掉，多带点子弹和吃的吧。"

爷爷思忖半晌，认为钱掌柜的主意是对的，便下令让士兵们照此办理。

多余的武器扔了一大堆。钱掌柜呆呆看着，弯腰拿起一支枪，拉开枪栓，又推上，动作十分娴熟。他把那支枪抚摸了半天，又弯腰轻轻放下，恋恋不舍。爷爷在他身旁站了半天，他都没有发觉。

"你当过兵？"爷爷问。

钱掌柜转过脸来，苦涩地笑了笑，没有回答爷爷的问话。

爷爷说："你也拿一支吧，万一遇上啥情况，也有个防身的家伙。"

钱掌柜又笑了一下："你不怕我伤了你的人？"

爷爷在他肩膀上拍了一下，笑道："老哥，我信得过你。"

钱掌柜拿起一支枪背在肩上。

"我也要枪！"铁蛋也拿起一支枪挎上肩，枪杆太长，把他的身材比显得更矮了,再加上还背着一袋水,让他不堪重负,一挪步,枪杆直碰屁股,步子都走不稳。

爷爷笑道:"你能背得动就背上吧。"

钱掌柜也笑了一下:"别逞能了。把枪放下,那一袋水也够你背了。"

铁蛋很不情愿地放下了枪。

白龙马背上的驮子装满了水和干粮以及卸成块的马肉。白龙马连声嘶叫,不堪重负。钱掌柜轻轻地抚摸着马头,叹息般地说:

"老伙计你就多受点苦吧。"

白龙马安静下来,用嘴唇触着钱掌柜的手背,显然它听懂了主人的话。

还有一些羊皮坎肩和毛皮堆在那里,钱掌柜又开了口:"贺连长,把那些皮货都带上吧,戈壁上温差大,夜晚可让兄弟们挡挡寒。"爷爷已领略到了戈壁滩夜晚的寒气,正在想着怎样带上那些皮货。士兵们身上都背着干粮、水和马肉,还有枪支弹药,不能再增加重量了。再者说,这么炎热的天,背着皮毛上路可真不好受。

最终爷爷把目光落在了三个女俘身上,顿时有了主意。他让人把那堆皮货捆成三卷,让三个女俘各背一卷。钱掌柜在一旁说:"你还真能想出好办法。"语气中带着嘲讽。

爷爷得意地笑道:"咱们都背着东西,也不能让她们几个享清闲嘛。"

就要出发时,刘怀仁跑来报告,说是发现了一个皮箱,装满了银圆。爷爷让抬过来,皮箱虽说不大,可满满一箱银圆少说也有四五千块。这是个不小的缴获,爷爷脸上泛起了笑意。特务连追击土匪时,带了一些钱做军资用。那笔钱带在司务长身上,那晚遭了伏击,司务长阵亡了,那笔钱也就没了。这几天在荒漠上跋涉,用不着钱,爷爷都记不得钱是干啥用的。可毕竟钱这东西对他印象太深刻了,一看见这东西,而且他从没见过这么多的钱,所以笑纹情不自禁出现在眼角眉梢。

爷爷说:“带上。”

这么多银圆俩人抬上都嫌沉,而且大伙都疲惫至极,咋个带法?刘怀仁要把皮箱放在马驮上,可白龙马已经有点不堪重负了。刘怀仁把马驮上的食物往下卸,钱掌柜忍不住言道:“这东西这会儿能顶水喝?能当饭吃?”

一句话唤醒梦中人。爷爷猛醒过来,身处荒漠戈壁,不知几时才能走出去,这会儿钱有何用?银圆咬着都硌牙!可白花花的银子扔了实在让人心疼。他把皮箱看了好大一会儿,摆了一下手:“分给大伙吧。”

刘怀仁问:“每人分多少?”

爷爷略一思忖:“谁想要多少就给多少。”

刘怀仁一怔,呆眼看着爷爷。

爷爷道:“谁有力气谁就多拿点吧。”又补一句,“谁拿就归谁。”

刘怀仁明白了,打开了皮箱,白花花的银圆在炽热的阳光下闪着刺眼的光芒。一双被烈日晒得脱了皮的手伸向了银圆,随后许多双这样的手都去抓银圆。爷爷没有动手。

钱掌柜没有动手。三个女俘没有资格动手。

二狗抓了一把银圆。转脸对身边的铁蛋说:“你也拿几块吧。”

铁蛋说:“那东西又不能吃不能喝,拿上是累赘,我不要。”

二狗说:“你不要,我也不要。”把手中的银圆又扔回了皮箱。

大伙或多或少的都拿了些银圆,皮箱里还剩下许多。李长胜把两个衣兜装满了,眼睛还看着皮箱,嘟囔道:“没人要我就全要了。”他脱下衣服,给两个袖头绾了结,把银圆往袖筒里灌。

爷爷皱着眉看李长胜,李长胜发现爷爷看他,笑着说:“连长,给你也拿几块吧。”

爷爷说:“老蔫,你拿得动吗?”

李长胜把衣服搭在脖子上,说道:“拿得动。”

刘怀仁在一旁说:“老蔫,你要这么多钱干啥?”

李长胜笑道:“刘排长,看你这话问的,我家缺的就是钱,因为没钱,我三十好几了还打光棍。走出大戈壁,我就不当这个㞞兵了,回家买上几十亩地,再买头牛,再娶个媳妇,好好过日子。”

刘怀仁说:“要是走不出大戈壁呢?”

李长胜怔住了。他没有去想这个问题。现在刘怀仁这么一说,大伙都默然了,似乎都在想这个问题。其实,大伙这几天一直在想这个问题,只是谁也不愿说出来。

爷爷黑了脸,凶了刘怀仁一句:“别说这丧气话!出发!”

下　卷

第十四章

队伍出发了。

沙地上清晰地留着土匪马队的足迹，迤逦东南而去。队伍追寻着土匪马队的足迹往东南方向前进。

这支队伍增加了两个人和一匹马，似乎壮大了许多，也有了生气。其实，队伍的生气来源于刚刚补充的给养和马背上的驮子。

王二狗斜挎着公文包，背着一大块马肉，稚气未脱的脸上布满笑纹。和他并肩而行的是铁蛋，背着一个牛皮做的水囊。他俩边走边说着话。

“我叫二狗，你叫啥名？”

“我叫铁蛋。”

“我十六岁，你多大了？”

“我也十六。”

“我家在关中雍原，你家在哪达？”

“我家在陕北绥德。”

“我没爹没妈吃百家饭长大，队伍上招兵，我就跑出来吃粮当兵来咧。你家都有啥人？”

“我也没爹没妈，是我叔叔收留了我。我跟着我叔赶驮子。”

…………

两个同龄少年比其他人更容易亲和，相似的出身和遭遇又把他们的距离拉得更近。不到一个时辰的工夫，他们亲热得像是多年不见的老朋友。他俩热烈的情绪很快感染了整个队伍，队伍中有了欢声笑语，行军的速度也似乎加快了许多。

戈壁的天格外的蓝，太阳高高地挂在清纯的蓝色之中，放射着灼人皮肉的烈焰。士兵们的汗水流出来又被烈日烤干了，如此反复，最终大伙身上都结出了盐粒子，搓一把唰唰地落。

走在爷爷身边的刘怀仁忽然问道：“连长，听人说新疆热天沙子里能煮鸡蛋，不知道这𡲰地方沙子里能不能煮熟鸡蛋。”

爷爷抹了一把脸上的汗水：“我看十有八九也能煮鸡蛋。”

跟随爷爷身后的黄大炮扭脸问钱掌柜：“你驮子里有没有鸡蛋？拿出来咱们试试。”

钱掌柜苦笑道：“那东西能往驮子里装吗？一磕一碰全成了黄水。”

李长胜身上的负重比谁都多，累得他气喘吁吁，他拿出锅盔咬几口，又拧开水壶喝几口。刘怀仁看了他一眼。笑道：“老蔫，咋不吃银圆哩？”

李长胜说：“那东西咋吃哩？”

“那你背着它干啥？”

“背出大戈壁，它就能吃能喝咧。”

黄大炮插了一句：“还能娶媳妇咧。”

李长胜嘿嘿嘿地笑了。

爷爷笑着说:“老蔫这会儿是猪八戒背媳妇尽想好事哩。”

一伙人都笑了……

这天的行军速度比昨天相对快些。士兵们尽管多了些负重,但负重的是干粮和水,能随时补充营养,而且土匪马队留下的足迹给了他们希望和信心,使他们从心底滋生出一种力量。

夕阳跌窝之时,队伍走进了一个大沙窝。沙窝有一片小胡杨林,这片胡杨林比他们前天晚上宿营的那片胡杨林要小得多,且胡杨树全都枯死了,树枝光秃秃的,没有一片绿叶,只有树干电线杆似的竖着。

放眼望去,一片肃杀凄惨狼藉的景象,犹如一个杀声刚息的战场。这片胡杨林与荒漠的风沙和干旱做了殊死搏斗,最终战败了。咚咚的战鼓声已经不在,可死去的战士却依然站立,站成了一片惨烈的景象。

爷爷默然望着胡杨林,良久,说了声:“就在这里宿营吧。”

士兵们用枯树枝生起了篝火,熊熊的火焰在荒漠中燃起一团生机。钱掌柜从驮子里取出一个铁锅,支了起来,把皮囊的水倒进铁锅,再用匕首把锅盔削成碎块倒进铁锅,又割了些马肉,削成薄片加了进去,又放了些作料。不大的工夫,铁锅飘出了令人馋涎欲滴的香味。黄大炮干脆把马肉挑在枪刺上用火烧,许多士兵都如法炮制,片刻工夫,肉香直钻鼻孔,令人垂涎三尺。

这一顿晚餐十分丰盛,是他们走进荒漠吃的唯一一顿饱饭。士兵们放开肚皮吃,人人都吃了个肚儿圆,就连三个女俘也吃饱了肚子。

夜色愈来愈浓,白天的酷热很快退尽了,寒气袭来,愈来愈重。

爷爷让把三个女俘背的羊皮坎肩分给大家,士兵们每人穿了一件,舒适地睡着了。三个女俘没有羊皮坎肩可穿,每人裹了一张羊皮,挤成一堆,在篝火堆旁也昏昏沉沉地睡着了。

钱掌柜没有睡,用一个罐头盒做成的茶罐在篝火上熬茶喝。铁蛋裹着一张羊皮躺在他的旁边睡着了,圆圆的脸上露出跟他年龄极不相称的忧郁之色。

爷爷也没有睡,他沿着胡杨林边转了一圈,没有发现什么情况。他回到篝火旁,钱掌柜热情地招呼他,并递上他刚熬好的酽茶。爷爷坐下身,接过茶罐喝了一口,不禁皱了一下眉。那茶比中药汤还苦。钱掌柜笑道:“苦吧？这是正宗的青海砖茶,能提神醒脑长精神。再者,还帮助消化,你就是把石头吃进肚里,一罐茶下肚也能克化掉。”爷爷一听有这么多好处,就皱着眉把那罐苦茶喝了。

钱掌柜给茶罐续满水,一边熬一边瞥了火堆那边三个女俘一眼,漫不经心地问:“那三个女的真个是土匪?”

爷爷点点头。

“女人当土匪少见。”

“是不多。听口音你是陕西关中人?”

“关中雍原人。”

“那咱们还是乡党哩。北原有个女杆子头叫徐大脚,你知道吗?”

“知道。那娘儿们凶残得很。”

“是个凶残的母老虎,乡党们提起她都打寒战哩。她们几个是徐大脚的亲随护兵。”

“徐大脚咋跑到这达来了?”

爷爷便把跟踪追迹剿除徐大脚的经过说了一遍，又说了徐大脚和陈元魁合兵一处打了他们的伏击，几乎全军覆没，后又误入戈壁。临了长长叹了一口气：“唉，打了一辈子雁，没想到竟被雁鸽瞎了眼。”又问：“钱掌柜，你赶驮多年，当真不知道这里的路径？”

钱掌柜苦笑道：“贺连长，你问这话还是信不过我。”

爷爷说：“据我所知，凡商队出行都要雇用向导？难道你们没有雇向导？”

“哪能不雇向导？我们雇了好几个向导哩。”

“向导哩？”爷爷用目光四处搜寻，似乎钱掌柜把向导藏起来了。“向导都被土匪打死了。整个驮队只剩下了我和铁蛋。”

沉默。

良久，爷爷又问：“向导没有跟你说过这达的路咋走？”

“向导带我们驮队走的是戈壁边缘那条道。那场沙暴来得凶猛，把几个向导都刮得昏头昏脑，闹不清东南西北，我们糊里糊涂走进了大戈壁。后来就遭遇上了那股土匪，再后来就碰上了你们。”

“唉——”爷爷仰天长叹，“老天这回是要收我们的生哩！”

“贺连长，别这么说，有道是天无绝人之路。”

“话是这么说。可咱们的食物和水都有限，谁知道几时才能走出戈壁荒漠。钱掌柜瞥了一眼火堆那边的女俘，说：“徐大脚常来这地方买马游玩，她们是徐大脚的亲随护兵，也许知道路径哩。”

爷爷说：“我审过她们，她们不肯说。我估计十有八九她们知道路径。要不是这，早就把她们毙了，带着她们实在是个累赘，还要消耗给养。”

钱掌柜摇摇头：“不能毙不能毙。她们是女人嘛，女人当土匪肯定是被逼上梁山的。再者说，她们也没犯下死罪。”

爷爷说："她们是没犯下死罪，可到了这步田地，死不死由不得她们。"

钱掌柜说："她们的命在你手里攥着，你让她们活着，谁还敢放个屁。"

爷爷苦笑道："你可别这么说。这会儿咱们的命还不知在谁的手里攥着哩。"

钱掌柜不再说啥，把熬好的茶递给爷爷。爷爷皱着眉慢慢呷那如同中药般的苦茶。

夜愈来愈深，寒气也愈来愈重。

士兵们冻醒了，把篝火烧得旺旺的，围住篝火取暖。忽然有人低声唱起了信天游：

白脖子鸭儿朝南飞，
你是哥哥的勾命鬼。
半夜里想起干妹妹，
狼吃了哥哥不后悔……

声音虽然压得很低，可谁都听得清清楚楚。唱声一落，便有人叫好，吆喝着再来一个。原来唱信天游的是三排长刘怀仁，他是陕北人，嗓子很好，闲着没事就爱唱几句。大伙都嚷着要他再唱一段。他却抽起烟，不肯再唱。黄大炮一把抢下他手中的烟锅："老刘，你把人的心火逗起来了却不唱了，你这是弄啥哩嘛！唱，给咱再唱段够味的。"

刘怀仁不好再推辞，清了清嗓子，又唱了起来：

你要来你就墙上来，
二妹子解下红裤带，
把哥哥吊上来。

半夜里来了鸡叫里走，

哥哥好像偷吃的狗，

妹妹我好难受……

又赢得了一片喝彩声。大伙笑着叫着要刘怀仁接着唱，一时间都忘了疲劳和寒冷。

钱掌柜忽然问爷爷："刘排长是陕北人？"

"他是陕北绥德人。"

钱掌柜说："米脂的婆姨绥德的汉，清涧的石板瓦窑堡的炭。看得出，刘排长是条汉子。"

爷爷点头问道："你去过陕北？"

"我在陕北做过多年生意，对那达熟得很。贺连长，你去过陕北吗？"

爷爷说："没去过。那达现在是共产党的地盘，听说邪乎得很。"

钱掌柜笑着说："邪乎啥哩。说句你不爱听的话，共产党讲平等讲民主，在那达做生意比在西安城做生意都强。"

爷爷说："这话在这荒漠野地可以说，要在省城里说，非给你个通共的罪名不可。"

钱掌柜说："那我可就不敢说咧。"

爷爷说："你随便说，这达是荒漠野地，不是省城。"

钱掌柜说："我可不敢随便说，这达虽是荒漠野地，可你是国军的连长，给我扣个通共的帽子，我可戴不起。"

爷爷笑道："我免你无罪。你给咱说说陕北的事。"

"说啥哩？"

"你见过共产党吗?"

"见过。"

"啥样?"

"不好说。"

"咋不好说?"

"共产党不是一个人,是个组织。"

"组织?"

"跟你这么说吧,你见过国民党吗?"

"见过。"

"啥样?"

爷爷有所醒悟:"我们团长和营长都是国民党员,他们多次要我加入国民党,可我拿不定主意到底是加入好,还是不加入的好。"

"为啥?"

爷爷说:"我出来当兵吃粮,想靠一刀一枪挣功劳光宗耀祖,不想拉党结派,投机钻营。有句古训,君子不党。咱当兵就好好当兵,跟党不党的没啥关系。"

钱掌柜笑道:"看得出,你是耿直脾气人。"

爷爷也笑了:"咱老陕的生、冷、蹭、倔几样毛病都让我占全了。"

钱掌柜说:"这几样毛病是当官的大忌,你往后得改改。"

爷爷说:"江山易改,禀性难移。我这屄脾气只怕这辈子改不了了。"

钱掌柜说:"咱老陕生冷蹭倔的脾性说是毛病,也不是毛病,做人嘛,就得有点脾性。人若没点脾性,就像好刀没钢。"

爷爷说:"你这话在理。依我之见,人生在世就要义字当先,譬如三国时的刘关张桃园三结义。三人三姓，可比亲兄弟还要亲。东吴杀了关羽、张飞，刘备连江山都不要了，说啥也要给两个兄弟报仇雪恨。人嘛，活在世上，一要讲义气，二要有骨气和血性。这两样东西跟党不党的没啥关系。你说是不？”

钱掌柜说：“你这话也对也不对。”

爷爷问：“你这话咋个说？”

钱掌柜道：“人活在世上要骨头硬，要有血性，也要讲义气，这话一满都对。你要说，君子不党，那可就错咧。”

“咋个错咧？”

“君子不党是老话了。现在的君子都‘党’了，就说孙中山吧，绝对是个人物是个君子，可就是他组建了国民党。”

爷爷无话可说，呆望着围着那堆篝火又唱又笑如癫如狂的士兵，半晌，长叹一声：“唉，我的一个特务连有一百二十名兄弟，如今只剩下了这么点人马。我回去咋跟我们团长交代？我没脸回去见秦川的父老乡亲啊！”爷爷的眼睛潮湿了。

这话让钱掌柜也想到了他灭亡的驮队，感慨地说道：“人来在这个世上迟早都要死，只可惜他们死得太早了。”声腔带着悲音。“出师未捷身先死，长使英雄泪满襟啊！”

爷爷掉下了两颗泪珠。

钱掌柜也抹了一把眼睛，以茶当酒，满饮一杯，随口吟道：“葡萄美酒夜光杯，欲饮琵琶马上催。醉卧沙场君莫笑，古来征战几人回。”

爷爷拭去泪珠，转过目光呆呆地看着钱掌柜。

钱掌柜一怔，随即笑道：“你看我干啥？”

“你是读书人？”

钱掌柜淡然一笑："念过几天私塾。"

"不，你是念过大书的人。"

钱掌柜哈哈笑了："昨儿你说我当过兵，这会儿又说我是读书人。我到底是个干啥的？"

"你到底是干啥的？"

"你把我都闹糊涂了，我这会儿也闹不清我是个干啥的。"钱掌柜说罢，哈哈大笑。

爷爷也笑了："你是个怪人。"

忽然，那边篝火堆旁传出一阵嬉笑。原来是黄大炮捏细嗓子唱酸曲《十八摸》，逗得士兵们哈哈大笑。这时三个女俘也围坐在篝火旁，都被黄大炮的怪腔怪调逗乐了，其中二号女俘玉秀竟然笑出了声。

黄大炮起身来到玉秀面前，邪笑道："笑啥哩？是不是想和男人那个啥哩。

玉秀还是笑声不止，胸乳起伏乱颤。

黄大炮瞪圆了眼睛，干咽了一口垂涎，半晌，说道："你这个骚娘儿们，听了我不掏钱的酸曲，也得给我唱个酸曲。"

士兵们都跟着起哄要玉秀唱酸曲。玉秀出身青楼，是见过大世面的，啥事没经见过？她没有扭扭捏捏，落落大方地站起身，一甩散乱的长发，问黄大炮："你想听啥？"

黄大炮先是一怔，随即坏笑道："想听酸曲，要比《十八摸》还酸。"

"那你就听着。"玉秀清了一下嗓子，唱了起来：

上河里漂来牛肋巴，
下河里捞呢么不捞？

尕妹的裤裆里拉风匣，

看你是奸呢么不奸？

玉秀的嗓子很好，只是缺少了水的滋润，有点沙哑，却别有一番韵味。篝火旁顿时鸦雀无声，都被这酸味十足的花儿震住了。好半天，忽地爆出一片哄笑。黄大炮竟然拍起了巴掌："嫽，唱得嫽！再唱一个！"

士兵们都跟着起哄："再唱一个！"

玉秀却不肯唱了，用很"妖"的眼波撩了黄大炮一下。黄大炮只觉得全身麻酥了一下，瞪圆眼睛直往玉秀身上瞅，不忍丢开。

刘怀仁在他肩头上拍了一巴掌："大炮，又想女人了？"

黄大炮恋恋不舍地收回目光，悻悻地骂了一句："这个㞞婆娘。"

讲到这里，爷爷磕掉烟灰，笑着说："你婆唱的曲子要比玉秀好听得多。"

我趴在奶奶身边要她唱支曲子给我听听。奶奶笑道："我牙都掉光了，说话都漏气，还能唱啥曲子？"

我再三缠着奶奶。奶奶拗不过我便轻声唱了起来。

奶奶在马戏团待过好几年，走南闯北，陕甘宁几省的曲曲调调都会唱。她唱的是陕北的信天游：

百灵过河沉不了底，

三年两年忘不了你。

有朝一日见一面，

知心的话儿要拉遍。

奶奶虽说掉了牙嘴里漏风，可嗓音还不错，把那个情情调调都唱了出来。爷爷在一旁眯着眼无声地笑,似乎喝醉了酒。完全想象得出来,奶奶年轻时嗓子赛过银铃,展开歌喉会羞得百灵鸟也紧闭住嘴。可在几十年前那个荒漠之夜,奶奶一句也没唱,让二号女俘玉秀出尽了风头。

第十五章

天刚蒙蒙亮，爷爷就命令队伍出发。

清晨的戈壁滩寒气没有消散，颇有凉意，正是行军的大好时机。给养的补充使队伍有了生机。

队伍中有了欢声笑语，又是黄大炮几个拿三个女俘取乐。黄大炮哼着酸曲撩拨二号女俘玉秀。玉秀起初不搭理，后来也唱了几句，还用眼光撩拨黄大炮。黄大炮得意忘形，越发放肆。拿捏着嗓子，学着刘怀仁的声腔唱了起来：

上一道道坡来，
下一道道梁，
想起我的干妹子，
哥哥心里揪得慌。

众人齐声喊好，又起哄要玉秀唱。玉秀是见过世面的，她瞟了黄大炮一眼毫不示弱：

上一道道坡来，
下一道道梁，
大老远瞭见哥哥你，
妹子心里暖洋洋。

又赢来一片喝彩声。

黄大炮越发得意起来，冲玉秀飞了个媚眼，唱起了酸曲：

只要跟妹说句话，
扇哥耳光也没啥。
只要跟妹亲个嘴，
挨上几鞭也不悔。
只要跟妹睡回觉，
砍头不过风吹帽。

又是一片哄笑。

玉秀是青楼出身，本来就野性十足，放荡不羁，跟随陈元魁当了土匪后，又添了不少凶悍和霸气。她现在虽说做了俘虏，可还不愿在气势上输给爷爷他们。她一甩长发，还了黄大炮一个媚眼，亮着嗓子唱道：

想跟我说话也没啥，
你先把我叫声妈。
想跟我亲嘴我不嫌，
就怕你的牙没长全。
想跟我睡觉也能行，
就怕你的牛牛不打鸣。

黄大炮对不上词来，挠着头，一张黑脸涨成了青紫色，惹得众人哈哈大笑。

刘怀仁笑道："大炮，你当心点，她给你使美人计哩。"

黄大炮醒过神来，又来了劲咋咋呼呼地说："她敢给我使美人计，我就将计就计。"

他的话又引起一阵哄笑。

黄大炮又道:“老刘,她咋不给你使美人计哩?”

刘怀仁说:“我一没有你身体壮,二来也不敢将计就计。”

又是一阵哄笑……

爷爷沉着脸走在最前边。他的心情并没有多少好转。他不知道啥时候才能走出这个鬼地方。

太阳很快就露脸了,清凉之意顿时烟消云散,随即而来的是滚滚热浪。随着时间的推移,那热浪一浪高过一浪,把整个队伍淹没了。行军的速度被热浪冲垮了,变得十分缓慢。已经没人拿女俘取乐了,一步一喘,不住地咒骂老天。

爷爷忽然闻到一股怪异的腥臭,举目搜寻,没有发现可疑目标。他吸吸鼻子,那怪异的腥臭味直钻鼻孔,令人恶心得直想吐。他心中疑惑,停住了脚步。他又吸了吸鼻子,感觉到怪异的腥臭味是从士兵们身上发出来的。这时只见几个士兵弯下腰呕吐。呕吐之物的腥臭味霎时弥漫开来,而且极具传染性。爷爷身旁的王二狗忍不住了,哇的一下把一堆脏物喷在了脚地。爷爷皱了一下眉,肚里一阵翻江倒海,差点把昨晚进肚的东西都倒腾出来。

这时钱掌柜拉着马赶了上来:“贺连长,马肉臭了。”

原来怪异的臭味来自士兵们身上带的马肉!天气太热,马肉昨天就有了味道,大伙并没在意。今天那味道随着气温的升高越来越浓烈,令人恶心得直想呕吐。

钱掌柜从马背上拿出一块马肉,那肉已腐烂不堪,直流血水,奇臭无比。

“贺连长,这肉不能吃了,扔了吧。”

爷爷恶心得差点要吐,连连摆手:“扔了扔了,赶紧扔了。”

扔掉了臭了的马肉,队伍继续前进。

李长胜边走边骂娘。他已经把水壶的水喝完了,尽管走得一步三喘,可还是把那些银圆背在身上。跟在他身后的二狗撵上来一步,说道:“老蔫,我给你讲个故事。”

李长胜没精打采地说:“你个屎屁眼娃能讲个啥个故事。”

“你听不听?”

“讲吧,就当听你谝闲传哩。”

“从前,一条河发了大水,把一个村子淹了。一个穷汉跑出来时给怀里揣了几个馍,一个富汉背了一袋子元宝。俩人被大水困在树梢上。那水几天没退,穷汉饿了掏出馍来吃,富汉也饿了,掏出元宝咬了一口,把牙硌掉了。富汉要买穷汉的馍,说一个元宝买一个馍。穷汉不卖。富汉饿极了,要用一袋子元宝换穷汉一个馍。穷汉说,你就是拿十袋元宝来我也不换,那东西这会儿能吃吗?后来大水退了,富汉也饿死了。”二狗讲完,拧开水壶盖喝了口水,狡黠地笑了。

李长胜舔了一下干裂的嘴唇:“你个崽娃编故事笑话我哩。说啥我也要背着。”二狗说:“我等着谁用一袋银圆换我一壶水哩。”

大伙都笑了。

日头斜到西天,队伍来到一座小山前。

王二狗惊叫起来:“快看,那山冒火哩!”

众人举目远眺,那座小山果然有火苗跳跃,虽然在强烈的阳光照耀下,那跳动的火苗却清清楚楚地映入每个人的眼帘,可见火势之大。黄大炮喃喃道:“怪不得这么热,原来这达有座火山!”

众人惊疑不定,不敢贸然向前。这时钱掌柜赶了上来,手搭凉棚看了看,对爷爷说:“不是火山,像是座沙丘。”

大伙将信将疑。钱掌柜说:“这地方不可能有火山。火山喷发也不是这种情景。”大伙把目光都投向钱掌柜。钱掌柜却不再说啥,只管往前走去。爷爷喝令一声:“跟上!”

到了近前仔细一看,不是山,也不是沙丘,而是一座残破不堪的城堡。这座城堡有多少年了?不得而知。也许当初这里是一座数万人的城镇,繁花似锦。可现在一切都荡然无存,只剩下了残垣断壁泣诉着大西北风沙的残酷无情。

城堡是依山而建,山坡从下到上依次有几排洞穴,已被风化得面目全非。小山上部呈红色。中部由于风化的侵蚀,出现了一道道纵纹,远远看去似乎燃烧的火焰,特别是在烈日炎炎的正午,深藏地下的水汽蒸发出来变成一缕缕游丝,使人感到整座小山都在熊熊燃烧。

一伙人站在城堡的废墟上发愣。满目残垣断壁,不见片瓦,别说人影,连棵小草小树也没有。仰脸看天,没有一只飞禽,只有白花花的太阳往下喷着火。四周寂然无声,他们似乎走进了远古的一个墓地。

后来,我读完初中读高中,由于命运之神在捉弄我,令我没有跨进大学的校门。在我有限的知识中,我知道在罗布泊畔有一座楼兰古城。楼兰古城是楼兰国的京城,也是汉代通西域的必经之地。遥想当年,张骞出使西域,他的豪华商队肯定在楼兰城里驻足洗尘。但是后来楼兰古城却神秘地消失了。后人因无法为此城的存在找到确凿的证据,怀疑真有过这么一座城池的存在;直到19世纪的某一天,西方探险家找到这座城,人们这才相信楼兰古城的存在不是传说。楼兰古城是怎样消失的呢?它是被风沙吞噬掉的!

陕北还有一个统万城。《太平御览》里记载着一个匈奴单于赞美它的话:“美哉斯阜,临广泽而带清流,吾行地多矣,未见若斯之美。”就是这样一座美丽的城市也湮没于一片沙海之中。

大西北的风沙真是太可怕了。爷爷他们面前被沙海吞没的城池叫什么名?我翻过史料,没找到答案。也许是这座城池太小,没有楼兰城和统万城那么有名,也许是风沙太大太久,把它埋进历史记忆的深处。

那时爷爷手扶着一截残墙,望着眼前的一片凄凉,心里涌上一股难以言表的悲哀。良久,他叹息一声,握拳砸了一下残墙。那残墙竟然把他的拳头碰得生疼,还擦破了一块皮。他来了气,顺手从脚下摸起一块卵石狠狠地去砸那残墙。没想到卵石破裂了,那残墙竟然无损。爷爷大为惊讶,再次用手去摸那残墙,感到那残墙坚硬如骨头。站在他身边的钱掌柜说:“这城墙是用糯米汁和泥加麦草砌起来的,比石头还硬。”

就是这比石头还要坚硬的城墙被大西北的风沙摧垮了,变成了废墟。

钱掌柜望着一片残垣断壁说:“这是座不小的城镇。”

“是座不小的城镇。”

“可惜让风沙吞没了它。”

“太可惜了。”

“大西北的风沙真是太可怕了。”

俩人不再说什么,默然地呆立着。

一伙人都呆立着,没谁说什么。

这地方出奇地热,一伙人的身上直往外冒油汗。爷爷本想让人马在这地方歇歇脚,可看到这地方如同一个墓地,心里不禁一阵发寒。半晌，他黑着脸吼了一句："走吧！"

队伍迤逦往东南方向而去。走不多远，黄大炮忽然叫道："连长，快看！"声音十分怪异。

大伙都是一惊，抬眼疾看。只见东边天际出现了一片黄幕。遮天蔽日，齐刷刷、立陡陡地直朝这边压来。大伙望着这骇人的景象，面面相觑，不知这又是怎么了，都是一脸的惶恐。那匹白马很响地打了个响鼻，长嘶一声，双蹄腾空，要不是钱掌柜紧拉缰绳，驮子就会从马背上掀翻下来。他在马脖子上轻轻地抓挠几下，白马安定下来。他手搭凉棚眺望一会儿，惊叫道："不好，可能是沙暴，赶紧找地方避一避！"

往哪儿躲避呢？这个鬼地方除了沙子就是石头，连根草都没有。爷爷转眼看到身后不远处的城堡废墟，情急生智，急令道："往回撤！"士兵们看到形势不妙，扭头往回撤。钱掌柜和铁蛋拉着白龙马也掉头后撤。爷爷急奔过去，大声道："钱掌柜，你可要把马牵好，千万不要让它跑丢了。"

钱掌柜说："你放心。"在马屁股上拍了一巴掌，那马撒开四蹄小跑起来。

三个女俘却挤成一堆不肯走，用眼神传递着信息，显然想趁机逃走。那遮天蔽日的黄幕完全扯开了，越逼越近，呛人的沙土味直钻鼻孔。爷爷忍不住打了个喷嚏。他急了眼，大声吼道："老刘，大炮！你俩一人带一个俘虏，不能让她们跑了！"顺手拽过身边的一号女俘的胳膊，"跟我走！"

一号女俘有点不肯就范。爷爷喝道："不听命令我就毙了你！"

爷爷的脸色阴沉得十分可怕。三个女俘都看得出爷爷真动了肝火，禁不住打了个寒战。这时刘怀仁和黄大炮都奔了过来，一人抓住一个女俘的胳膊。三人各带一个女俘奔城堡废墟去躲避沙暴。

沙暴推进的速度十分迅猛,未等他们接近城堡废墟,沙暴就追上了他们。脚下的沙粒失重般地飞扬起来,打在脸上生疼生疼的,耳畔是一片呼呼之声,随即遮天蔽日的黄幕蒙头盖脸地压了过来。顿时风沙滚滚,天昏地暗,几步外的地形就难以分辨。爷爷怕手里的俘虏趁机逃跑,手似铁钳一般地紧紧抓住女俘的胳膊。他大声喊了一句:"弟兄们,拉住手,别让风吹散了!"可在灌耳的狂风中没人能听见他的喊声。

风越刮越大,强大的气流撞击在崖壁上,回卷过来,形成旋风,拔地而起,直立于天地之间,以横扫千军之势在空空荡荡的荒漠上旋转着前进,搅得周天黄沙漫漫。爷爷被旋风刮倒了,可他的手还是没有松开女俘碧秀的胳膊。旋风过后,趁着一阵风弱,爷爷爬起身来,拽起碧秀,想喊碧秀跟他快走,口刚一张开,就灌进满口沙子。他呸地吐出沙子,闭紧了嘴巴,拽着碧秀拼力往前走。

俩人跌跌撞撞,摔倒又爬起来。爷爷适才看到这地方有不少洞穴,他四处乱摸。好不容易摸到一个洞口,猫着腰往里就钻,随即把碧秀也拽进了洞里。

这是个很小的窑洞,半人多高,六尺来深,幸好洞口背着风,还有一个大馒头石挡住大半个洞口,外边就是狂风把天吹塌了,洞里的风势也所剩无几。爷爷把碧秀推进洞里边,自己守在外侧,他怕碧秀找机会逃跑。爷爷连吐了几口唾沫,可还是觉着沙粒子满嘴硌牙。他靠在洞壁上喘息一阵,这才感到脸上、手臂上一阵热辣辣地疼。原来,凡是裸露的皮肉刚才都被沙暴抽打得麻木了,这会儿才渐渐恢复了痛觉。

外边的风势还在增强，天色愈来愈暗，如似黄昏。爷爷呆呆望着洞外，心里担心着其他人的安全。黄大炮和刘怀仁他们能不能找到这样的洞躲一躲？钱掌柜和铁蛋拉着白龙马，白龙马可钻不进洞，白龙马驮着食物和水，若是丢了白龙马可如何是好！他真想出去看看。可这么大的沙暴，他怎么出得去？就是出去了，也会被沙暴刮得无影无踪。他禁不住长叹一声，自语道："老天爷是要人的命哩！"

一股风挤进洞口，把爷爷吹得身子往后倒。碧秀猫腰要往洞口去，爷爷急忙抓住她的胳膊，猛喝一声："坐下，老实点。"

碧秀没有坐下，取出一块羊皮挡在洞口，原来她背着一卷羊皮。爷爷松了手。碧秀又把洞口的碎石块垒了起来，再把毛皮展开堵住洞口。洞里获得了一丝安宁。洞外的沙暴依然肆虐逞威，呼啸之声似从头上滚过。

透过缝隙，洞外的光亮愈来愈暗，大概真正到了黄昏。爷爷这时才感到了渴，摘下腰间水壶喝了两口，他正要拧住水壶盖时，发现碧秀一双乌眸呆看着他。原来爷爷只是让三个女俘背着羊皮和皮货，没有给她们干粮和饮水。他略一迟疑，把水壶递过去，碧秀接住水壶，也只喝了两口，把水壶还给了他。

爷爷收起水壶，说了声："你坐到里边去。"他一直没放松警惕。

碧秀回到洞里靠住洞壁坐下。

俩人默坐无语，听着沙暴在洞外逞威。洞口透进来的光亮越来越暗，最终漆黑一片。外边的风势稍有减弱，但呼啸之声还是十分骇人。

爷爷从衣袋里摸出半盒烟，给嘴上叼了一根，又摸出火柴，刚一划着，就被挤进的洞口的风吹灭了，连划了三四根火柴都没点着火。他十分气恼，骂了句："狗日的风，真欺负人！"这时碧秀挤过来用身体给他挡住风，他这才划着火柴点着烟。

碧秀又坐回洞里。爷爷吸着烟，烟头的火光给洞内带来一丝光亮。爷爷忽然发现碧秀一直在呆眼看她，禁不住问了一句："看啥哩？"语气温和了许多。

碧秀慌忙垂下眼皮。爷爷抽了两口烟，没头没脑地说了句："我见过你。"

碧秀吓了一跳，呆眼看着爷爷。爷爷说："你在我们村耍过马戏，穿一身红衣红裤，骑一匹红马，手提一把宝剑。"

碧秀讶然问道："你是哪个村的？"

"北原县西乡贺家堡的。"

"我是西乡赵家寨的。"

"这么说我们还是乡党哩。"

碧秀点点头，抬眼看爷爷。爷爷也在看她。在烟头闪烁的火光之中他们的目光相撞了，随即又避开了。尽管只是一瞬，可他们都看出对方的脸色温和起来。乡党的关系把他们的敌对情绪消除了许多。

爷爷吸了口烟，问道："你咋当了土匪？"

"是徐大脚把我抢去的。"

沉默半晌，爷爷又问："你是徐大脚的亲随护兵？"

"嗯。"

"她们两个也是？"

"她俩是陈元魁的人。"

"这么说你跟她们不是一伙的？"

"嗯。"

烟头烧疼了爷爷的指头。他扔了烟头，从干粮袋里拿出一个饦饦馍，掰了一半给碧秀：“肚子饿了吧？给！”爷爷想做分化瓦解工作。赵碧秀接住饦饦馍。虽然洞里黑乎乎一片，可爷爷却能感觉到她眼里流露出一丝感激。

吃完饦饦馍，爷爷又把水壶递给她。她喝了两口。爷爷的怀柔策略救了自个儿的命。

爷爷收起水壶，问道：“这里的路径你知道吗？”他想趁此机会撬开赵碧秀的嘴巴。

“不知道。”

“说实话吧。要真的走不出戈壁滩，把我们困死你也不得活。”爷爷动之以情，晓之以理。

“我真的不知道。”

“你放心，我不会给你那两个同伴说是你说的。我还可以向你保证，只要你说出路径，你不会受到任何伤害。”

“我说的是实话，我真的不知道路。我是徐大脚的亲随护兵不假，也跟徐大脚、陈元魁他们在戈壁滩上打过黄羊，可从没到过这个地方。你们可能走错了方向。”

爷爷听得出，碧秀说的是实话。没有骗他。他又问：“她们两个知道路吧？”“我不知道，我跟她们认识时间不长。”

爷爷长长叹息一声，不再问啥，双臂抱在胸前，靠在洞壁上闭目养神。

洞外的沙暴时弱时强，呼啸之声如尖厉的哨音在耳畔鸣叫，把荒漠之夜渲染得恐怖异常。

不知过了多久，爷爷打起了呼噜，那呼噜声似乎在和洞外的风声争强斗胜。他实在是太困乏了。碧秀没有睡，她一双乌眸在洞里发出熠熠亮光。她轻轻咳嗽了一声,爷爷没有动静。

她又重重地咳嗽了一声,爷爷鼾声如旧。少顷,她摇了一下爷爷的肩膀,爷爷的鼾声戛然而止。她吓了一跳,急忙缩回洞里。爷爷的身子侧了一下,鼾声又渐渐而起,由弱到强。她又壮起胆子,伸手去摇爷爷的肩膀,却意外地碰到了爷爷插在腰间的盒子枪。她的心猛地一跳,稍一迟疑,随即鼓足勇气,从爷爷腰间抽出了盒子枪。爷爷全然不觉,鼾声如旧。

碧秀手握盒子枪,心跳如鼓。她稳住神,竭力使自己平静下来。她张开机头,慢慢举起枪来,只要食指一动,爷爷就会在梦乡中直奔另一个世界。

这段往事是奶奶讲的。奶奶讲到这里用手中的针去拨灯花。我着急了,忍不住问:"你开枪了没有?"

"没有。"

"你咋不开枪呢?"

奶奶回过头,讶然地望着我:"你想要我打死你爷爷?"

爷爷在我后脑勺上拍了一巴掌,笑骂了一句:"这个崽娃子!"

我这才意识到问错了话,可还是嘟囔说:"你打死了爷爷,就可以逃走了。"

奶奶说:"我起初是这么想的,可临到头我却下不了手。"

"为啥?"我问。

"你爷爷是条汉子,也是个好人。"

"可你们是水火不容的仇敌呀。"我说。

奶奶说:"我们是仇敌。可那会儿他吃喝时想到了我,没把我当仇敌看,我也不能把他当敌人待。"

“就这么简单?”我还是不明白。

爷爷在一旁笑道:“你给娃往明白的说。”

“婆,你说嘛。”

奶奶笑了笑,说:“我喜欢你爷爷那样的硬汉子。”

爷爷哈哈大笑,满脸的得意之色。

我完全明白了。

许久许久,碧秀举起的枪又垂了下来。她想到了刚才那半块饦饦馍和两口水。尽管她是爷爷的俘虏,他们是仇敌,可一路上的接触,让她看得出他是个正直的军人,是个真正的男子汉,而且有一颗良善的心。她不能恩将仇报,趁他熟睡之机打死他。再说,他和她是乡党,常言说得好,亲不亲,故乡人。在这个荒无人烟的大戈壁能和乡党相遇(尽管他们并不相识),也是缘分呀。不知怎的,她在心底对他生出了爱怜之情。她的思想如一匹奔马,到处撒欢……她想到,她被徐大脚强迫当了土匪,虽说徐大脚待她还不错,可还是没把她当人看,把她当作了礼物送给了陈元魁。如果陈元魁真心爱她也就罢了,可陈元魁的女人无数,只是把她当作玩物而已。她又想到,自己才十八岁,总不能当一辈子土匪,女人总是要嫁人的,难道自己将来嫁给一个土匪?不,她打心底不想当土匪,更不愿嫁给土匪。她的目光落在了爷爷身上,这个男人英俊魁梧,而且正直耿介,也不乏良善之心,还是自己的乡党。若是能嫁给这个男人终生都会有依靠。转而又觉得自己这个想法荒唐可笑,人家一个堂堂的国军上尉连长会娶她这个当土匪的女人做老婆?再说如今他们是仇敌哩!想到这里,她在肚里骂自己:“瓜女子,都啥时候了还想这种事。”轻轻叹了口气。

碧秀下意识地咬了一下嘴唇，转身提着枪猫着腰来到洞口，想趁机逃走。她撕开羊皮，洞外漆黑一片，如同墨染一般。沙暴虽然有所减弱，但仍似万千虎狼在怒吼。一阵风沙扑面而来，沙粒子打在脸上好似刀割一般。这个时候出了洞往哪儿跑呢？沙暴还不把她吞了！想到这里她禁不住打了个寒战，急忙缩回了头，把羊皮重新堵好。

少顷，碧秀回到洞里，爷爷的鼾声依旧。她挨着爷爷坐下，思忖片刻，悄然把手中的盒子枪插回爷爷的腰间。她放弃了逃跑的念头，困倦和瞌睡开始向她发起进攻。她无法抵抗，长长地打了个哈欠，靠住洞壁打盹。渐渐地，她的身体失去了控制，头靠在爷爷的肩膀上沉沉地睡着了……

第十六章

爷爷做了一个梦。他在树林里打猎，发现了一只梅花鹿。那是只母鹿，看样子还没有做母亲，毛皮光亮，身上的梅花斑十分好看，一双楚楚动人的大眼睛眨也不眨地看着爷爷。爷爷举起枪瞄准着它，它没有跑开，眼里闪出一丝恐惧，但更多的是视死如归。爷爷十分惊诧，也动了恻隐之心，放下了枪，朝梅花鹿走去，梅花鹿依然不跑不躲。快到近前时，爷爷猛地一扑，抱住了梅花鹿。梅花鹿十分温顺，偎依在爷爷的怀中，还用舌头舔着爷爷的面颊。那惬意愉悦的感觉令爷爷陶醉，他忍不住去亲吻梅花鹿那红润可爱的嘴唇。梅花鹿突然挣脱了他的搂抱，爷爷猛地惊醒，发现怀里抱着一个东西。他一时弄不清自己是否还在做梦。好半晌，他终于灵醒了，仔细一看，怀里抱的不是梅花鹿，而是女俘赵碧秀。赵碧秀偎在他的胸前睡着了，熟睡中的女俘已完全失去了戒备和敌意，还原了女儿本色。她的面庞虽然被烈日和沙暴侵蚀得十分憔悴，但依然掩不住天生丽质，长长的睫毛低垂着，鼻梁高且直，鼻翼微微翕动着，嘴唇虽然失去了红润丰满，却微微张开着，似乎在等待着一种渴望。

爷爷呆望着怀中的女人，心跳如鼓，只觉得心头一股烈火在燃烧，热血在周身奔涌，直冲脑门。他不能自已地俯下头想去吻那张微张着的樱桃小口。就在这时，怀中的女人突然动了一下，吓了爷爷一跳，他急忙收住心猿意马，正襟危坐。女人的长睫毛忽闪了几下，眼睛睁开了。她看着面前的男人发呆，显然她还没有灵醒过来。爷爷也呆眼看她，默然无语。好半晌，她终于灵醒过来，脸一下子红到了耳根，一把推开爷爷，坐直了身子，用手理着额前的乱发，竭力平息着慌乱的心。爷爷吸着烟，烟雾飘散开来，遮掩住了他的尴尬。俩人垂着目光，谁也不去看谁，但彼此听得见对方的呼吸甚至心跳。洞里是一阵难熬的沉默，可他们谁都不愿打破这沉默。他们似乎都在沉默中品尝什么，抑或在遐想什么。

不知过了多久，一丝亮光从洞口的缝隙透了进来。碧秀最先打破了沉默，自语似的说："天亮了。"

爷爷惊醒过来，看着洞口，也说了一句："天亮了。"

俩人又都无话可说。

突然碧秀"妈呀！"惊叫一声，扑到爷爷怀中。爷爷吓了一跳，急忙问咋了。碧秀指着洞里边，半晌说不出话来。爷爷心中疑惑，是啥东西竟然把当土匪的女人吓成这个样子。他定睛往里瞧，不禁大骇，头发也竖了起来。

原来靠洞里洞壁坐着一个人，不，是一具尸体。他的衣服可能被风沙吹蚀掉了，全身赤裸着，腿部的肌肉已不存在，露出了森森白骨；脸部和上半身基本完好，皮肤呈棕褐色，像是风干了的腊肉；两个眼珠不见了，露出两个黑洞，似乎在看他们，十分地吓人。

碧秀惊魂未定地说："她是个女人。"

爷爷再仔细看，死者头部有一条粗黑的发辫，这不仅说明她是个女人，很可能还是个姑娘。

她是什么人？怎么死的？死了多少年？不得而知。可以猜想，她迷了路，误入荒漠戈壁，在这里遇上了沙暴，钻进洞中躲避。由于饥渴疲惫她再没有力气走出这个洞。

爷爷与碧秀面面相觑。他们没想到昨晚竟然和一具女尸待了一个晚上，都有点胆战心惊。

“走吧。”碧秀轻声地说。她已经平静了下来，不再感到恐惧，而是面对那具女尸，心中油然而生兔死狐悲之感。

爷爷喃喃道：“她可能跟你年龄一般大，还没结婚哩，可死在了这达，而且死得这样惨……她说不定生前长得比你还俊，可如今却成了这般模样，干巴得如同牛皮纸人。唉，真是可怜……”

“别说了。”碧秀转身出了洞。她眼里已有了泪花。

爷爷尾随而出。他也不忍再看那具女尸。

在那个大荒漠的风沙之夜，一个小伙和一个姑娘在一个风蚀洞里待了一夜，本应发生些故事来，却什么也没发生。是不是原本发生了故事，爷爷和奶奶羞于说出口？后来我仔细回忆当年爷爷讲这段往事时，脸上有一种深深遗憾的表情。而且奶奶在一旁也说，那时她真的困倦极了，醒来时又被那具女尸吓傻了，只想赶紧逃离那个洞穴，别的啥也没有想。

我想，任谁看见那具女尸都会毛骨悚然，都会赶紧逃离那个洞穴，都不会再有什么欲念。

沙暴早已停息，大地一派宁静。东方是一片灿烂的朝霞，一轮红日正在霞光中冉冉升腾，蔚为壮观。可爷爷和碧秀却惊呆了。

他们并不是被大自然的壮观美丽所征服，而是被大自然的暴虐和威力所震慑。呈现在他们面前的景物完全改变了模样，城堡废墟不见了踪迹。放眼望去，铺天盖地的黄沙呈现出波纹状，犹如凝固了的海洋波涛。原先的城堡废墟几乎被沙浪吞噬了，只剩下了半壁石崖和几座残垣断壁。

爷爷痴呆呆地戳在那里，面有恐惧之色。人在大自然面前显得十分渺小，可怜无助。好半晌，他稳住神，大声吼叫起来："老刘！大炮！"

没有回应。

爷爷额头沁出了冷汗，一个劲地扯着嗓子吼叫："大炮！老刘！你们在哪达？"碧秀也是一脸的惶恐，紧跟在爷爷身后，嘴张了几张，却不知该喊叫谁，只好又闭上了。茫茫荒漠只剩下了他们两人，他俩面面相觑，只觉得一种巨大的恐怖笼罩住了他们。他俩惶惶然不知所措。忽然，从沙窝窝里钻出个活物来，倒把他俩吓了一跳。那活物抖掉满身的沙子，现出原形来。他俩定睛仔细看，是钱掌柜。钱掌柜也看清了他俩，吐了一口痰，全是沙子。他回头叫了一声："铁蛋，出来。"

铁蛋从沙窝窝里钻了出来。原来钱掌柜和铁蛋的藏身之处是个风蚀洞。风蚀洞被黄沙掩埋了一大半，不仔细看根本就看不出这地方有个风蚀洞。

爷爷左右看看，急问道："马呢？"

钱掌柜说："在洞口卧着哩。"

黄沙几乎把洞口埋没了，哪里还有白龙马的影子！钱掌柜把手指塞在嘴中，很响地打了个呼哨。那匹白龙马是他驯出来的，听见呼哨声就会奔跑过来。可他打了半天呼哨，却听不见马蹄声。爷爷和钱掌柜都着急了。马丢了不怎么要紧，要紧的是马背上的驮子。驮子装的是干粮和水,那是他们一伙人的性命啊!

钱掌柜登上一个沙梁,举目四望,到处都是漫漫黄沙,哪里有白龙马的踪影!沙暴到来之时,他想把马牵到洞里去,可洞太小,马根本就钻不进去。情急之中,他让白龙马伏卧在洞口。没想到白龙马跑了。钱掌柜连连跺脚,直骂自己混蛋。他要独自去找白龙马。爷爷一把拉住他,凶道:“你上哪达找去?你是寻死去哩!”

铁蛋也嚷嚷着要去寻找白龙马,爷爷火了:“咋的,你俩想趁机逃跑?别做梦了!”爷爷说白龙马丢了怨不得钱掌柜,都是大沙暴造的孽。钱掌柜和铁蛋上哪达找去?在戈壁滩上孤独的行走那是赶着上阎王的门哩。他那时要不发火还真拦不住钱掌柜和铁蛋。

见爷爷发了火,钱掌柜不再固执己见,只是狠狠打了自个儿一拳,骂一句:“我真浑!”

爷爷拍了一下他的肩头:“这也怨不得你。只要人平安无事就好说。”随后又问:“你看没看到老刘和大炮他们?”

钱掌柜说:“我和铁蛋把白龙马往洞口牵时,看见他俩一人带一个女俘往左边的洞穴跑。可能还在洞里哩。”

有了寻钱掌柜的经验,他们几人边喊叫边在沙窝窝里仔细寻找。还真不错,很快找到了许多人。大伙一个个灰头土脸的,像是一群土拨鼠。刘怀仁和黄大炮一人押着一个女俘,模样都狼狈不堪。爷爷忽然发现黄大炮的脸上和裸露的胸脯有斑斑血迹,仔细一瞧,好像被谁抓挠破了。爷爷再看黄大炮身边的二号女俘,头发散乱,衣衫不整,衣领处被撕裂了,半个乳房裸露着。二号女俘发现爷爷在看她,便一脸仇恨地瞪着爷爷,随后把仇恨的目光移到了黄大炮身上,全然没有了以前卖弄风情的骚味。爷爷明白了,在洞里黄大炮一定对二号女俘使坏了。他在肚里狠狠骂了黄大炮一句:“狗日的真是个叫驴!”可嘴里啥也没说。

刘怀仁也看出了端倪,在一旁笑道:“大炮,是不是二号又给你使美人计了?”平日里他俩啥玩笑都开,这会儿刘怀仁拿黄大炮寻开心,“你将计就计了没有?”

黄大炮悻悻地骂道:“这个骚×,是个嘴把式,光说不练。动真格的还对我下手哩。”

刘怀仁笑道:“这么说二号没给你使美人计,是你给人家使美男计哩。她中计了吗?”

黄大炮坏坏地一笑:“她敢不中计嘛。”

刘怀仁笑骂道:“都啥时候了,你狗日的还有那邪劲。”

“人活着也就短短的几十年,不找找乐子不是太亏了嘛。”黄大炮乜了刘怀仁一眼,又坏笑了一声,“老刘,你别猪笑老鸦黑。我就不信你能老老实实地跟三号在洞里待一夜?”

刘怀仁并不恼:“我也想不老实待着,可身子不听使唤,使不出劲来,只好老老实实地睡觉。再说,二狗跟我在一个洞里,我就是有你那邪劲,当着二狗面也使不出来。”

黄大炮有点不相信,转脸问二狗:“你跟刘排长在一个洞里?”

王二狗点头作答。

黄大炮又问:“刘排长跟三号没干那个啥事?”

王二狗听不明白,问:“干啥事?”

黄大炮骂道:“你个碎尿是真不明白,还是装不明白?”

“我明白啥呀,刘排长让我盯着三号,他自己睡觉。害得我一晚上没敢合眼,这会儿眼皮都不想睁哩。”王二狗苦着一张脸,满腹的牢骚。

“你这下信了吧。”刘怀仁得意地笑了,“你以为谁都跟你一样,骚狗似的,看见母的就想要鞭。”

爷爷这时重重地咳嗽了一声。他俩这才停止了打嘴仗。

爷爷清点了一下人数,发现少了三个士兵。他让大伙再四处找找,可一个也没找着。他估计他们十有八九葬身在大沙暴之中,心里不禁一阵酸痛。这时大伙都知道了马驮被沙暴卷跑了,丢了马驮意味着什么,谁心里都很清楚,一时间心情都十分沉重,谁也不说话。

太阳渐渐升高,把燥热洒向荒漠。爷爷望着一望无垠的沙地,心中更加焦灼。沙暴把土匪马队留下的足迹抹得干干净净,该朝哪个方向走呢?他没有一点主意。刘怀仁走过来,说:“连长,出发吧。”

出发?往哪个方向出发?爷爷茫然地看着刘怀仁,似乎没听见他在说什么?

刘怀仁又说了一句:“连长,咱们走吧。”

爷爷醒过神来,说了句:“走吧。”却没动窝。他不知该朝哪个方向走。

忽然,爷爷发现不见了钱掌柜和铁蛋,心中大惊,难道他们真的趁机逃跑了?一伙人正惊疑不定,忽听有人大声叫喊:“贺连长!”

爷爷循声看去,只见钱掌柜牵着白龙马从石崖那边走来,马后跟着铁蛋。

原来钱掌柜和铁蛋趁爷爷他们寻找其他人之机,四处寻找白龙马。他俩终于在石崖那边找到了白龙马。爷爷见找到了白龙马,大喜过望,大伙脸上都泛起笑纹。刚才还死气沉沉的队伍有了生气。

爷爷走上前摸着白龙马的鬃毛，询问士兵似的说：“你跑到哪达去了？”

白龙马似乎听懂了他的问话，打了两个响鼻作答。爷爷笑着拍了拍它的脑门，转过目光问钱掌柜：“你们在啥地方找到了它？”

“在石崖背后，它是个有灵性的牲灵。昨晚它在石崖背后的一个沟坎里躲了一宿，那地方十分避风。”钱掌柜牵着马缰绳，又说，“咱们该上路了吧！”

爷爷说：“该上路了。昨晚的大沙暴把土匪马队留下的足迹刮得无影无踪，咱们往哪个方向走？”

钱掌柜手搭凉棚四处眺望，皆是漫漫黄沙。他皱起了眉，也没了主意。好半晌，他问爷爷：“贺连长，你看该往哪个方向走？”

“我们来时往西，回时该往东吧？”爷爷说得很不自信。

“那就往东走吧。”

爷爷看了钱掌柜一眼，问了一句：“往东走？”

钱掌柜点点头。

爷爷眯起眼睛看着太阳，半晌，拔起腿朝太阳升起的方向走去。一伙人尾随在他的身后……

第十七章

队伍又出发了,朝着太阳升起的方向。钱掌柜和铁蛋牵着白龙马走在前边,爷爷的队伍紧随其后。

翻过一道沙梁,前边又是一道沙梁,满眼都是如海的沙浪,不知路途还有多遥远。

太阳打一露脸,就把赤火洒了下来。此时,太阳已快升到头顶,那毒辣辣的热浪似乎要把人烤焦。士兵们一步三喘,身上的水分蒸发光了,从毛孔眼里开始往外冒油。行军的速度愈来愈慢。爷爷命令队伍休息休息,吃点东西喝口水。

队伍刚刚停下来,忽然,白龙马连连打了几个响鼻,前蹄不住地刨地,显得烦躁不安。爷爷忙问钱掌柜,白龙马怎么了?钱掌柜挠着白龙马的鬃毛,自言自语地说:“可能要出啥事。”要出事?能出啥事?爷爷警觉起来,张目四望。

西边的沙梁上出现了一个黄色的球状东西,向这边滚动而来。大伙遥望着那东西,不知是福是祸。

只见那球状物越滚越快,且越来越大,呼呼有声,搅起一片黄沙,遮住了半边天,而头顶的烈日依然高悬着。反差成为一种奇观。又是沙暴?但不太像是。昨天那场大沙暴历历在目,是何等的可怕！

大伙正惊疑不定，那东西倏忽到近前，变成一个硕大无朋的漏斗，拔地而起，直接苍穹，旋转而来，发出可怕的呼啸声。清楚地可以看见有无数树木和块状物体如鹅毛般的在漏斗顶端飘舞。刚才似乎被烈日晒死的空气突然迅猛地流动起来，扯起了这伙人的头发。一股呛人的沙尘扑面而来，直钻鼻孔。没人能禁住，都很响地打起喷嚏。

爷爷惊叫一声："大旋风！"

钱掌柜说："是龙卷风，快让大伙躲一躲！"

往哪里躲？四下都是光秃秃的沙地，连个沟坎都没有。

钱掌柜说："让大伙趴下！"

"趴下！"爷爷大喊一声，趴在地上。

士兵们都趴在地上。

那匹白龙马振鬣长嘶一声，猛地挣脱了缰绳，竟然迎着龙卷风狂奔而去。钱掌柜打了个呼哨，却被呼啸的风声刮跑了。他急了，要去追白龙马。爷爷跃身而起，一把拽住了他的胳膊。

爷爷把他按倒在地，凶他："你不要命了？"

钱掌柜眼睁睁地看着白龙马被龙卷风卷走了，痛叫一声，一拳砸在沙地上，闭住了眼睛。

那匹白龙马真的十分有灵性，它早就嗅到了空气中的沙尘味。它以为又遇上了昨天那样的大沙暴，想跑回那个石崖背后去躲避。没想到大自然变化无常，今日的沙暴比昨日的不同。今天刮的是龙卷风，虽不及昨日大沙暴威猛，却比昨日的大沙暴更凶险。一旦被卷进去，就会尸骨无存。

龙卷风擦着爷爷他们身边急匆匆地刮走了，所幸没有造成人员伤亡，只是卷走了白龙马。说实在话，卷走了白龙马比卷走几个士兵更可悲、更可怕。白龙马驮着水和干粮，那是他们一伙人的命啊！

昨天那场大沙暴把白龙马丢了，后来钱掌柜把它找了回来。今天又遇到了龙卷风，白龙马最终没有逃脱厄运。这难道是上苍给他们的暗示吗？爷爷真不敢去想。他已经感觉到他们已完全陷入绝境，凶多吉少。爷爷的脸色变得铁青。

不管怎样，还得往前走。

烈日依然当头照着，倏然而过的龙卷风除了卷走白龙马外，并没有把灼热的温度降下来。在这个神鬼也怕的地方，似乎处处有魔鬼在追随着他们，要置他们于死地。队伍失去了生气，士兵们没吃没喝，蔫头耷脑的，没谁说啥，一个跟着一个，在荒漠上踉踉跄跄地走着。马驮没有了，吃啥喝啥？可能连三个女俘都在想这个问题。

爷爷和钱掌柜并肩走在队伍前边，俩人的脸色都板得铁青。王二狗和铁蛋跟在他们的身后。

王二狗瘦了一圈子，越发显得矮小，他大口喘着气，脚步趔趔趄趄的。忽然，他扑通一下栽倒在地上。铁蛋惊叫起来："二狗，你咋了？"伸手去拉他，可怎么也拉不起。

爷爷惊回首，见此情景，急忙抱起二狗，疾声呼叫："二狗！二狗！"

王二狗双目紧闭，不吭声。后边的人赶了上来，都围了过来。钱掌柜俯下身子，翻了一下王二狗的眼皮，说："他是渴坏了，谁有水？给他喂口水。"

爷爷放下王二狗，解下腰间的水壶，拧开壶盖，给王二狗的嘴里慢慢灌水。王二狗在昏迷中嗅到了水汽,贪婪地吮吸着。爷爷移开了水壶。王二狗忽地睁开了眼睛,喃喃道:"水,我要喝水……"

爷爷大声喊:"谁有水,快拿来!"

士兵们的水壶都空空如也。这时就见铁蛋解下背上的皮囊,皮囊虽说瘪了,但还有水。爷爷接过皮囊让二狗喝,王二狗贪婪地喝了起来。爷爷说:"这是铁蛋的水,你润润喉咙就行了。"

铁蛋说:"二狗,你再喝一口吧。"

王二狗又喝了一口,把皮囊还给了铁蛋。铁蛋伸手把他拉起来,笑着说:"你把我吓了一跳。这达可不是你屋的热炕,把吃奶的劲使出来走吧。"

王二狗冲他感激地一笑,挣扎着往前走。铁蛋摇了摇皮囊,水已经不多了。他伸出舌头舔了一下干裂的嘴唇,扎住了皮囊口,背在身上去追王二狗。

爷爷和钱掌柜相对一视,都轻叹一声……

天气愈来愈热,大伙似乎置身在蒸笼之中,都感到快要被蒸熟了。看着头顶,太阳似一个硕大的火球悬在半空,那么的遥远,又那么的逼近。黄大炮忽然拔出手枪,冲着太阳打了一梭子。爷爷吃了一惊,回首忙问出了啥事。黄大炮骂骂咧咧地说:"狗日的这么毒,我真想把它一枪揍下来。"

"混蛋!"爷爷骂了一句,垂着头向前走去。

队伍缓慢艰难地前进着,没谁说话,只有唰啦唰啦的疲惫不堪的脚步声。钱掌柜走在队伍中间,往后看了一眼,舔了一下干裂的嘴唇,沙哑着嗓子说:"我给大伙讲个故事。"

这个时候谁还有啥好心情听故事。可有故事听总比没故事听要好一些。后边的人赶了上来。钱掌柜边走边讲故事——

很久很久以前,有一个数百人的商队穿过一个大沙漠,带的水和干粮喝完了吃光了,大伙饥渴难忍,精神都出了毛病,他们都怨恨跟随商队的一个和尚。

那个和尚是商队在途中遇到的。和尚说他要到沙漠那边的一个寺院去拜佛。一个人穿过沙漠等于自寻死路,和尚恳求商队带上他同行。参加商队的商人都是要出钱的,也叫同行费。因为要雇赶驮人、向导,路上过关卡还要给官吏通行费,食品饮水也要集中在一起搬运,所以要花很多钱。现在商队水尽粮绝,唯一没有付同行费的是这个和尚。收留和尚同行时大伙都认为这是行善积德的好事,因此破例没有向和尚收取同行费。现在干粮吃完了,水喝光了,大伙几天滴水未沾,渴得精神出了毛病,众口一词指责和尚,埋怨和尚白吃了他们的干粮,白喝了他们的水。现在干粮吃完,水喝光了,要和尚把吃他们的干粮喝他们的水吐出来。

这时商队的头领开言道:“大伙别嚷嚷了,怨不得这位师父。师父一人能吃咱们多少粮?喝咱们多少水?就是让他把吃的干粮喝的水都吐出来。那东西还能吃能喝吗?就算那东西能吃能喝,咱们几百人够吃够喝吗?咱们现在谁也别埋怨,要团结一心,想法走出去。”

头领这么一说,大伙头脑都有点清醒了,不再吵嚷。和尚这时说道:“你们也别太急,我给你们弄点吃喝来。”

大伙都以为和尚发高烧说胡话哩,不相信地看着他。和尚说:“别瞪着眼睛看我,把眼睛闭上吧。”

大伙虽说不相信,可心里却都抱着一线希望,闭上了眼睛。

和尚说:“念佛吧。”

头领说:"我们不会念佛。"

和尚说:"阿弥陀佛,你们会念吧。"

大伙异口同声地说:"会念。"

和尚说:"那就念阿弥陀佛。"

大伙齐声念:"阿弥陀佛。"

约莫一袋烟的工夫,就听和尚说:"睁开眼睛吧。"大伙睁开眼睛,只见眼前出现了一个明镜似的小湖,湖边是一大片已经成熟的玉米地。大伙欢呼着跑向小湖,痛饮湖水,又掰来玉米棒煮着吃。大伙吃饱了喝足了,这才发现那个和尚不见了……

铁蛋忍不住问道:"那个和尚上哪达去了?"

钱掌柜笑着说:"他是天上的神仙,回天宫去了。"

王二狗不住地张目四望。钱掌柜问他:"二狗,你看啥哩?"

王二狗说:"我寻那个小湖和玉米地哩。"

大伙都笑了,笑得很苦涩。

忽然,刘怀仁惊喜地叫了起来:"快看!那是啥?"

爷爷顺着刘怀仁手指的方向看去,只见七八里外的地方有汪清亮亮的明镜般的湖泊,湖边绿树成荫,鲜花芳草连成一片。青堂瓦舍隐没在绿荫之中,有人挑担,有人赶着牲口;还有店铺作坊,饭馆酒店,清晰可见;游人如织,熙来攘往,好像是集市,似乎能耳闻闹嚷之声。大伙都是一怔,以为自己还沉浸在钱掌柜的神话故事之中。

爷爷起初也以为看花了眼,急忙揉揉眼睛再看,没错,一切景物都真真切切。这时大伙都看到了,欢呼起来。真没想到,眼前竟有如此这般的好地方。真是天无绝人之路!

士兵们不等爷爷下命令,笑着叫着直朝湖泊奔去,三个女俘也都面现笑颜,跟在士兵们身后奔向湖泊。翻过一道山梁,天上飘来一块乌云遮住了太阳,远处的湖泊集市变得氤氤氲氲,模糊起来。估摸那距离,似乎比刚才更远了些。爷爷心里有了疑惑,怎么愈走愈离湖泊集市远?难道走错了方向?湖泊集市就在前方,不可能走错方向。

大伙鼓足力量,一口气又奔了两个多小时,面前始终是连绵起伏波浪汹涌的沙浪。忽然,黄大炮惊叫起来:“连长,咱们撞见鬼了!”

爷爷忙问是怎么回事。黄大炮指着前方:“你看,啥都没有了!”爷爷瞪着眼睛往前看。刚才看着真真切切的湖泊集市不知什么时候消失了,眼前只是一望无边的荒漠沙浪。爷爷惊呆了,干张着嘴说不出话来。士兵们也都怔住了,面面相觑。

半晌,刘怀仁醒过神来,说:“连长,我带两个弟兄再到前边去看看?”

没等爷爷开口,钱掌柜搭了话:“刘排长,别费那个劲了,前边根本就没有啥湖泊集市,那是海市蜃楼。”“海市蜃楼?啥叫海市蜃楼?”刘怀仁疑惑不解地问。

钱掌柜说:“啥叫海市蜃楼我也说不明白,这么说吧,刚才咱们看到的湖泊集市是个虚景,根本就没有。”刚才大伙都看得清清楚楚,怎么能说是虚景?怎么能说根本就没有那个湖泊集市。大伙都听糊涂了,向钱掌柜投去质询愤怒的目光,似乎钱掌柜施了什么魔法把湖泊集市弄没了。黄大炮率先开口道:“依你这么说,咱们真的撞见鬼了?”钱掌柜点点头:“咱们是撞见鬼了。以前我遇到过这种情景,跑了大半天,等到太阳一落山,啥都没有了。后来我才听人说那是太阳日的鬼。”

大伙都不吭声了。沉默。

尽管谁也说不清啥叫海市蜃楼。可谁都听明白了,刚才看到的一切根本不存在,是虚景。他们撞见鬼了。许久,许久……

空气似乎都不流动了,连目光也凝固了。

突然,有人号啕大哭起来,似一匹被打断了脊梁的苍狼。大伙都是一惊,呆眼看着号啕者。

爷爷先是一惊,随之心中一震,定睛看那号啕者,是李长胜。他的两道浓眉皱成了墨疙瘩,脱口骂道:"号叫㞞哩!把你爹你妈死啦!"李长胜强忍号啕之声,泣声道:"连长,咋办呀?咱们撞见鬼了……"爷爷呵斥道:"瞧你这个㞞样,还像个汉子吗?还像个兵吗?"

李长胜抽泣道:"连长,我不想死……我还没娶媳妇……"

爷爷呆了半晌,上前一步,拍着他肩膀,缓和了一下口气说:"兄弟,男子汉大丈夫流血不流泪。把眼泪擦干。"

李长胜拭去脸上的泪水。

爷爷扯着已成破锣的嗓子说:"弟兄们,刚才的龙卷风把咱们的马驮刮丢了,可咱们还没有到山穷水尽的田地。只要我还有一口气,就一定要把大家带出大荒漠。打起精神,咱们走吧。"他一挥手,大步朝前走去。

队伍继续前进……

第十八章

队伍在一个沙窝子里宿了一夜。

爷爷睁开眼睛时,太阳已经冒花了。他急忙爬起身,环望四周,大伙都还横七竖八地躺着,三个女俘挤在中间,大虾似的蜷缩成一堆。“起来!”爷爷喊了一嗓子。

没人动弹。

爷爷又喊了几嗓子,还是没人动弹。早晨天气凉,他想趁着天气凉多赶点路。他盼着能早一刻走出这令人诅咒的大荒漠。可眼前却是如此情景。他恼火了,挨个用脚去踢,费了好半天劲,才把大伙吆喝起来。

队伍又出发了。这一天的行军极为艰难困苦,前进的速度如同蜗牛蠕动。中午时分,队伍翻过一道沙梁,来到一个狭长的河谷。河谷里铺满着鹅卵石,在烈日的映照下闪着碎银子似的亮光。可它给这群生灵没有带来半点奇迹和惊喜。

这道河谷在远古时代曾经流淌着饴如甘露的一江清水,可此刻却干涸得只剩下了黄沙和卵石,

偶尔可以看到一蓬沙柳或骆驼草。爷爷走到一蓬沙柳跟前,伸手折下一根枝条,放在嘴里咀嚼,企望能嚼出点水分来。那枝条

已干枯如柴,爷爷的牙齿都嚼疼了,也没尝到湿润的滋味。他懊丧地把一嘴木渣吐在了沙地上。这蓬沙柳已经死了,它长在这里只是向这群生灵表明它曾经生存过。

一群人都在沙柳跟前驻了足,许多人都伸手去折沙柳条,如他们的长官一样在嘴里咀嚼,希望是一样的,失望也是一样的。最终都吐掉嘴里的木渣,垂着头默默无语,似乎在哀悼沙柳。

少顷,爷爷转过脸望着白花花的卵石说:“这里是一条大河。”

站在他身边的钱掌柜说:“是条大河。”

“不知在这达能不能挖出水来?”

钱掌柜抹了一把脸上的油汗,眯起眼睛远眺,好半晌,说:“我看难。”

爷爷说:“不管咋样,挖挖看。”便让黄大炮和几个士兵用刺刀在河床里挖掘。

几个人忙活了大半个时辰,总算挖出一个三尺来深的坑。黄大炮和几个士兵累得躺在坑边大口喘气。爷爷走过去,趴下身子抓了一把坑里的卵石,是热的。他又把头伸进坑里,吸着鼻子,钻进鼻孔的是呛人的沙土味,没有半点潮湿的气味。他明白再挖也是白费力气,拍了一下手,站起身来,脸色变得黑青。士兵们都呆眼看着他们的长官,神情木然。爷爷抬眼看看天,烈日已经移到了头顶。找不到水,这地方不能久停。河谷里更加酷热难耐。

队伍走出河谷,继续向前。

开始有人掉队了,爷爷不得不命令队伍停下来等候掉队者。随着时间的推移,掉队的人越来越多,而且出现了伤亡。第一个伤亡者是李长胜。

早晨出发时爷爷就发现李长胜十分虚弱,他爬起身一迈步就打了个趔趄，要不是爷爷扶住，很可能就跌倒了。爷爷说："老蔫，把那东西丢了吧，会把你压垮的。"爷爷说的"那东西"是李长胜背在背上的银圆。

李长胜摇摇头，问他的长官："连长，咱们今日个能走出去吗？"

"难说。"

"明日个呢？"

"也难说。"

"后天呢？后天总能走出去吧？"

爷爷不敢看李长胜质问渴盼的眼睛，把脸转到了一边。好半天，他又说一句："老蔫，把那东西丢了吧。这会儿能保住命比啥都要紧。"

李长胜还是摇摇头："连长，你可能在肚里骂我是从钱眼爬出来的，爱钱连命都不要了。给你说心里话，把我家人老几辈加在一起，都没见过这么多的银洋。有了这些银洋，我可以买上几十亩地，再买牛买车，再娶媳妇，好好地孝敬我的爹妈，美美地过日子。我将来的好日子就指靠这些银洋了……连长，我不是见钱眼开的人，我实在是穷，没有钱啊……"

爷爷只觉得鼻子有点发酸，在他肩膀上拍了拍，不再说啥，带队向前走去……

日悬中天，地表温度高达五十多摄氏度。每个人都如同抛在岸上的鱼，大口喘息，拼命挣扎。就在这时，李长胜倒下了。爷爷来到他身边时，他已经奄奄一息。

爷爷俯下身，卸下他背在身上的银圆，用发涩的声音说："老蔫，这东西我替你背着。你坚持住，赶天黑咱们就能走出去。"

"连长，我没一丝力气了，我走不出去了……"

"老蔫,别说丧气话……"

"连长,我知道你是为我好,我真的不是见钱眼开的人,我实在是穷啊……"

爷爷不知说什么才好,只觉得鼻子发酸,嗓子眼发辣。

李长胜入伍时,爷爷刚当上连长。爷爷见他身坯壮实,让他去当机枪手。他梗着脖子不愿去,涨红着脸一个劲地说:"我是来吃粮的,我是来吃粮的。"爷爷看出他是个老实人,笑问道:"你不愿当机枪手,那你想干啥?"

他说:"我想当伙头兵。"

在队伍里,伙头兵被大家认为最没出息。因此,这个差事没谁愿干。爷爷没想到他却争着要干,不由得重新打量他一眼。李长胜膀大腰圆,身材魁梧,是扛机枪的好料。他见爷爷用怪异的目光看他,急忙说:"连长,我怕饿肚子。"

爷爷明白了,答应了他的要求。此时此刻,爷爷忆起往事,心中一阵酸痛……

"连长,我家里很穷,在家里我很少吃饱过肚子。我出来当兵就图能吃饱肚子……我是伙头兵,我没想到我会渴死……会饿死……"李长胜的声音十分微弱,似乎在呓语……

李长胜倒下了,没有再起来。他的尸体被置放在一个沙坑里,爷爷把他背的银圆给他做了枕头。士兵们围在沙坑旁默然无语。忽然,刘怀仁掏出衣袋里的银圆扔进了沙坑。随后士兵们都把带在身上的银圆掏出来扔进沙坑。那东西此时带在身上实在是个累赘。

李长胜,这个活着时的穷汉,闭上眼睛后却十分富有。但愿他在另一个世界不再受穷。

第二个倒下去的是传令兵王二狗。

干渴和饥饿完全把这个年仅十六岁的少年击垮了。他瘦得失去了人形，似乎血液也干了，只剩下骨头和皮长在身上。昨天他晕倒过一次，幸亏铁蛋的皮囊还有水，给他喝了几口。仅凭这点水分他支撑到了今天。走出河谷，他只觉得两条腿软得如同面条，眼前一片金花乱飞。突然，金花不见了，眼前是一个黑洞洞的无底深渊，他收脚不住，一头栽了下去……

紧跟在他身后的刘怀仁喊叫起来："二狗！二狗！"

整个队伍停了下来。爷爷抱住王二狗大声呼唤。半晌，王二狗睁开了眼睛，干裂的嘴唇颤颤地抖着，却说不出话来。可爷爷却听得清清楚楚他在要水喝，高喊一声："大炮，拿水来！"

"连长，水没有了……"黄大炮的声音有气无力。

爷爷这才想起昨天队伍就断了水，他拿眼睛在队伍中搜寻，黄大炮知道爷爷要找谁，喊了一声："铁蛋。"

这时就见钱掌柜搀扶着铁蛋从后边赶了上来。铁蛋趴在王二狗身边，带着哭腔喊："二狗，你咋了？"

"我要喝水……"

铁蛋急忙解下背上的皮囊，却没有挤出一滴水来，哇的一声哭了。

爷爷的心里咯噔了一下，好像压上了一块巨石。他不知该怎样安慰王二狗才好。半晌，他喃喃地说："二狗，你要挺住……"他的声音发软，没有半点底气。

"连长，我要渴死了……"王二狗的声音十分微弱，"我要喝水……"

爷爷声音哽咽地说："二狗，说啥你都要挺住，我不要你死……"他背起王二狗朝前走去。

王二狗在爷爷的背上，气若游丝："连长，放下我……我能挺住……"

爷爷没有停下脚步。

走了一段路，爷爷支持不住了，他感觉到背上压着一座大山，一步一喘，步履蹒跚。这时刘怀仁走了过来："连长，我换换你。"

爷爷放下王二狗，长喘了一口气。刘怀仁忽然惊叫起来："连长，二狗他……"

爷爷一惊，仔细一看，王二狗已经死了。这个年仅十六岁的少年渴死在了爷爷的背上。

爷爷鼻子一酸，眼圈发红却流不出泪水。他慢慢地从王二狗身上取下公文包，挎在自己的肩上。大伙围成一圈，呆眼看着这一幕，都有兔死狐悲之感，可都流不出眼泪来。他们的身体没有半点多余的水分了。不知过了多久，爷爷掬起一把黄沙撒在王二狗的身上。士兵们都默默地掬起黄沙。钱掌柜和铁蛋也是如此。大伙用黄沙把王二狗掩埋了，又默默地往前走……

越走队伍越疲惫，有人趴在沙窝里不再走了，黄大炮也躺倒在沙地上不再动弹。爷爷看着疲惫不堪的队伍，脸色铁青。刘怀仁走到爷爷跟前，喘着粗气说："连长，休息一下再走吧。"

爷爷仰脸看着天，太阳刚刚斜过头顶。这是一天最酷热的时间。他叹了口气，刚想下命令让队伍休息，钱掌柜在一旁急忙建言道:“贺连长,千万不敢休息!”爷爷和刘怀仁都瞪着眼睛看他。

钱掌柜抹了一把额头,那里沁出来的已经不是汗了,是油。他说道:“这会儿天气最热,一旦躺下去渴不死也会烫死的。去年我们驮队误进了沙地,就有两个人躺倒没再起来。”

爷爷一听这话,把到嘴边的命令咽回肚里,让士兵们鼓起精神继续前进。可躺在地上的人疲惫至极,不肯起来。爷爷先是好言相劝,但没人听。他发了火,用脚去踢机枪手孙大柱,孙大柱哀求说:“连长,我实在走不动了。”

爷爷说:“走不动也得走!”伸手拽起了孙大柱,他转眼看见黄大炮也躺在了沙地上,恼火地骂道:“大炮,你狗日的咋也装起了狗熊,快起来!”

黄大炮没动窝。爷爷走过去在他屁股上踢了一脚,骂道:“你找死呀!这不是你家的热炕,再躺下去就没命了!”

黄大炮有气无力地说:“连长,你就让我去死吧。我受不了这个罪咧。”

“你不起来我就毙了你!”

“你给我一枪吧,让我死个痛快。”

爷爷见黄大炮如此这般模样,一咬牙,抡起手中的皮带打了下去。黄大炮蛇咬似的坐了起来。他见爷爷真的动了肝火,不敢再违抗命令,挣扎着站了起来。其他躺下的士兵见黄大炮都挨了皮带,也都挣扎着站起来,拼着全力往前走……

半下午时分,又有两个伤员倒在了大漠上,永远不能再起来了。

说来也是奇怪,三个女俘的情况相对要好得多。她们比士兵们得到的补充更少,却比士兵们的精神状况好。当然,她们早已枯萎如木，嘴唇干裂，暴露的皮肤晒脱了一层皮，身体失去了丰满。就连天生丽质的赵碧秀也花容尽失，形容憔悴，两只翘翘的乳房也垂头丧气地耷拉下来，没了半点诱人的风采。

爷爷的鞋里灌进了几颗石子，硌得脚疼。他脱下鞋，倒掉石子，喘息半天。忽然，他发现黄大炮掉了队，东张西望了一会儿，背过了身去。他心里顿生疑窦，这家伙在干啥呢？

爷爷走了过去。只见黄大炮解开裤带掏出了撒尿的家伙。爷爷肚里说了句："晦气。"刚想转身走开，却见黄大炮双手捂住撒尿的家伙吭哧吭哧地使劲，额头往外冒油，好半天才挤出些许黄得发亮的尿液。他一滴不漏地掬在手心，随后小心翼翼地送到嘴边，贪婪地吮吸得干干净净。

爷爷惊讶地看着这一幕，心里如同打翻了五味瓶，不知是什么滋味。黄大炮系好裤带，蓦然回过头，看见爷爷站在他身后，愣住了。这个原本十分健壮的关中汉子被干渴和饥饿完全击垮了，一身膘肉没有了，皮包着骨头，眼窝深陷，两个眼珠子似要掉下来，满脸的胡子有一寸多长，毛乎乎一片，形同饿鬼，十分地怕人。好半晌，他讷讷地说："连长，我实在受不了了……"

爷爷在他肩头拍了一巴掌，啥话也没说，转身走了……

队伍继续前进着，尽管每个人都有气无力，但都拼尽全力垂死挣扎着。

忽然，眼尖的铁蛋惊喜地叫了起来："快看，那是啥！"

爷爷急忙举目，前方隐隐约约有一抹绿色。突然到来的惊喜竟使他感到一阵晕眩，不能自已地打了个趔趄。他赶紧站稳身子，揉揉眼睛再看，那抹绿色大约有五六里之遥，走在他身后的黄大炮也瞧见了，兴奋地大声喊叫起来："我们走出了大戈壁！"

大伙跑上了沙梁，都看到了那抹绿色，抱在一起狂喊："有救了！我们有救了！"脸上却淌满了泪水。就连三个女俘也激动不已，憔悴的脸上露出了久违的笑容。

这时刘怀仁忽然说了句："莫非又是那个啥海市蜃楼？"

爷爷顿时心里一凉。钱掌柜在一旁说："太阳快要落山了，不会是海市蜃楼的。"

爷爷这几天已经看出钱掌柜是个"人物"，对他的话很是相信，可还是追问了一句："你说不是海市蜃楼？"

钱掌柜肯定地点点头。

爷爷兴奋起来，高喊一声："加速前进！"

第十九章

走近那抹绿色,这才看清是片胡杨林。士兵们刚才那股兴奋欢乐顿时减退了许多。

爷爷仔细察看胡杨林,心里起了疑惑。刘怀仁走了过来,指着林边那棵最是显眼的粗壮的“丫”字形胡杨林,在他耳边低声说:“连长,这好像是咱们几天前晚上宿营的那片胡杨林。”

爷爷的脸色铁青,呆望着那棵大胡杨,一语不发。其实,他在刘怀仁之先就看出了端倪。

这时就听黄大炮撞见鬼似的叫了起来:“连长,咱们又转了回来……”一屁股坐在沙地上,手捶着沙地咒天骂地。

大伙这时也看清楚了,抽了筋似的倒在沙窝上,有哭的有叫的有号的有骂的,似乎天就要塌了。

“号叫屎哩!”爷爷厉声喝骂,他的心情坏到了极点,“就是天塌了,有我大个子顶着,你们怕啥。”

可此时谁还听他的。爷爷嘴里虽然说得很硬气,可心里十分绝望。他束手无策,瘫坐在脚地,一双目光绝望地盯着那天夜晚燃起篝火的地方。那里是一堆灰烬。

三个女俘却聚在一起,窃窃私语,显得十分活跃。

奶奶说，她第一眼看见那个“丫”形胡杨时，心里就犯疑惑：这不是又走回来了吗？她心底直冒凉气，这下彻底完了。那时她有个想法，走出了大戈壁，爷爷他们也许会释放了她们三个女人。可走了好几天，转了一大圈又走了回来，就是渴不死饿不死也要累死。她禁不住长长叹息了一声。

玉珍和玉秀却面带喜色。玉珍低声骂了一句：“狗日的又转回来了。老天灭他们哩！”

奶奶嘟囔道：“你高兴啥哩，他们走不出去，咱们也得死。”

玉珍瞪了她一眼：“哼，谁死谁活还说不定哩。”

奶奶听不明白她的话，玉秀低声道：“玉珍跟魁爷常来这里打猎，对这一带很熟……”

玉珍打断了玉秀的话：“悄着，没人把你当哑巴卖了。”她躺在沙地上，不再吭声，闭目养神。

玉秀也躺下了身，奶奶挨着她躺下，在她耳边问：“玉珍当真知道路？”

“也许吧。”

“你也知道吧？”

“别问了，睡吧。”玉秀闭上了眼睛。

奶奶知道她俩都没睡。她虽然十分困乏疲惫，可没有半点睡意。她回想着那次跟随徐大脚、陈元魁来这里打猎，怎么走回去的？那时天色已晚，她骑着马跟在那伙人身后糊里糊涂地就走出了沙漠。这时回想起来，脑子里似乎塞了一团乱麻，怎么也理不出个头绪来。

奶奶睡不着，那伙士兵的咒天骂地声直撞她的耳鼓。她有点幸灾乐祸起来。

整个队伍全面崩溃了。士兵们全都清楚地看到他们已经身处绝境了,哭着号着咒天骂地。平日里他们唯长官之命令是从,此时此刻,他们全然不把长官放在眼里,谁还去管押三个女俘?有几个士兵竟然指名道姓地骂爷爷,骂他是个瞎屄,把他们带到了绝地。爷爷一语不发,自觉心中有愧,任他们去骂。

渐渐地,骂声停息了。士兵们没了骂人的气力,横七竖八地躺在黄沙卵石上,似一堆乱七八糟的尸体。

爷爷的心情糟透了,但还没有完全丧失理智。他琢磨这到底是怎么回事?小时候他听老人们说过鬼打墙的事,那事出在隔壁五爷的身上。五爷是个小货郎,每天早出晚归做生意。一天收摊,已是满天星斗,急匆匆往回赶。十来里地,可他走了两三个时辰还看不到村庄。走到天明,他才发现自个儿在一个大土壕里转圈圈。见多识广的人说五爷遇上了"鬼打墙"。莫非他们也遇上了鬼打墙?若真是这样,一伙人的性命就丢在这荒漠戈壁上了。

其实那片沙漠不如塔克拉玛干沙漠那样广袤无边。如果朝一个方向走,四五天也就走出去了。可是爷爷他们丢失了指南针,不辨东南西北,且进入了沙漠腹地。说来真是奇怪,四周好像有一堵看不见摸不着的长墙阻拦着他们,他们只是在墙里边转圈圈。这就是民间传说的"鬼打墙"。

现代科学认为,人的一条腿稍长于另一条腿,如果在不辨方向的一个大广场行走,足迹是一个圆圈,爷爷他们当时根本不懂这个奥秘,以为遇上了"鬼打墙"。

爷爷歪靠在一棵树干上,手抖抖地伸进衣袋,半天摸出一根皱巴巴的纸烟。这几天他把这根烟摸过无数次,却因为极度的干渴不想抽。他把烟送到嘴边,嘴唇干裂出了许多血口子,竟叼不住。一气之下,他把烟一把揉成了碎末。忽然,他听到有脚步声,扭脸一看,是钱掌柜。

钱掌柜一屁股坐在爷爷身边,他已疲惫至极,干渴和饥饿使他只剩下了一副大骨架。

"贺连长,这地方你们到过?"

爷爷点点头,说是前几天在这地方宿过营,并指着那一堆篝火灰烬让钱掌柜看。钱掌柜沉默片刻,叹气道:"咱们这回真的撞见鬼了。"

"咋的又撞见鬼了?"

"你听说过鬼打墙吗?"

"听说过。莫非咱们遇到了鬼打墙?"

钱掌柜费劲地点了一下头。

爷爷问:"你以前遇到过鬼打墙吗?"

"没遇到过。可我听人说起过,你费多大的劲只是走圈圈,好像鬼打了一圈墙似的。"

爷爷不吭声了,用指头在沙地上画着,无意间画了一个"水"字。他呆呆地看了半天,一拳把"水"字砸了个稀巴烂。

钱掌柜忽然说道:"贺连长,附近可能有水源。"

爷爷忽地坐直身子,急忙问:"水源在哪达?"

钱掌柜说:"这片胡杨林不小,能长树的地方肯定有水。你没让人在附近找找看?"

"找过,至少方圆二三十里没有水源。"

钱掌柜喃喃自语:“咋能没水哩?这片胡杨林很少见,树上的叶子也还茂密,不可能没有水吧?”

爷爷说:“我也这么想,可就是找不到水。把他家的!”他又在那个稀巴烂的“水”字上砸了一拳。

钱掌柜不吭声了。

俩人沉默无语,呆眼望着西天。

太阳像一个血红的火球在天边燃烧,逞了一天威似乎也疲倦了。荒漠的气温开始回落。不知什么时候从南边涌起一堆乌云,先是一块乌云把夕阳涂抹得极为惨淡,随后的乌云涌过来把这份惨淡也吞没了。天地之间顿时混沌起来。

爷爷惊叫一声:“不好,要变天!”

钱掌柜也说了一声:“要变天。”

爷爷说:“钱掌柜,你给咱把马驮照料好。”

钱掌柜一怔,随即苦笑道:“哪达还有马驮哩。”

爷爷这才醒悟过来,白龙马被龙卷风卷走了,不知是死是活。没了马驮,他随后想到的是女俘,一种本能使他的神经绷紧了。他已经尝到过沙暴和龙卷风的厉害,绝不敢掉以轻心。他挣扎起身去寻找女俘。女俘们躺在一个沙窝里,闭目喘息。她们披散着头发,形同饿鬼。身上的衣衫已破烂不堪,近乎半裸,裸露的乳房失去了诱人的韵味和风采,松耷耷地吊在胸前。她们身旁躺着一伙同样近乎半裸的汉子。可此时此刻谁也没心思去瞧谁一眼。干渴、饥饿和疲劳完全把他们打垮了,已经使他们忘记了性别和欲望。

爷爷的脚步声惊动了三个女俘。她们睁开眼睛,看了一眼爷爷,二号和三号女俘又闭上了眼睛。碧秀呆望着爷爷,俩人目光对峙了半天。爷爷本想用绳索拴住她们,可临时改变了主意。

“要变天了,可能又是大沙暴,你要注意点。”爷爷对碧秀说。原本是怕女俘趁机逃脱,却分明话语中透着关照。

碧秀举目看天,果然天空聚集着大团的乌云。她感激地冲着爷爷点了一下头。

爷爷转脸去吆喝士兵们赶紧起来,做防沙暴的准备。说话间起了风,风势来得迅猛强劲,虽然比不上上一次沙暴的凶猛威力,却也吹得飞沙走石,树枝乱摇,发出呼啸乱叫。爷爷身子晃了几晃,跌倒在女俘身边。他体力消耗殆尽,已经弱不禁风了。

在狂风的呼唤和催促下,天边的乌云似脱缰的野马奔腾而来,霎时压过头顶。黄沙搅着乌云遮天蔽日,提前拉开了夜幕。

忽然,半空中蹿出一条银蛇,亮得使人目眩;随后是一声霹雳,如同炮弹在头顶炸响,震得大地都颤抖起来。躺倒在沙窝里的这群人都忽地坐起了身,仰脸看天。只见天空中银蛇狂舞,炸雷声声。

“下雨了!下雨了!”

有人惊喜地叫喊起来。果然有铜钱大的雨点打在脸上身上,冰凉冰凉的。

“老天爷,下大点吧!救救我们吧……”刘怀仁跪倒在沙地上,双手捧着瓷碗,大声祈祷。

两天前经历了一场风暴,谁都知道沙暴的厉害。可这时大伙没有一个躲的藏的,就是三个女俘也呆呆地仰脸看天。大伙见刘怀仁跪下了,也都齐刷刷地跪下,祈求上苍赐降甘霖。爷爷也跪倒在地。

风在刮,电在闪,雷在鸣。可雨点却越落越稀,后来竟然销声匿迹了。这场风雨来也匆匆，去也匆匆。约莫两袋烟工夫，云过风止，夕阳在西山顶上复出，冷笑着瞧着沙地上跪着的这一群生灵。这一群生灵眼看着希望化为泡影，起初目瞪口呆，后来呜呜大哭，咒天骂地。再后，耗尽了气力，都一摊泥似的酥软在沙地上。

这场雨来时爷爷没有太大的惊喜，反而有许多恐惧，上次的沙暴让他触目惊心。因此，俄顷而失他也不怎么感到失望，甚至有点庆幸，庆幸只是一场狂风而已，而不是大沙暴。他心里清楚，到了这步田地只能听天由命，怨天尤人只是伤精伤神，于事无补。他长长叹了一口气，一屁股坐在沙地上。

另一个显得镇静的人是钱掌柜。他赶驮，长年跑这条道，大戈壁上这种干打雷不下雨的自然现象他见得多了，并不为奇。刚才这伙兵跪下求雨时，他默然站在一旁看着。他渴望着天降大雨。最初铜钱大的雨点落下时，他拿出瓷碗去接。可雨愈落愈稀，最终云飘风止。他无声地叹息了一下，垂下了举碗的双手。

夕阳落下山，天边燃起了大片的晚霞，把荒漠涂染得一片血红。

第二十章

农历七月的荒漠,夜晚是旅人的天堂。刚才那场大风把难耐的热气刮得无影无踪。士兵们没有得到甘霖的润泽,咒骂着叹息着横卧在沙地上,很快就昏睡过去。

到了后半夜,寒气慢慢袭来。爷爷猛然惊醒,仰脸看天,满天星星冲他眨着眼。一阵夜风袭来,他禁不住打了个寒战。他看到士兵们蜷缩成一团,饥饿、干渴和疲惫使他们一时无法苏醒。爷爷看到弟兄们如此这般模样,于心不忍。挣扎着爬起身,想捡树枝生起篝火御寒。

他刚捡了一抱树枝,猛地听到一旁有脚步声,心中一惊,低声喝道:“谁?”

“是我。”

爷爷仔细一看,是钱掌柜,也抱着一抱树枝。俩人相视一笑,生着了篝火。

篝火的烈焰撕破了黑暗,给爷爷他们送来了温暖。爷爷和钱掌柜挨着肩坐着,一个望着篝火出神,一个毫无目的地看着远方。光亮把人已经习惯了黑暗的视力限制住了,反而更看不远。这时的沙漠在夜幕的笼罩下变得更加神秘莫测,不论东南西北,不论上下左右,全是茫茫的沙,把一切死死困在腹地里。

爷爷望着篝火出神。前天晚上他和钱掌柜围着篝火还有罐罐茶可喝,可此时水没一口粮没一颗,生的希望在哪里?他愁眉紧锁,忧心如焚。

钱掌柜给篝火里加了几根树枝,看了爷爷一眼:“你想啥哩?”

爷爷叹气说:“唉,不知咱们能不能走出大戈壁?”

钱掌柜不吭声了。他无法回答这个难题,俩人都看着篝火发呆。

不知过了多久,钱掌柜打破了难熬的沉默,没话找话地说:“你家里都有谁?”

“爹,妈,四个兄弟,两个妹子。”

“没娶媳妇?”

“没。你有媳妇吗?”

“有,还有一双儿女。”

“你想他们吗?”

“想。——老弟,你也该娶媳妇了。”

“该娶了。走出这狗日的大戈壁,哪个女人肯嫁我,我就娶她做媳妇。”

钱掌柜笑了。爷爷也笑了。

良久,钱掌柜忽然问:“兄弟,往后有啥打算?”

“能有啥打算,在队伍上混呗。”

“当了连长当营长,当了营长当团长,再当师长,再当军长……”

爷爷苦笑道:“没敢那么想,只要能当上团长我就知足了。唉,这会儿恐怕把命都要丢在这达了,还想啥哩。”

钱掌柜说:“别说这丧气话。我看你是个福相,福大命大造化大,一定能走出大戈壁。”

爷爷笑了:“借你老哥的吉言,走出大戈壁我就回家种地去,娶个媳妇,过个‘三十亩地一头牛,老婆娃娃热炕头’的安心日子。”

钱掌柜也笑了:“这不是你老弟的秉性。你鼻直口方是个走四方的汉子。出了戈壁你跟我赶驮去,我保你前途无量。”

爷爷连连摇头:“不,不,我不跟你赶驮去。”

“为啥?”

“奸商奸商,无奸不商。我弄不成那事。”

钱掌柜大笑起来:“你看我奸不奸?”

爷爷认真地打量了他一眼:“你老哥不奸。”

“赶驮的是商人不假,可商人不一定都是奸人。你老弟可不能把人都看扁了。”

爷爷说:“不管你咋说,我经不了商。我是个直脾气人,当不了兵就回家种地去。”

钱掌柜说:“其实种地也好,有道是,七十二行,庄稼汉为王。可你想过安心日子就能过上安心日子吗?”

“你这话啥意思?”

“现如今政府腐败,匪患成灾,日本人又打进东北,国难当头,遭殃受苦的都是老百姓。”

“你老哥说得一满都对。可你我都是小人物,能有啥办法。”

“国家兴亡,匹夫有责嘛。只要大家团结一心,一定能扭转局势。”

爷爷转过脸看着钱掌柜,钱掌柜一怔,随即笑道:“你这么看我干啥?”

“我咋听你说的跟共产党宣传的一样。”

钱掌柜依然笑道:“你老弟说我是共产党?”

“我看有点像。”

“你老弟别吓唬我,我胆小。”

爷爷笑了起来:“你就真个是共产党,我也不管你的事。我这会儿只盼着能赶紧走出这狗日的大戈壁,娶个媳妇好好过日子。”

钱掌柜大笑起来……

钱掌柜是红军的一个营教导员,奉上级命令他带着一个小分队化装成商队,带着打土豪得来的银洋和烟土去蒙古一带购买枪支弹药。归途中他们遭遇到大沙暴,迷了路,误入了大戈壁。更不幸的是他们又与一股土匪遭遇了。那股土匪来势很凶,他自知力量悬殊,不愿和土匪纠缠,想破财消灾,拿出一千大洋做买路钱。那股土匪却十分贪婪,不买他的账,后来又发现他们的驮子装的是枪支弹药,便狠下杀手,要置他们于死地。事已至此,他率队奋起还击。但敌众我寡,力量悬殊,十几位战友都壮烈牺牲了,只剩下了他和通讯员铁蛋。

土匪没有杀他们,不是土匪发了善心,而是土匪也迷了路。土匪以为他俩知道路,留下他们做向导。他们就将计就计,带着土匪在大戈壁上漫无目标地往前走。当时,他横下一条心,带着土匪在大戈壁上兜圈子,闹个玉石俱焚。不幸中的万幸,他们遇到了爷爷的队伍,爷爷的队伍击退了土匪,救出了他和铁蛋。短暂的相处,他看出爷爷是个正直的军人,在心里暗暗打定主意,和爷爷同舟共济,走出大戈壁。

爷爷和钱掌柜东拉西扯地聊着闲话,盼天亮。他们万万没想到篝火把他们的行迹暴露给了远处的一伙土匪,险乎使他们全军覆没……

那伙匪徒有二十来人,为首的是徐大脚的二头目彪子。

奶奶说,彪子二十五六岁,能双手打枪,且弹无虚发,十分剽悍凶残。他长相英俊,能说会道,很讨徐大脚的喜欢。徐大脚很宠信他。他不仅是山寨的二头目,也是徐大脚的男宠,这已是不是秘密的秘密。

奶奶不喜欢他,奶奶喜欢有血性的男人。奶奶说彪子空有一副好皮囊,装着一肚子坏下水。奶奶还说,彪子不是男人,是条下贱的公狗。

奶奶说,她最看不起彪子那种没德行的男人。

那晚的伏击战打得很漂亮,徐大脚和陈元魁合兵一处,几乎使爷爷的特务连全军覆没。当他们收兵回营时,才发现奶奶他们不见了。起初,陈元魁以为奶奶和他的几个女侍趁乱跑了。仔细一想,不可能,如果他的女侍想跑早就跑了,不会等到现在。从种种迹象看出,奶奶和他的几个女侍做了俘虏。陈元魁十分恼火,搂到怀里的美人被人抢走了,他怎肯罢休。他要徐大脚和他分兵去追寻奶奶和他的几个女侍。徐大脚奔波数日,已疲惫不堪,心里十二分地不愿意为几个女人兴师动众,可也不愿得罪陈元魁,便让彪子带上一部分人马去追寻。这正中彪子下怀。他寻思着爷爷他们已经是一伙残兵败将,走投无路,没有什么战斗力了,消灭他们不是多大的难事。再者,他主要恋着玉秀,想和玉秀在荒漠上重续旧情。

彪子和陈元魁的人马分成两路在荒漠上搜寻,但不见爷爷队伍的踪迹。陈元魁的人马遇上了钱掌柜的驮队，就顺手牵羊地把钱掌柜的驮队收拾了。后来他们遇上了爷爷的队伍，他们摸不清爷爷队伍的虚实，稍做抵抗就跑了。彪子他们遭遇到了那场大沙暴，幸亏陈元魁给他了两个熟悉这一带地形的匪徒当向导，他们在一个背风的大沙丘的沙窝里躲了一夜。第二天他们继续搜寻，但还是看不到爷爷队伍的踪迹。

看看天色将晚，彪子环顾四周，只见黄沙无边，别说人的踪迹，连只飞鸟也看不到。他心中不禁惶恐起来，不想往前再追，勒住马缰，想收兵回营。做向导的两个匪卒察言观色，说道："不敢再往前走了，若是再遇上沙暴，连个躲避的地方都没有。"

"那就撤吧。"

这时夜幕降落下来，彪子不敢贸然夜行军，便在一个沙窝子宿营。

子夜时分，荒漠的寒气袭来，彪子冻得醒了过来，禁不住打了个冷战，睁开眼睛，四周黑乎乎一片，只有星星在头顶眨着眼。忽然，他瞧见远处有一团火光。最初，他以为自己在做梦，他拧了一下大腿，感到一阵生疼，明白自己不是在做梦，心中不禁一阵狂喜。有火光就有人，可那生火的人是谁呢？莫非是那伙他追寻的丘八？管他是谁哩，先把狗日的收拾掉，拾到笼笼里都是菜。

彪子当即把众匪卒唤醒，似一群凶恶的沙漠狼朝着火光悄没声息地包抄过去……

最先发现彪子他们的是铁蛋。他也被冻醒了，爬起来见钱掌柜和爷爷生起了篝火，就过来烤火。他挨着爷爷坐下，爷爷笑着问他："咋不睡了？"

他打了个哆嗦，说了句："冷，睡不着。"

爷爷便给篝火堆添了些树枝，篝火一下子蹿得老高。爷爷关切地说:“往跟前靠靠。”

铁蛋往前靠了靠。爷爷笑着问:“多大了?”

“十六。”

“你跟二狗一般大。”爷爷想起了二狗，心里一酸，随后转了话题:“跟你叔出来赶驮就不怕吃苦?”

“不怕。”

“好样的。你看咱们有几天能走出大戈壁?”

“两天。”

“你敢打包票?”

“我敢打包票。”

“两天走出了大戈壁，我请你吃羊肉泡。”

“我要吃三大碗。”

“给你吃三大碗。”

“不许诳我。”

“不诳你。”

铁蛋伸出手指，很严肃认真地说:“咱俩拉钩吧。”

爷爷跟他拉了一下钩，笑道:“你知道我小名叫啥? 叫石头。我是石头，你是铁蛋，你比我硬哩。”

铁蛋笑了起来:“那你输定了。”

爷爷笑着说:“我盼着输哩。”

三个人都笑了。

爷爷再要添树枝时，发现树枝烧完了。铁蛋看在眼里，起身说:“我给咱弄点树枝去。”

钱掌柜说:“当心点。”

爷爷笑道:“你怕狼把他吃了？要是真能碰见狼,说不准会把咱带出这荒漠哩。”

钱掌柜说:“你说得有理。这屄地方别说狼,怕是连只老鼠也找不到。”

爷爷拨了一下篝火,忽然问道:“铁蛋真的是你侄儿?”

钱掌柜摇了摇头:“两年前的冬天,我赶驮去陕北,走到绥德下起了大雪。当时前不着村后不着店,我把马驮赶到一个背风的土崖下面,崖面上有一口破窑,我钻进去避风雪。窑里边有一团黑乎乎的东西,我以为是个啥野兽,吓了我一大跳。我在窑口喊了几声,不见有啥动静,便壮着胆钻了进去。仔细一看,是个十四五岁的男娃,已经冻僵了。我急忙脱下皮袄把他裹住,生着了火,把他救醒。我问他叫啥名,家在哪里,都有啥人？他说他叫铁蛋,没有家,父母双亡了。他给一家财东放牛,一头牛跑丢了。他不敢回去,满处寻牛,遇上了大风雪,钻到破窑里躲避风雪,又冷又饿……”

爷爷明白了:“哦,是你救他一命。”

钱掌柜点点头:“他是个可怜娃,无家可归,无路可走,就跟上我赶驮了。”

爷爷说:“你是个好心人。我看得出,你把他当亲侄儿待哩。”

钱掌柜说:“他是个好娃哩……”

俩人正说着话,就听铁蛋在远处发出一声惊叫:“叔,有土匪!”

钱掌柜和爷爷忽地站起身,爷爷顺手拔出了手枪。俩人朝铁蛋呼喊的方向跑去。没跑出几步,借着火光就看见铁蛋慌慌张张跑了过来,边跑边喊:“土匪来咧！土匪来咧!”

这时就听见一阵枪响,钱掌柜急奔过去,铁蛋一个趔趄,扑进钱掌柜的怀中,说了声:“林子那边有土匪……”头歪在了一旁。

“铁蛋! ……”钱掌柜惊呼一声,他搂抱铁蛋的手触到了铁蛋的后背,黏糊糊的一片。

这时爷爷大声喊叫起来:“弟兄们,抄家伙! 有敌情!”

士兵们急忙爬起身,抄起了武器。这时,林子那边枪声响成了一片,子弹飞蝗似的飞了过来。几个士兵栽倒在地上不再动弹,阵脚顿时大乱。爷爷大声喊道:“弟兄们,不要怕,跟狗日的拼个鱼死网破!”

爷爷的特务连毕竟训练有素,很快就镇定下来,趴在沙地上开枪还击。

钱掌柜放下铁蛋,眼里射出复仇的怒火,抓起身边一个中弹身亡的士兵扔下的枪,扣动了扳机,出膛的子弹呼啸着奔向仇敌。

彪子所率的二十几个匪卒都是职业土匪,不仅凶残,悍不畏死,且有备而来。他们借着夜色的掩护,步步逼近。爷爷他们是疲惫之师,而且没有防范,形势对他们十分不利。

枪弹声在荒漠之夜显得那么的惊心动魄,犹如晴天霹雳;又是那么的苍白无力,犹如蚊虫嗡嗡。

这场战斗很快就分出了胜负。彪子一伙惯匪越战越勇,包围圈越缩越小。爷爷他们伤亡惨重,拼死抵抗,已露败迹。

这时又有了新的危机,子弹所剩无几。爷爷压低声音,命令道:“不要放空枪,等狗日的靠近了再打!”

彪子见爷爷他们不打枪了,当即就明白是咋回事,扯着嗓子喊:“狗日的没子弹了,给我冲!”

匪徒们号叫着冲了过来,距离越来越近,看着只有二十几步了,爷爷咬牙喊了声:“打!”手中的枪就响了。冲在最前头的几个匪徒趴在沙地上不动了。其余的匪徒慌忙卧倒。

忽然,传出一声呼救声:“彪子,快救我们呀!”

是女人的声音,尖厉而嘹亮,盖过了枪弹声。

彪子一怔,随即听出了声音,扯着嗓子问:“玉秀,是你吗?”

“是我！彪子,快救我们呀!”

“谁都和你在一起?”

“玉珍和碧秀!”

爷爷低声喝道:“让她给我闭嘴!”

趴在玉秀身边的黄大炮一把按住她,骂道:“你个傻×,喊叫啥哩!”

玉秀挣扎着扬起头,扯着嗓子喊叫:“彪子,快来救我们!”

爷爷火了:“大炮,你狗日的还让她喊!”

黄大炮收起怜香惜玉之意,恶狠狠地把玉秀的头往沙地上按。玉秀拼命挣扎。黄大炮面露狰狞之相,拔出了匕首。恰在这时,爷爷扭过脸来,急忙喊:“别弄死她!”

黄大炮收起了匕首,整个身子压在了玉秀的身体上,趁机在她身上胡乱挖抓。这个家伙,都什么时候了还有这股邪劲。玉秀虽拼命挣扎,但远不是黄大炮的敌手,只能让其占尽便宜。

“玉秀——”彪子大声喊叫。

玉秀耳闻其声,却被黄大炮压得喘不过气来,哪里还能应声。

彪子不见玉秀回答,情知不好,发出了公狼似的号叫:“弟兄们,给我冲!”跃身而起,两把盒子枪左右开弓,打得火光四溅。

匪徒们号叫着尾随彪子冲了过来……

奶奶说,那时彪子像匹发了疯的公狼,不要命地往上冲。你爷爷他们都不可能知道,玉秀是彪子的情人。

玉秀原本是沙柳镇一家妓院的姐儿,也是那地方的花魁。去年秋天,彪子跟随徐大脚来到这里买马,徐大脚与陈元魁勾搭上了,冷落了彪子。彪子不甘寂寞,便背着徐大脚去沙柳镇寻欢作乐。

从古到今,嫖要有貌和钱。彪子两样都有,他相貌英俊,兜里有钱。一进妓院他就点名要花魁。他出手大方,很快就赢得了玉秀的芳心,俩人打得火热。离开这地方时,不是慑于徐大脚的威严与凶残,彪子就给玉秀赎了身,把她带回陕西。

这次彪子跟随徐大脚逃窜过来,看到玉秀成了陈元魁的人,心里十分不是滋味。原来他们走后,陈元魁偶去沙柳镇游玩,夜宿那家妓院,恰巧是玉秀接的客。一夜风流,陈元魁完全被风情万种的花魁迷住了。临走时,陈元魁掠走了玉秀。妓院的老鸨早就知道他的恶名,屁都没敢放个响的,眼睁睁地看着摇钱树被人抢跑了。

当彪子看到玉秀时,陈元魁身边的俊俏女人足足有一个班。尽管陈元魁比彪子更剽悍更有钱,也怜香惜玉,可分身乏术,不能专一地爱一个女人。玉秀虽是青楼女子,却向往有一个倾心爱她的男人。因此,她一直记挂着心仪的彪子。那天俩人乍一见面都有惊喜之色,但当着那么多人的面又不好说啥,只是以目传情。

那个时候,彪子听不见玉秀的回答,以为玉秀被打死了,当下红了眼睛,大声吼叫着:“玉秀,我给你报仇来啦……”

彪子不惜命地往前冲,跟在他身后的喽啰都是亡命之徒,不甘落后,蜂拥而上。

爷爷他们负隅顽抗。匪徒们攻势十分凶猛,子弹飞蝗般飞了过来,爷爷身边的两个士兵又中弹身亡。爷爷红了眼,挺起半个身体,举枪猛烈还击。冲在前头的两个匪徒栽倒在沙地上。可匪徒们的嚣张气焰并没遏制住，反而攻势更凶猛，又有几个士兵亡命于枪林弹雨之中。

“弟兄们，打！”爷爷狂怒了，手中的驳壳枪吐着火舌。

趴在他身边的钱掌柜开枪一边还击，一边大声道：“贺连长，不能硬拼！”

爷爷似乎没听见钱掌柜的话，单腿跪地射击。他有点失去理智了。

“贺连长，卧倒！”钱掌柜喊了一嗓子。

没等爷爷醒过神来，钱掌柜猛扑过来，把爷爷压在他的身下。少顷，爷爷推开他，爬起了身，只见钱掌柜背心洇出了一片鲜血，把被油汗渍得发黄的白粗布背心染得说不出是什么颜色。

“钱掌柜！钱掌柜！”爷爷疾声呼唤。

钱掌柜睁开眼睛：“别硬拼，要保存实力……”

“你不要紧吧？”爷爷的鼻子发酸。

“不要紧……快撤吧。”

爷爷点了一下头，要搀扶钱掌柜一块撤。钱掌柜说：“别管我了，你们撤吧。”

“那咋行，我不能扔下你不管。”

“我走不了了。”

“我背你走！”爷爷是个很重义气的汉子，他不能置救命恩人于不顾。

钱掌柜苦笑道：“你是个明白人，咋说傻话哩。你要背着我，咱俩都得完。”

两颗泪珠滚出了爷爷的眼眶。

钱掌柜又笑了一下：“你也是条硬汉，咋这么婆婆妈妈的。有道是:义不养财,慈不带兵。你这个样子还咋带兵哩? 快撤吧。”

爷爷明白这是生离死别,忍不住问道:“老哥,你给我说实话,你到底是干啥的?”

钱掌柜出气急促起来,但吐字还清晰:“这会儿我也不瞒你了。我不姓钱,姓周,叫周国斌……我是共产党人,铁蛋也是……我读过书,也扛过枪……快撤吧,土匪冲过来了……”他气若游丝,声音越来越低。

刘怀仁猫腰跑了过来,急促地问道:“连长,土匪冲上来了,咋办?”

爷爷抹了一把眼睛,狠着心说了声:“撤!”

爷爷他们边打边撤,巴掌大的胡杨林无险可守,渐渐地面临绝境。就在这危急之时,匪徒背后边忽然响起了枪声,有人惊呼起来:“不好,我们上当了!”一霎时,匪徒们乱了营。

彪子大惊,急回首想看个究竟。这时东方已露鱼肚白。晨色中影影绰绰有一支人马,看不清有多少人,子弹不怎么密集,却很有准头。彪子身边好几个匪卒已中弹身亡。

爷爷也是一怔。他也闹不明白来者是谁。但可以肯定他们是自己敌人的敌人。形势一下子出现了转机,爷爷大吼一声:“弟兄们,我们的援兵来了,冲啊!”率先冲了过去。

士兵们见来了援兵,顿时来了精神,吼叫着冲了上去。匪徒们腹背受敌,顿时大乱。彪子大声吼叫着:“别乱,给我顶住!”可此时此刻谁还听他的? 匪徒们溃不成军,夺路而逃。

彪子见大势已去,慌忙抢了一匹马,翻身上去,连连加鞭。爷爷瞧见了,从身边一个士兵手中要过一杆长枪,举枪就射,随着一声枪响,彪子翻身落马,那马受了惊,长嘶一声,落荒而逃。

第二十一章

爷爷收拢了队伍，正想过去看看是谁救了他们。这时就听见有人高声喊叫：“连长！”

爷爷闪目细看，是常安民！不禁大喜过望，急忙迎了过去，俩人紧紧拥抱在一起。

“连长！”常安民语音哽咽，已有泪水涌出眼眶。

“安民，我的好兄弟，你又救了我们一回……“爷爷这个刚强的汉子，只觉得眼睛发潮。

黄大炮和刘怀仁都围了上来。刘怀仁道：“我就说是谁哩，原来是安民你。”

黄大炮在常安民胸脯上打了一拳，笑骂道：“我还以为你给阎王爷当女婿去了。”

常安民笑道：“我是想给阎王爷去当女婿，可他嫌我长得丑，又把我打发回来了。”

大伙都哈哈大笑起来。随后爷爷问常安民咋到这里来了？

常安民给爷爷讲述了他们的遭遇……

那天晚上，常安民率一排往左突围。冲出重围时，一个排只剩下了十二个人。他们来到大沙丘前，不见爷爷他们的人影。等了半个时辰，还是不见爷爷率队到来。看看天色渐明，那地方不是久留之地，他只好带着残兵离开了沙丘。后来，他们也误入荒漠戈壁。

这天黄昏时分，他们遭遇到一群沙漠狼。夕阳的余晖把荒漠涂染成一片猩红。猩红之中走着一支十几人的队伍。队伍因为缺少给养，已经疲惫不堪，所幸他们都带着武器。那群沙漠狼早就看见了这支疲惫的队伍。它们守候在前方，像狗似的蹲着，用绿荧荧的凶残的目光注视着这支队伍。偶尔有匹狼用前爪挠几下嘴巴，这种神经质的动作，表明饥饿正在折磨着它们。

这群沙漠狼是荒漠精灵，它们蹲在那里守株待兔，以逸待劳。一旦这支疲惫不堪的队伍走近它们，它们便会在头领的带领下发起突然进攻。

走在队伍最前边的常安民最先发现了这群狼。最初的一刹那，他以为是一群狗，随后他看见了那一片绿荧荧的凶光，就知道不是狗，是狼。他禁不住打了个冷战，掣出了手枪，急令队伍停止前进。

士兵们这时也都看清了险情，人人都惊起了一身的鸡皮疙瘩，头发也竖了起来。

那群沙漠狼眼看到口的猎物不肯向前了，着急起来，狼群出现了骚动。有几匹狼用前爪抓挠着沙地，那锐利坚硬的爪子几下就把沙地刨了一个坑，长长的垂涎从口中流淌出来。这时有匹狼发出一声长嚎，狼群顿时安定下来。

发出长嚎的是匹骨架很大的公狼，它的头顶有一撮白毛，显然它是这群沙漠狼的首领。它蹲在一旁，不时地舔一舔自己的皮毛，似乎对前面的猎物毫不在意。可它已经看出面前这群猎物可不是轻易能吞掉的,需要耐心地等待时机。

夕阳落山了,天色昏暗下来。

常安民心中十分着急,他明白这样对峙下去对他们十分不利。黑夜的荒漠是沙漠狼的世界。他带着队伍想回去,再绕道走。没想到的是他们退一步,那群狼逼上一步,始终与他们保持着不远不近的距离。

眼看天就要黑了,常安民更加着急,打了一枪,想吓散这群狼。狼群果然有点慌乱。那匹头狼又连连嚎叫几声,狼群很快就镇静下来。常安民无奈,只好让士兵们握紧枪提高警惕。这时他想到了爷爷他们。如果整个连队在,人多势众,这群沙漠狼何惧之有?可现在他们只有十几个人,而面前这群沙漠狼少说也有四五十匹。所幸他们手中有武器,不然的话,他们只能是一堆肉让狼们饱餐一顿。

在对峙之中,狼们终于沉不住气了。有这么多猎物近在咫尺,却只能用饿得发昏的眼睛会餐,这实在有悖狼们的脾性和习惯。有匹狼忍耐不住向猎物发起进攻。头狼没有制止它。头狼也忍耐不住了,正好让它试探一下对方的虚实。

那匹不知死活的野兽莽撞地冲了过来。一声枪响,它倒在血泊中,绝望地嚎了一声,四爪朝天蹬了几下,就不再动弹。

常安民他们往后退了退,狼群冲了过来。头狼用前爪按住刚刚死去的同类,连腿带胸撕下一块蹲在一旁大口享用起来。其他狼一拥而上去撕咬同类的尸体。这匹狼太瘦了,狼们还没摆开吃的架势,会餐便结束了。有两匹狼因没沾上边,互相撕咬起来。其中一匹是年轻的公狼,另一匹是衰老的母狼。力量悬殊,年轻的公狼很快地占了上风，把那匹母狼打倒在地，迅疾用利爪撕开了它的肚皮。伤狼凄厉地嚎叫一声，用利爪回击着对手，之后便带着撕开的肚皮逃开，鲜旺的浓血把肚皮浸湿了，滴在沙地上。年轻的公狼不肯善罢甘休，一个虎跳过去给敌手致命的一击，咬断了母狼脖子上的大血管。

残酷的搏杀在狼群中引起一阵骚乱，狼们兴奋地看着同伙相残，张大着嘴巴，垂涎从鲜红的舌头上滴下来。母狼倒下了，狼们又是蜂拥而上，撕咬着还在痉挛的母狼。很快母狼连骨头都没剩下，被同伙吞进了肚子。

常安民他们眼睁睁地看着狼们自相残杀，惊心动魄的一幕把一伙人都惊呆了，毛骨悚然地出了一身冷汗。好半晌，常安民抹了一把额头的冷汗。面对如此凶残的沙漠狼，他们凶多吉少。

这时夜幕完全拉开了。走不脱只有坚守了。常安民命令士兵围成一个圈，枪口对外。只要狼往过冲就开枪打死它。

这一招还真有效，群狼围住常安民他们，但不敢贸然往上冲。同伙的失败，使它们都看到这伙两脚猎物手中的武器很厉害。

双方对峙着。在黑夜中狼们绿荧荧的眼睛如点点磷火。不时地有忍耐不住的狼会突然扑上来，紧接着会有一声枪响，两点磷火消失了。随后狼群又引起一阵骚乱。虽然在夜幕里看不清楚，但完全想象得出，狼群又用同伙的尸体做了一次短暂的会餐。

子夜时分，狼群发动了一次进攻。

只听见头狼发出一声号角般的长嚎。几十匹狼从几个方向向常安民他们发起了进攻。响起了一片枪声，许多磷火消失了，但更多的磷火闪着凶残的光射了过来。幸亏常安民他们还有一挺机枪，常安民急了眼，夺过机枪手手中的机枪，跃身而起，叫骂着："狗日的来吧！”机枪吐着火舌，喷向狼群。

狼与人战在了一起。狼的凶残是罕见的，士兵们这时都置生死于度外，做殊死的搏斗。常安民边打边喊：“弟兄们，集中火力打！”

士兵们集中火力猛烈射击。常安民借着弹光瞧见那匹头狼就在近旁，嚎叫着指挥同类。他骂了一句：“狗日的，我叫你凶！”掉过枪头就打。那匹头狼是个成了精的魔头，跳跃着腾空挪移，但最终还是没有躲过密集的枪弹，左前腿被击中了。它长嚎一声，仓皇逃遁。狼群见头领逃了，也都纷纷逃窜。但它们没有逃远，聚集在一起，舔着伤口，依然对那群两脚猎物虎视眈眈。

常安民也收拢了队伍，清点了一下人数，少了三名弟兄。他们葬身了狼腹。几乎每个人都被狼抓伤了，所幸伤都不重。

双方又都对峙起来。常安民紧握着手中的枪，不时地看天。他盼着天亮。那匹头狼舔舔受伤的腿，也不时抬头看天，发出一声凄厉的嚎叫。常安民他们听不懂它在嚎叫什么，可已经完全领教了它的厉害。

东方终于露出了鱼肚白，那白色越来越亮，越来越大。渐渐地，白色变成了橘红色。到后来燃成了一片朝霞。那匹头狼朝着朝霞长长地嚎了一声，又回头把常安民他们看了半天，才悻悻地瘸着一条腿掉头而去，它十分明智，天亮了，那伙两脚动物不再是它们的猎物了，他们手中的武器太厉害了，在阳光的照耀下，它们会变成他们的猎物。

狼群跟在它们头领的身后撤退了，不大的工夫，就消失得无影无踪。

看着狼群消失在眼睛看不到的地方，常安民长长嘘了一口气，扔了手中的机枪，一下子软瘫在沙地上。士兵们也都扔了枪，躺在了沙地上……

再后来，他们发现了彪子率队的匪徒。起初，常安民以为是爷爷他们，奋力追赶。到了近前他们发现前边的人马有许多马匹，而且衣服杂乱，不像是他们的连队。常安民又以为是一伙商贩，可又发现那伙人马人人都有枪，而且马背上没有商驮，便断定是土匪。那伙土匪有二三十人，又都骑着马，双方力量太悬殊，常安民不敢贸然出击，只是远远地尾随着。他们刚刚和沙漠狼搏斗了一回，死里逃生。他十分清楚，这伙土匪比沙漠狼更凶残，闹不好就彻底完蛋了。可他有个想法，这伙土匪一定熟悉路途，跟着他们一定能走出荒漠。一旦走出荒漠，再找机会收拾这伙匪徒。因此他铤而走险，一直尾随着这伙土匪。

常安民是个谨慎人，让士兵们与匪徒保持着一段距离，不要暴露目标，只是小心翼翼地踏着匪徒们留下的足迹前进。那伙匪徒一直没有发现屁股后边这支残兵。

那天晚上，彪子一伙匪徒在沙窝子里宿营，常安民他们也在不远处的沙窝子里歇脚。常安民安排了一个岗哨盯着那伙匪徒。子夜时分，哨兵推醒了他，说是匪徒们要出发。他急忙爬起身出了沙窝子，隐约听见那边有命令声，随后影影绰绰看见一群人影晃动。他心里十分纳闷：狗日们干啥去？这时哨兵低声道："排长，那边有火光！"

常安民顺着哨兵手指的方向看去，果然有一团亮光，犹如星火闪烁。匪徒们是奔火光而去的。有火光就有人，可是是谁呢？他猜测十有八九是连长他们，不禁心中大喜，急忙低声命令哨兵："快把弟兄们叫起来，准备战斗！"

还真让常安民猜准了，果然是爷爷他们。在危急之时，常安民率残兵发起了攻击，不仅使爷爷他们转危为安，而且击毙了匪首彪子……

听了常安民的讲述，一伙人都惊叹不已。好半晌，爷爷感慨地说：“我们都以为你牺牲了，没想到咱们在这达会师了。看来咱们命不该绝呀！”

常安民笑着说：“咱们是谁呀，阎王爷敢对咱们下手？”

黄大炮打趣说：“别吹了，差点都喂了狼。”

常安民说：“你狗日的是没看见，那沙漠狼吃人连骨头都不吐。”

黄大炮说：“我这会儿倒真想碰到一群狼，看是狼吃我还是我吃狼。”

刘怀仁在一旁笑道：“大炮也吹开了，你跟女人耍美男计也许行，跟狼斗你肯定不胜安民。”

一伙人都哈哈笑了起来。

忽然，常安民看见了几个女俘，讶然问道：“连长，她们几个是干啥的？”

没等爷爷回答，黄大炮又取笑说：“是连长给你找的媳妇。”

常安民笑道：“这是好事嘛。也有你一个？”

“那是当然的，我挑剩下的才能是你的。”

常安民笑骂道：“你狗日的也太霸道了。她们到底是干啥的？”

爷爷说：“是徐大脚的亲兵。”

常安民很是吃惊：“她们是土匪？”

爷爷点头。

常安民又问："带着她们干啥？"

黄大炮又开玩笑："我不是说了嘛，给你做媳妇哩。"

常安民笑道："这样的好事你早就占了，还能轮上我？"

黄大炮依然开玩笑："我是想都占了，可连长硬是让我给你留一个。你看上哪个了？"

常安民笑骂道："你狗日的就不能说点正经的。"随后又问爷爷带着她们干啥。

爷爷说："咱们现在迷了路，她们很可能知道路径。"

"那就审审她们。"

"审了好几次，她们不肯说。"

常安民凶狠狠地说："那就来点硬的！"

"咋来硬的？把她们毙了？杀了？"

常安民哑然了。

"走，看看钱掌柜去。"爷爷说。

"钱掌柜是谁？"常安民问。

"是赶驮的，共产党的人。"

"共产党的人？"常安民很是吃惊。

爷爷点头说："刚才要不是他，你就见不上我了。"他边走边对常安民讲述和钱掌柜邂逅的经过。

一伙人找到了钱掌柜，只见钱掌柜两眼圆睁，双手紧握着枪筒，而那支枪的枪刺扎进了他的肚腹。他的一旁躺着一具匪尸，那具匪尸的心窝扎着一把匕首。

一伙人惊愕了。

爷爷讲到这里，语音发涩。他手中的烟锅熄灭了，他没有发觉。他的目光发直，望着远方，似乎又看到了当年钱掌柜牺牲的壮烈场面……

良久，爷爷说，他实在想象不出钱掌柜受了那么重的伤，是怎样打死那个土匪的。

爷爷还说，他一生敬重的人有数，钱掌柜是一个，那是条真正的汉子。

爷爷跪下身子，想拔出那把枪刺，可钱掌柜双手如铁钳似的紧紧握住枪筒，爷爷怎么也拔不下。最终在常安民和刘怀仁的协助下，总算拔出了枪刺。爷爷轻轻合上钱掌柜的眼皮，慢慢站起了身。

良久，黄大炮说："钱掌柜虽说是共产党的人，可是条汉子，我敬服他。"

常安民和刘怀仁都点点头。

爷爷在他肩头拍了拍，说："把铁蛋抬过来，让他俩安息在一起。"

黄大炮带着几个士兵把铁蛋的尸体抬了过来，和钱掌柜并排放在一起。爷爷上前默默地整好他们的衣服，随后双手捧起黄沙撒落下去。一干人都捧起了黄沙……

少顷，荒漠上又添上一个小沙包。爷爷拔出盒子枪，朝天打了一梭子。枪声在寂寥的荒漠上响得十分豪放粗犷，且传得很远很远……

第二十二章

葬埋了同伙的尸体，擦干了身上伤口的血迹，队伍又要出发了。

可往哪儿去呢？发生了分歧。

再朝太阳升起的方向走（他们都很怀疑这个方向是否是东方），会不会又遇到“鬼打墙”？再者，朝这个方向走到底能不能走出大戈壁？来时往西，返回往东，应该是没错的。可事实上他们朝这个方向走，越走越荒凉，越走越荒无人迹。不朝这个方向走那又该朝哪个方向走？

刘怀仁提议兵分三路，朝西、北、南三个方向走，他对继续往东走完全失去了信心，说再往东走，必死无疑。

没人吭声。其他人对此有同感。

刘怀仁又说：“咱们分开走，也许还能有人活着走出去，就看谁的命大。”

黄大炮开口说：“我同意老刘的意见，分开走。我带几个人，老刘带几个人，常排长带几个人，连长愿跟谁走就跟谁走。”

可谁该往南，谁该往西，谁该往北？

沉默。

刘怀仁伸手在裤裆里抓挠。黄大炮看了他一眼,说:“你抓啥哩?是不是老二要造反?”

刘怀仁从裤裆里摸出一只虱子来,扔进嘴里,咬得一声响。

“你还真会找肉吃。”黄大炮竟然很羡慕。他伸手也在身上摸,半天摸出一只虱子来,也扔进嘴里却没有咬响,悻悻地说:“狗日的虱子都饿蔫了,没老刘的肥。”

爷爷看了两个下属一眼,心里很不是滋味。刘怀仁原本是个很爱干净的人,这回竟然连裤裆里的虱子都吃。他无声地叹息一下,说道:“你们说咋办?”

没人吭声。刘、黄二人在身上摸虱子。常安民拿枪刺割了一块皮带塞进嘴里咀嚼,口里缺少水分,他伸长脖子把皮带囫囵吞枣地咽了下去,随后又割下一块塞进嘴里。黄大炮瞪眼看着他,讶然道:“那东西能吃?”

常安民说:“这东西是肉哩,比你身上摸的那东西油水可大得多。”

黄大炮一想,也对,皮带是牲畜的皮做的,好歹也算是肉。他解下自己的皮带,用枪刺割了一块塞进嘴里,吞咽下去,说:“是能吃。连长,老刘,你们也来一块。”他割下两块递给爷爷和刘怀仁。

爷爷把皮带塞进嘴里,根本就嚼不动,强着咽了下去。刘怀仁说:“吃这东西费牙。”

常安民说:“这东西扛饿。”

刘怀仁说:“这皮带是牛皮的,是猪皮的就好了。”

黄大炮嘲笑他说:“你就穷汉别嫌馍黑了。”

四个人把一条皮带吞咽了下去。沉默片刻,爷爷又催问他们,到底该怎么办?

刘怀仁说抓阄，可没笔没纸没法写阄。黄大炮说："咱猜拳，让连长出拳，第一次猜中的往南走，第二次猜中的往北走，没猜中的往西走。连长，你出拳吧。"

爷爷面无表情，没动窝。

这时常安民开了腔："老刘和大炮的意见也许对，可我反对。我带着十多人在荒漠上走了七八天，遭的那个罪就甭提了。我常常是一点主意都没有，不知该往哪达走。咱们好不容易走到了一起，我再不想和你们分开了。"

刘怀仁和黄大炮都默然了。好半晌，他们三个都把目光投向爷爷。爷爷不能再沉默了，他的声音完全沙哑了："你们的意见我都听明白了，都有道理。要我说，咱们还是别分开的好，假若分开走，再遇上土匪咋办？合在一起走，凡事也好有个商量有个照应。"爷爷顿了一下又说，"阎王爷若要咱们的命，咱们就死在一起；阎王爷不要咱们的命，咱们就活着一达走出荒漠。老刘、大炮，你俩说哩？"

刘、黄二人站直身子，异口同声："我们服从连长的命令。"

爷爷让他们二人带人去打扫战场，看能不能找个活口，问问情况。时辰不大，他们垂头丧气地回来报告，没找到一个活口。爷爷的心不禁沉了一下。

常安民忽然问道："连长，有没有水和干粮？我们好几天都没吃没喝了。"

"本来还有点干粮和水，可昨天那一场沙暴来得凶猛，驮干粮和水的马跑丢了。唉……"爷爷叹了口气。忽然眼睛一亮，让士兵们仔细打扫战场，看能不能找到一点干粮和水。

士兵们都仔细搜寻起来，却一无所获。土匪们在荒漠上也奔波了数日,也水尽粮绝了。

忽然,传来了一声枪响。大伙都是一惊,循枪声看去,只见常安民单腿跪在沙地上,一手握枪,一手抓着皮囊,身子晃了几晃,倒了下去。

爷爷情知不妙,叫喊一声:“安民!”趺趺撞撞地疾奔过去。

原来,常安民翻了几具匪尸,没找到干粮和水。他忽然想起,有一个土匪骑马想逃,被爷爷击毙了。看模样,那是个匪首。也许匪首身上带着干粮和水。他便独自走了过去。还真让他猜中了,匪首彪子身上带着一个皮囊。他大喜过望,俯下身就解彪子身上的皮囊。彪子受了重伤,这时已渐渐苏醒过来。他觉察到有人在解他身上的皮囊,他没有动。他是个奸诈之徒,微微睁开眼睛,只见解皮囊的人穿着一身军装,便知道不是同伙,右手悄悄地去拔藏在后腰的匕首。

常安民本是个谨慎的人,可此时此刻他被干渴折磨得完全丧失了警惕性,一门心思全在那个装着半袋水的皮囊上。再者,躺在沙地上的土匪身上的斑斑血迹迷惑了他的眼睛,他怎么也没料到这个奸诈的土匪会诈死。就在他刚刚解下皮囊的那一刻,彪子的匕首扎进了他的软肋处。他感到一阵刺痛,一时没明白过来。那匕首又往前进了半寸,剧痛使他骤然猛醒,他清楚地看到躺着的土匪忽地侧起身来,睁大眼睛,冒着凶光。他什么都明白了,使出全身的力气,拔出腰间的盒子枪,扣了一下扳机,土匪彪子很重地哼了一声,再次躺在沙地上,眼睛瞪得如同牛卵子。

皮囊落在了沙漠上,塞子也掉了。比珍珠还要珍贵千万倍的活命水从囊口流淌出来,一下子被沙子吞噬掉了。如果是粮食还好一些,捡起来吹掉沙子就可以吃。可是水一旦被吸进沙子,就再也捡不起来了。

常安民看在眼里，急在心里。他拼尽全身，一把抓住皮囊口，死死地攥着……

爷爷抱起常安民，疾声呼唤："安民！安民！……"

常安民睁开眼睛："连长，这里有水……"他挣扎着，但已无力举起手中紧抓的皮囊。

爷爷拿起皮囊，鼻子一阵发酸，但眼里已流不出泪水。

"连长，让弟兄们喝口水吧……"常安民的声音已经很微弱了。

爷爷解开皮囊，凑到常安民的嘴边，让他喝第一口。常安民睁开眼睛，士兵们围成一圈，用舌尖舔着干裂的嘴唇，眼巴巴地看着连长手中的皮囊。半晌，他张开嘴，喝了一口水。

爷爷说："你再喝一口。"

常安民摇了一下头。

"你再喝一口。"爷爷又重复了一遍。

刘怀仁也道："安民，你再喝一口吧。"

士兵们异口同声地说："常排长，你就再喝一口吧。"

谁都清楚，这半皮囊水是常安民拼着性命换来的。他多喝一口，理所当然。

常安民又喝了一口，叹息似的说了声："真甜。"随后士兵们每人都喝了一口水。三个女俘滴水未沾。

爷爷给常安民包扎住伤口。常安民拿过那把匕首插在自己的腰间。

不能坐以待毙。队伍又要出发，但又有了困难。常安民受了重伤，走不了路，怎么办？爷爷当然不会扔下常安民不管，他让人砍下树枝，绑了个担架，抬着常安民行军。

四个小伙子抬副担架，搁在平日里是小菜一碟。可此时此刻，大伙体力消耗殆尽，已自顾不暇，抬副担架简直是把泰山压在了肩上，艰难异常。爷爷在一旁不住地让换人，而且亲自抬起担架。

太阳愈升愈高，抬担架行军越来越艰难。爷爷和黄大炮、刘怀仁、孙大柱抬着担架，一步一喘，迟缓如蚁行。最终，四个人精疲力竭，放下担架，坐在沙地上喘气如牛。

刘怀仁抹着脸上的油汗说："连长，这么抬不是个办法。"他像刚从油锅捞出来似的，裸露的皮肤被强烈的阳光灼掉了一层皮。

黄大炮喘着粗气说："就是把咱们都挣死，也把常排长抬不出去。"他话语中不无怨气。

爷爷看着他们三个人，沉着脸，半天没吭声。刘、黄二人说得都对，大伙体力都已消耗殆尽，再抬下去会累死人的。难道扔下常安民不管？爷爷不敢也不愿这样去想。

昏迷中的常安民这时苏醒过来。他睁开眼睛，叫了声："石头哥。"

"安民，你喝水吗？"爷爷急忙拿过皮囊，凑到他嘴边。

常安民抬手推开皮囊，嘴唇抖动着。

爷爷俯下身："兄弟，你有啥话？"

"别抬我了……"

"不！"爷爷眼里有了泪水，"咱俩是一达从家乡出来的，咱俩也要一达回去。"

"石头哥，别为难弟兄们了……你带他们走吧……"

"我咋能扔下你不管，不能啊！"

"石头哥，你把我当亲兄弟看吗？"

"安民，你就是我的亲兄弟！"

“哥,你给我补一枪,让我别受罪了……”

“安民,你咋说这话!”爷爷满眼含泪,“我背也要把你背出大戈壁!”爷爷要背常安民。

常安民脸上现出一丝苦笑:“石头哥,你跟我说过,义不养财,慈不带兵。你这会儿咋就糊涂了……你是个带兵的人,若是这样,往后还咋带兵哩?”

“……”爷爷深眼窝里滚出了泪珠。

刘怀仁和黄大炮都面有凄色,同声说:“安民,你啥也别说了,我们一定要把你抬出去。”

常安民摇了一下头:“你俩的好意我领了,我不能再拖累弟兄们了……连长下不了手,你俩谁给我一枪吧……大炮,你来!”

“不,不……”黄大炮后退了两步。

“老刘,你来吧。”

刘怀仁哪里肯下手。

常安民哀求道:“我不怨你们,你们给我补一枪是为我好哩,我实在不想受这个罪……我求你们哩……”

可谁也不肯动手。

常安民见他们不肯动手,趁他们不备,拔出匕首猛地插进自己的胸膛。

“安民!”爷爷痛叫一声,想拦已经晚了,殷红的鲜血在常安民的胸前洇成一片。

“……走出……去!”常安民脖子一歪,咽下了最后一口气。

爷爷抱着常安民的尸体泣声说:“兄弟你不该这样啊……你让我回去咋跟二叔二婶交代呀(常安民的父亲行二)……”

士兵们围成一圈,默然地肃立着……

“兄弟，你刚刚死里逃生，我只想咱们弟兄一达走出荒漠去……可没想到你会这样啊……”爷爷满脸泪水，不肯松开常安民的尸体。

刘怀仁上前劝爷爷：“连长，别太难过了。人死不能复生，让安民兄弟上路吧。”

黄大炮也上前劝慰：“连长，安民兄弟已经走了，就让他入土为安吧。”

俩人搀扶起爷爷。大伙动手刨了一个沙坑。爷爷含泪忍悲给常安民整了整衣装，把他抱到沙坑，掬起一把沙子撒在他的身上。大伙一起动手把沙子撒进沙坑……

荒漠上又添了一个小小的新沙包。

一伙人站在沙包前默默致哀，就连三个女俘也都面带凄色。大家心照不宣，若不能很快走出戈壁，荒漠将也是他们的葬身之地。

爷爷最后掬起一抔黄沙，撒在那新隆起的沙包上。少顷，爷爷低沉地说了一句：“出发！”蹽开腿走在队伍的最前边……

爷爷讲到这里，眼角滚出两颗泪珠。他没有拭去，任凭泪珠从皱纹堆垒的面颊滚落在雪白的胡须中。

良久，爷爷说，那年他回到家乡，备了一份厚礼去看望常安民的父母。两位老人看到他十分惊喜，异口同声地问：“石头，安民回来了吗？”

爷爷说他撒了个弥天大谎。他跟两位老人说，安民当上了营长，也娶了媳妇。当了官就身不由己，没空回来，买了些东西让他带回来，尽一点孝心。两位老人先是一愣，随即两张脸笑成了两朵盛开的菊花。常父问爷爷:“石头,营长是多大的官?”

爷爷说:“比连长大,比团长小,管着四五百号人。”

常父的眼睛笑成了一条缝,不住嘴地说:“这崽娃子把事弄成了,常家先人坟上冒青烟了……”

爷爷说,他原想把安民的“官”说大一点,幸好没说成团长师长,若是说安民当了团长师长,说不定会把两位老人高兴疯了。

后来,常父问爷爷怎么回来了。爷爷说他在队伍上混得不如意,不愿吃那份粮了。常父当即就为爷爷抱不平:“要我看你比安民有出息,他能当营长你就能当团长。走,你把叔引上,我给安民说说,让他提携提携你。”

爷爷苦笑说,回都回来了,还找啥哩。他再也不想吃那份粮了。常父不住咂舌,为爷爷感到惋惜。

往后的日子,两位老人日思夜想着儿子能早点衣锦还乡,可却一直不见儿子回来。他们等得失去了耐心,骂儿子官当大了忘了本,骂儿子忤逆不孝,不认爹妈。但在人前,他们从不说怨言,只夸儿子有出息,把事干大了。两位老人直到谢世时都认为儿子在队伍上当着官。

爷爷说到这里,昏花的老眼里有了泪光。好半天,他喃喃地念叨着:“安民兄弟,我哄骗了二叔二婶。我宁愿让二叔二婶骂你忤逆不孝,也不愿看他们呼天抢地。他们上了年纪,经不起这个打击啊……”

第二十三章

刘怀仁再次提议往南走,爷爷也觉得再往东走希望很渺茫。于是,队伍朝南前进。

士兵们的鞋破了,衣裤都烂了,可没谁去管这些。一干人无精打采,赤着脚摇摇晃晃地朝前走着。

一个人笔挺地、沉着地走在队伍前边。这人就是上尉连长贺云鹏。他在什么时候都保持着军人的风度。

还有三个女俘也夹杂在其中。

士兵们早有怨言,要丢掉累赘,可不敢当面给爷爷说,只有刘怀仁说过一次:"连长,那三个女俘白吃白喝的,带着是个累赘,干脆处理掉吧。"

所谓"处理掉",不是杀了,就是毙了。

爷爷一声没吭,只是往前走。他对一号女俘碧秀很有好感,那个沙暴之夜让他太刻骨铭心了。再说,他还真是心软,对几个手无寸铁的女人下不了手。更重要的是他还把走出荒漠的希望寄托在三个女俘身上。

刘怀仁见爷爷如此态度,钳住口不再说啥。

行军越来越艰难。枪本是军人的第二生命，可此时被士兵们都当作了拐杖。即使如此，枪也成了士兵们最大的累赘。

爷爷看到了问题的严重性，不得不命令士兵们轻装前进，每人只留一把刺刀，其余的东西全部扔掉。他没舍得扔掉盒子枪，尽管这东西吊在腰间成了他的负重累赘。他说，幸亏没有扔掉盒子枪，不然的话，他就走不出荒漠戈壁。

太阳高悬在头顶，烈焰不减昨日。所有的人都晒脱了一层皮。远远看去，没有人相信这是一支部队，倒像一伙逃荒的难民。油汗把他们的军衣渍得难辨颜色且破烂不堪，干渴和饥饿使他们皮包骨头，形如饿鬼，而且从体力和精神上完全把他们击垮了。士兵们垂着头，默然地、机械地往前走，身后留下一串沙窝，可谁也不知道他们要到哪里去，绿洲和水源是他们心中共同的目标。

要命的是他们又遭遇到了“鬼打墙”，黄昏时分他们又走回到胡杨林。大伙呆呆地望着胡杨林，哑了似的。爷爷“哎”了一声，一拳重重地砸在自己的胸脯上，随后把自己扔在了沙地上，闭上了眼睛。他怕士兵们看见自己痛苦失望的眼神。

士兵们见连长如此这般模样，也都横七竖八地躺下了。

又是一个荒漠之夜。

四周极静。没有月亮，也没有风，只有满天星斗眨巴着眼，窥视着胡杨林横七竖八躺着的十几个快要干涸的生灵。

奶奶说，那天晚上发生的事她记得清清楚楚，就好像昨天晚上出的事一样。奶奶接着又说，出事前她没有一点预感，脑子里似乎灌进了一瓶糨糊，黏黏糊糊的……

没吃没喝,又走了一天的路,加之又遇上了“鬼打墙”,所有的人从肉体到精神全都垮了。

爷爷他们一伙昏昏沉沉地迷糊过去,可三个女俘却没有睡着。奶奶那时疲惫已极,连睁开眼睛的气力都快没有了。她闭着眼睛,脑子里一片迷糊不清。忽然,有人推了她一把,她脑子里犯迷糊,没有搭理。那人又推了她几下,而且趴在她身边叫她:“碧秀,醒醒!”

她有点清醒了,听出是玉秀在叫她。她十分困倦乏力,不高兴地说:“干啥呀?我乏得很。”她连眼睛都没睁。

玉秀声音低沉而凶狠地骂道:“傻×,就知道睡!醒醒!”伸手在奶奶大腿上拧了一下。

奶奶疼得浑身一颤,睁开了眼睛,只见玉珍和玉秀都瞪着眼睛看着她,目光灼灼似贼。

“干啥呀?”

玉珍说:“咱们跑!”

“跑?往哪达跑?”

“甩开这些丘八,跑回咱们的窝巢去。”

“能跑出去吗?走了这些天还不是在戈壁滩上转圈圈。”

玉秀说:“玉珍知道回去的路。”

奶奶这时忽然想到,第一次遭遇“鬼打墙”时,玉珍就幸灾乐祸,而且流露出她知道路径的秘密。看来玉珍当真知道走出荒漠的秘密。她心中一喜,浑身顿时来了劲,可还是有点不相信:“真格的?”

玉珍说:“不是蒸(真)的还是煮的!那棵双杈树你看到了吗?”

奶奶翻了个身，如玉珍和玉秀一般，趴在沙地上。那棵双杈胡杨距她们不过两丈多远，尽管夜幕笼罩着，但星光闪烁，双杈胡杨粗壮高大的树干依稀可见。可她看不出有啥名堂。

玉珍把声音压得很低："顺着树叶繁茂的枝杈指的方向走，不到半天就能走出戈壁滩。"

奶奶仍是不相信："那你咋不早说？"

玉珍有点恼怒了："你真是个傻×，我早给谁去说？给那伙丘八说吗？我巴不得他们都困死在这里。"

奶奶说，她最讨厌玉珍那张脏嘴，跟茅房似的，啥话一出她的嘴都不堪入耳。尽管那会儿玉珍骂她，她很不高兴，真想在玉珍的嘴上拧上一把。可她啥都没有做，她完全清醒了，玉珍不是胡言乱语，当真地知道路。她的精神为之一振，生出了一股力量。

玉秀在一旁忧心忡忡地说："能逃出去吗？要让他们再抓住，就真的没命了。"

这也正是奶奶担心的，她不觉又泄气了。

玉珍瞪了她俩一眼："不逃就能活吗？再熬不过一天这伙丘八就会把咱烤着吃了。"

奶奶打了个寒战。她完全清楚现在的处境。这伙丘八一时饿疯了，啥事都可能干得出来。

"你俩到底走不走？你们不走我可就走了。"玉珍爬起身，又说了一句："过了这村可不一定有那个店了。"

夜色笼罩着沙漠，胡杨林里悄无声息，死一般地寂静。这正是逃跑的大好时机。

奶奶和玉秀对视一眼，挣扎着要爬起来。玉秀摇摇晃晃地站起了身。奶奶只觉得全身酸痛,没有一丝力气,腿好像没了骨头,站不起身来。玉珍踢了她一脚,恶声道:“你不起来我俩可就走了!”

这一脚把奶奶踢得生疼,也给了奶奶力量。她一咬牙站起了身。她十分清楚,如果真的玉珍和玉秀逃走了,她必死无疑。她不要死,她要活!

当代有人做过测试,在没吃没喝的情况下,女人比男人的生命耐力更为持久。进了荒漠后,奶奶她们得到的食物和饮水比爷爷他们要少得多,她们虽然已经十分虚弱疲惫了,倘若再来一场沙暴风,她们很可能会葬身沙暴之中。可此时此刻,求生的欲望使她们生出了一股力量。她们三人鱼贯而行,蹑手蹑脚偷偷地往沙窝外溜。

玉珍走在最前头。到了沙窝口,一人横卧着,挡住了出口。玉珍略一迟疑,抬起脚想从横卧者身上跨过去。可能是玉珍太虚弱了,腿抬得不够高,被横卧者挡了一下,她的身体朝外扑倒了。奶奶和玉秀都吓傻了,趴在地上不敢动弹。玉珍这时倒豁出去了,急忙爬起身,撒腿就跑。她身体实在太虚弱了,说是“跑”,其实比走快不了多少。那横卧者翻了个身,嘴里咕哝道:“谁呀,干啥去?”

奶奶和玉秀哪里敢应声,趴在那里动都不敢动一下,那横卧者没听见应声,睁开了眼睛,瞧见了人影,喊了一嗓子:“站住!”

那人不但没有站住,反而走得更快了。横卧者意识到不妙,爬起身追了过去……

那时爷爷睡得昏昏沉沉,可饥饿这个魔鬼还在折磨他。他肚里一阵猫抓似的难受把他抓腾醒了。睁开眼睛,东方已现鱼肚白色。这个时辰在戈壁滩上最好行军赶路。他挣扎着想爬起来，吆喝大家出发，说啥也不能在这个地方困守等死呀。挣扎半天他都站不起身来，只觉得浑身没有一丝力气，困乏得要命。干渴和饥饿吞噬着他的肌体，折磨着他的神经，他感到支持不住了，快不行了。

忽然，他听见有响动声，闪目一看，身边躺的三个女俘不见了踪影。立刻意识到情况不妙，禁不住打了个寒战，不知从哪里生出了一股力气，挣扎着爬起身循声踉踉跄跄地奔去。

响动声是三号女俘玉珍和黄大炮打斗发出来的。横卧在沙窝口的是黄大炮。玉珍那一绊把他惊醒了，蒙眬中看见有人往沙窝外走去。他疲惫至极，迷糊中问了一声："是谁，干啥去？"半晌，不见有人应声，他觉着有点不大对头，睁眼定睛细看走出沙窝的是个女人。他头皮一紧，灵醒过来，喝喊一声："站住！"

女人没有站住，反而走得更快了。黄大炮挣扎起身去追。玉珍也虚弱到了极点，没走出多远就被黄大炮追上了。女人见逃不脱了，便使媚功。这是女人的绝活。

"黄长官，是我呀。"女人声音娇滴滴的，而且以目传情，遗憾的是在夜色中黄大炮没看着。

黄大炮听出了声音，也看清了身形，喝问道："你干啥去？叫你站住咋不站住？"

"我去解个手。"女人的声音越发发嗲。女人在关键的时刻会使出撒手锏对付男人。玉珍虽说凶悍，但也是女人，自然懂得怎么对付男人。她这一招还真灵。

黄大炮将信将疑。

女人见撒手锏起作用了，又嗲声嗲气地说："黄长官，我憋得很,让我去吧,求你了。”

黄大炮疑惑道:“你不会骗我吧?”

“我哪敢骗长官。”

“怕你跑了。”

“我走都走不动了,还能跑了?”

“你就在这达解手吧,我看着你。”黄大炮坏笑起来。

“长官,你不嫌臭?再说,有人看着我也解不出来。”女人没有恼,羞涩地笑着,解除了黄大炮的戒备心。

黄大炮摆摆手:“去吧去吧。”

女人转身就走。黄大炮忽然感到不对,这些日子缺吃没喝的,他几天没拉没撒了,她还憋个啥呀,莫非她在撒谎别有企图?他警觉起来,喝道:“站住!”

玉珍见诡计被识破了,跑了起来。黄大炮知道受骗了,急追上去,俩人扭打在一起。

玉珍哪肯甘心再次落网,做垂死挣扎。她像一只逼急了的兔子,死里求生,牙齿和指甲都一齐使劲。黄大炮似一条疲惫已极的猎狗,有点招架不住对方的进攻,大口喘着粗气,只有招架之功,并无还手之力。爷爷瞧在眼里急在心中,想快步上前帮助黄大炮一把,怎奈力不从心,只觉得脚下好像踩着棉花一般,两腿发软,身子发飘,摇摇晃晃,似在波涛汹涌的浪尖上行船一般。情急之中他尽着力气喊了一声:“老刘,快起来,有情况!”一个踉跄扑倒在地,眼睁睁地看着黄大炮和三号女俘玉珍撕打。

黄大炮渐渐力不能支,被玉珍扑倒在地。玉珍也筋疲力尽,张口咬住了黄大炮裸露的肩膀,把全身剩余的力气都使在了牙齿上。

黄大炮痛歪了脸，两只手胡抓乱挖，玉珍任凭他扑腾，死不松口，黄大炮的右手突然触到了腰间的匕首，他扭曲的瘦脸显出狰狞凶残之相，一咬牙，使出全身力气拔出匕首，顶着玉珍的软肋扎了进去。

玉珍松了口，口张得老大，尖利的牙齿挂着几滴血珠，嘴唇哆嗦着，却没有叫出声来，眼睛直勾勾地瞪着，倒在了一旁。

这时，刘怀仁一伙闻声都奔了过来，围住了已经毙命的玉珍，面面相觑，不明白发生了什么事。刘怀仁急问："出了啥事？"

"狗日的要跑。"

刘怀仁踢了一下玉珍的尸体，笑道："三号没给你使美人计？"这个时候他还没忘跟黄大炮开玩笑。

黄大炮悻悻道："她能不使吗？"

"你将计就计了没有？"

刚才的殊死搏斗已经使黄大炮筋疲力尽，他没心思跟刘怀仁开玩笑，骂了一句："狗日的就是把裤子脱了，我也没那个心思了。"

刘怀仁也觉得有点头晕目眩，闭住了口，想省点力气。

黄大炮挣扎起身，拔出了匕首。一股蚯蚓似的血液从玉珍发皱的肚皮流淌下来。一伙人痴着眼看着那"蚯蚓"往沙地上蠕动，用发干的舌头舔着干裂的嘴唇。

突然，黄大炮疯了似的扑在玉珍的尸体上，嘴对着刀口拼命地吮吸。等他抬起头时，一张络腮胡脸似刺猬一般，嘴角和胡须上沾着斑斑血迹，一对大眼珠子也被血浸红了，充满着饿狼食人时才有的凶残之光。一旁的人最初都是一怔，痴着眼看着这骇人的一幕。少顷，都明白过来，瞬间眼里都放出凶光，七八把枪刺从不同的方向捅向玉珍的尸体，随后似一群饿狼扑了上去，凶残的嘴对着刀口，贪婪拼命地吸吮。

趴在沙地上的爷爷被这骇人的一幕惊呆了，他一时竟弄不清那是一群人还是一群狼！他已经没有气力去制止部下非人的行径，竭尽全力地喝喊："不能这样！不能这样！……"

可此时谁还听他的，就连刘怀仁也那样干了起来。这群人已经不是人了，他们在干渴饥饿的折磨下变成了一群野兽。爷爷的喝喊在荒漠上显得软弱无力，犹如蚊虫嗡嗡。

极度虚弱的爷爷经不起这惨绝人寰的刺激，又气又急，一下子昏了过去……

第二十四章

爷爷脚踩云似的来到一个大殿,大殿正中央摆着一张文书案,文书案后边坐着一个络腮胡子老汉,两旁侍立着许多壮汉,那些壮汉面貌异常,瞪眼看着他,让他不寒而栗。爷爷心中十分疑惑,这是什么地方?莫非是徐大脚的匪窝?不对呀,徐大脚是个女的,上面坐的分明是个半茬老汉。爷爷正惊疑不定,络腮胡老汉开口问道:“你叫什么名?”

爷爷报了姓名。络腮胡老汉对侍立一旁的文书模样的汉子说:“查查看。”

文书翻了一下手中的纸簿,附在络腮胡老汉耳边低声咕哝了几句,爷爷只听清了一句:他是自找来的。

络腮胡老汉仔细打量了爷爷一眼:“小伙子,你走错了路,这里现在还不是你来的时候。”

爷爷惊问道:“这达是啥地方?”

络腮胡老汉笑道:“你看这是啥地方?”

爷爷环顾了一下四周:“莫非是徐大脚的匪窝?”

络腮胡老汉哈哈大笑:“你说我这地方是土匪窝?小伙子,你擦亮眼窝往仔细地看。”

爷爷揉了揉眼睛，又仔细地看了看。这地方人倒是不少，相貌都很稀奇古怪，可没有一个他认识的。

络腮胡老汉站起身走了过来："你认得我吗？"

爷爷把他看了半天，摇了摇头。老汉笑道："你不认得我就对了。"

爷爷问老汉："老汉叔，你是谁？"

老汉依然笑道："我是谁你迟早会知道的。你现在还不到来我这地方的时候，回去吧。"

爷爷说："这是啥地方？我迷失了路，不知道往哪达走。老汉叔，你给我指指路吧。"

就在这时，就听有人大声喊叫："连长！"

爷爷听着耳熟，疾回首，只见两个壮汉拖着一个人，看不清眉目，看那身影好像是王二狗。爷爷疾声问："二狗，是你吗？这是啥地方？"

"连长，这是阎罗殿，那个半茬老汉就是阎王爷。"

爷爷惊出了一身冷汗。再想问啥，二狗已被两个壮汉拖走了。他转过脸来，络腮胡老汉冲着他笑着脸。

这时又有两个壮汉架着一个人过来，是常安民！

爷爷大惊，疾呼："安民！安民！"

常安民并不应声，只是呆眼看他，面无表情。络腮胡老汉一挥手，两个壮汉架着常安民走了。随后又有一队人依次出来。爷爷仔细去瞧，都是已阵亡的士兵。他打了个激灵，有点明白过来，想跟络腮胡老汉再问点啥，就在这时一个满身是血的汉子走了过来。他仔细一看，是钱掌柜。钱掌柜的肚腹上扎着一把枪刺，还往下滴着鲜血。他大惊失色，叫道："老哥，你没死？"

钱掌柜看见爷爷也很吃惊:“你咋也到这达来了?”

爷爷说:“我也弄不明白咋的来到了这达。这是啥地方?”

钱掌柜说:“别问这是啥地方。你赶紧走吧,这地方你不该来。”

爷爷十分疑惑:“二狗说这是阎罗殿,我咋看着不大像。”

这时就听一个少年开了口:“你看着不大像就别走咧。”

爷爷闪目一看,是铁蛋。铁蛋对他怒目而视。他有点诧异,可还是友好地跟铁蛋打招呼:“铁蛋,你也在这达,把你叔照顾好。”

铁蛋十分恼怒地说:“都是你害了我们教导员!”

“你们教导员是谁?”

“就是我叔。他是我们营教导员,我是他的通讯员。要不是救你,我们教导员也不会到这鬼地方来。”铁蛋一脸的怒气。

钱掌柜道:“铁蛋,别这么跟贺连长说话。让贺连长赶紧走吧,这地方久停不得。”

爷爷还想问什么,钱掌柜和铁蛋倏地不见了踪影。爷爷转眼过来,只见络腮胡老汉看着他笑。他完全明白了,还是问了一句:“你是阎王?”

阎王只是一个劲地笑,并不作答。

爷爷从小就听人说过,阎王是个凶神,十分狰狞可怕。今日一见,传说有误,阎王并不凶恶狰狞,反而有几分温和慈祥,讨人喜欢。这时他只觉得嗓子眼冒火,斗起胆子说:“阎王爷,我渴得很,给我喝口水吧。”

阎王笑着说:“我这地方的水你喝不得。”

“为啥?”

“这地方是阴曹地府,啥东西都不对外。”

"我不是外人,我把你叫老叔哩。给我喝口水吧,我要渴死了……"

"我再说一遍,这地方的水你喝不得。"

"不,我要喝水!我要喝水!"爷爷大叫大嚷。

"喝了我的水你就是冥间客了,难道你不怕死?"

"活着受这样的罪,还不如死了的好。"

"我这里不是天堂。有道是,生即死,死即生。你要到我这里来,先过奈何桥,再喝迷魂汤;再后上刀山,下火海,入油锅……"

爷爷倒吸一口凉气:"这么说做鬼也难?"

"我刚才说过了,生即死,死即生。做人不易,做鬼也难。"

爷爷说:"既然如此,你就放了常安民、王二狗他们一伙,还有钱掌柜和铁蛋,他们都是我的好弟兄,我们一搭里来,也让我们一搭里回吧。"

"不行,他们已经喝了我的水,吃了我的饭,是我的子民了,哪有放还的道理?"

爷爷叹了口气:"唉,那我也就不走了,反正在阳间阴间都受罪哩。你快给我吃点喝点吧,我实在受不了了。"

阎王说:"可你的阳寿还未尽哩。"爷爷说:"活在世上整天打打杀杀的,死的伤的都是同类,我看在眼里痛在心中。可我是军人,必须服从命令去打去杀。人常说,瓦罐不离井边破,将军难免阵上亡。我杀过人,迟早也会被人杀死。我算看透了,迟早都要做鬼,我既然来了,你就收了我吧。"

阎王说:"小伙子,你把世事没看透。记住一句话,放下屠刀,立地成佛。你回去吧,往后还有好日子等着你哩。"

"我还有啥好日子?"

“到时候就知道了。”

爷爷还想说啥，阎王板起了脸，喊了一声：“送客！”两个壮汉扑了过来，架起爷爷往外就走。爷爷拼命挣扎，两个壮汉变了脸，成了牛头马面。爷爷吓得起了一身的鸡皮疙瘩，这才真是阎王好见，小鬼难缠。爷爷眼看要被牛头马面架出鬼门关，扯着嗓子喊：“阎王爷，我不要水喝了，我迷失了路，不知该往哪达走，你给我指指路吧。”

阎王说：“我也不知道路。”

爷爷说：“你哄谁哩，你是阎王能不知道路？”

阎王说：“我当真不知道路。有人能知道路，他会带你们走出戈壁滩的。”

爷爷急忙问：“是谁？快给我说说。”

阎王说：“到时候你就知道了。”

爷爷还要问啥，阎王不耐烦了：“小伙子，别问了。你还没娶媳妇吧，有个好女人在等着你哩。赶紧回去吧。”说罢，一阵大笑。

牛头马面架着爷爷出了鬼门关。忽然一阵阴风扑面而来，那阴风来得甚是恶疾，爷爷禁不住，接连打了两个寒战。随着阴风，两个人影倏忽到了近前，他闪目一看，认出是三号女俘玉珍和二号女俘玉秀。他心中疑惑起来，玉珍被黄大炮刺杀了，怎么玉秀也来到这达？难道她也命归黄泉了？他向牛头马面问个究竟。牛头马面却斥责他：“你都脚踏鬼门关了，还狗拿耗子管啥闲事哩。”他又举目搜寻，他真怕看到碧秀的身影。牛头马面不耐烦了，推搡着他催他快走。

爷爷让牛头马面松开他，说他知道回去的路。可牛头马面并不松手，伸手向他要钱。爷爷摸了摸衣兜，空空如也，便说他没钱，再一回来一定多带点钱。牛头马面狞笑道:“骗人去吧!这是鬼地方,谁信你的!”

爷爷再三再四地说好话,牛头马面不但不松手,反而不耐烦了。牛头怒道:“你知道吗?阎王好见小鬼难缠。你再不给钱,我们就让你见识见识我们的手段。”

马面说:“这家伙是茅坑的石头又臭又硬。看他瘦得只剩几根干骨了,也榨不出啥油水来,干脆让他活受一回罪。”

爷爷再三告饶,可牛头马面哪里肯饶他。他忽瞧见了李长胜,疾声大喊:“老蔫,给我点钱!”他知道李长胜背着上千块银圆。可李长胜似乎没听见他的喊叫,快步如飞,霎时间不见了人影。他只好又向牛头马面求饶,牛头马面不但不饶他,反而大发雷霆,当即作法使出手段把爷爷变成了一匹狼。变成狼的爷爷心里还有几分清醒,却身不由己,举止行为完全成为兽类。

这匹狼好长时间没有吃东西了,饿极了,也渴极了。它在荒漠上四处奔走,寻找着水和可食的东西。突然,他瞧见了一个长着两条腿的猎物,嚎了一声,拼命追捕。两条腿到底跑不过四条腿,猎物最终倒在了它的爪下。它刚想饱食一顿,忽然不知从什么地方钻出了一群狼,虎视眈眈地扑向它的猎物。它长嚎一声想吓退那伙同类。那伙同伙饥渴至极,并不畏惧它,步步逼近它的猎物。它急了,想起了人类的一句话:先下手为强,一口咬断猎物的喉咙。那伙同类急了眼,扑过来抓它咬它。它全然不顾,只管贪婪地吸吮猎物的血液。血液顺着食管流进肚里,它顿时感到有说不出的惬意和爽快,全身陡然生出一股生气和力量……

“连长!连长!”

昏昏沉沉之中爷爷听到有人呼唤他。最初呼唤声十分遥远模糊，渐渐地越来越近，犹在耳畔。他慢慢睁开眼睛，只见刘怀仁和黄大炮蹲在他身旁，刘怀仁给他嘴里喂着一种腥味很重的红色液体，尽管那东西很不好喝，可口感十分滋润。他干渴至极，喝了一口，禁不住咂巴了几下嘴。

“连长醒来了！”刘怀仁惊喜地喊道。

“连长，吃点东西吧。”黄大炮把一块窝窝头大小如焦炭般的东西送到爷爷嘴边。

那东西黑乎乎脏兮兮的，看着都恶心。能让他吃，想来那东西肯定能吃。正所谓饥不择食，爷爷饿极了，不管那东西有多么脏，张口就咬。那东西很有韧性，有点皮焦里生。可爷爷的牙齿很好，犹如锋利的锯齿，撕割下一块，用力地咀嚼着。他不等嚼烂品出味道就迫不及待地吞咽下去，紧着又咬下一口。那东西被他三下五除二地吞进肚里，眼睛还搜寻着是否还有那东西。他脑子还处在一片混沌之中，只是感到十分饥渴。

刘怀仁扭脸给黄大炮说：“给连长再拿一块。”

黄大炮转身又拿来一块。

爷爷又把那块东西吞吃了，用舌头搜寻着夹在齿缝的残渣。刘怀仁再让黄大炮取一块来。这时爷爷有了几分清醒。他依稀记得他们断吃断喝有好几天了，怎么忽然有了吃的喝的？难道打下了什么野兽？他环顾四周，还置身在那片胡杨林中，心里不禁疑惑起来。再细看黄大炮送到他嘴边的食物，那食物状如黑炭，闻着有皮肉烧焦的味道。

“这是啥东西？”爷爷疑惑地问。

黄大炮说：“连长，甭管是啥，能吃就行。”

爷爷越发疑惑起来,举目四望,不远处燃起一堆篝火,士兵们围着篝火用刺刀挑着什么东西烧烤。他寻思自己吃的东西就是士兵们烧烤的东西。他把那黑炭似的脏兮兮的东西拿在手中仔细看,又嗅了嗅,一股浓烈的皮肉烧焦气味直钻鼻孔,莫非是肉?哪来的肉?他感受到不对劲,张目再看,一号女俘碧秀缩在沙窝里,双手抱住胸,似一只羔羊,瑟瑟发抖,黑葡萄般的乌眸满含着恐惧和仇恨。他十分诧异,这些天来一号女俘并无如此恐惧的神色,是什么把她吓成了这个样子?再仔细看,不见了二号女俘。他急问:"二号哩?"

刘怀仁低头不语。

黄大炮扭过脸去,装聋作哑。

"二号哩?跑了?"他追问一句。

还是没有人回答。

他清楚记得,三号女俘被黄大炮刺死了,难道他们把二号女俘也杀了?他禁不住打了个寒战,目光四处搜寻,看到附近一棵胡杨树上印着斑斑血迹,骇然大惊。

"你们把她杀了?"

爷爷猜得没错,二号女俘玉秀也被杀了。奶奶和玉秀看到玉珍被黄大炮追上,不敢轻举妄动。她们目睹着玉珍被刺死的全部经过,都吓傻了。这伙丘八被干渴和饥饿折磨得失去了人性,他们喝干了玉珍的血,舔着嘴边的血迹犹感不足。有几个没有吮吸到血液的丘八把凶残的目光射向了剩下的两个女俘,持刀逼了过来。

奶奶和玉秀都是土匪窝里的人,惨无人道的事见过和听过的可谓多矣,可被眼前的凶残景象吓傻了。她们紧紧相依,惊恐得瑟瑟发抖,喝人血她们是第一次看到。

那伙两脚兽持刀向她们逼近。她们无处可逃，闭上眼睛，任其宰割。

冲在前头的孙大柱伸手揪住奶奶的头发，就要动刀，被紧随其后的黄大炮拦住了："慢着！"

孙大柱没有松手。狐疑地看着黄大炮。刚才他迟了一步，嘴唇没沾到半点血珠，这次他要占先！

黄大炮又说了一句："放开她。"

孙大柱还不肯松手。

黄大炮的目光在奶奶的身上脸上扫了半天。尽管奶奶早已花容尽失，可在这伙人中依然是一朵鲜花。不知是黄大炮对奶奶还存觊觎之心，还是他怜香惜玉，他再三喝令孙大柱松开手。孙大柱这才极不情愿地松开了手。好半天，黄大炮把目光从奶奶身上移开，落在了玉秀的身上，面显狰狞之相，说了声："她吧。"

玉秀吓得浑身筛糠，颤声说："黄长官，别……别杀我，我愿意给你做媳妇，任你骑任你跨……"

黄大炮狞笑一声："我不中你的美人计。老子这会儿不想要媳妇，就想吃肉！"

黄大炮话一落音，孙大柱手中的匕首就直朝玉秀刺去，随后又有几把刺刀刺进玉秀的身体……

这时刘怀仁想到了爷爷，拼命拦住发了疯的士兵，割断玉秀的大动脉，接了小半水壶血液灌进爷爷嘴里，这才救活了爷爷。

尽管没人吭一声，爷爷已经完全猜出来他刚才喝的是啥，吃的是啥。他万万没有想到，他带的兵竟然变成了一群野兽。他气得浑身打战，大骂一句："野兽！一伙野兽！"把手中那块"黑炭"掷在地上。

黄大炮先是一怔，随后也咆哮起来：“你他妈的也是野兽！不是我们省下点喝的吃的，你他妈的早就见了阎王！”骂着，捡起爷爷掷在地上的“黑炭”往嘴里就塞，俨然是一匹饿狼。

刘怀仁也埋怨道：“连长，都到了这步田地，你再怨弟兄们就是你的不是了。她们要跑，总不能让她们跑了吧。杀了她们吃了喝了是废物利用。”

爷爷一怔，痴呆呆地望着刘怀仁和黄大炮。这两个下属竟然敢骂他顶撞他，这是他未曾料到的，也是前所未有的。两个下属早已失了人形，形同饿鬼，又似饿狼，眼里放射着凶残的目光，全然不见了往日的人性。他禁不住连连打了几个冷战，再也说不出啥来，只觉得心口堵得慌，趴在沙窝里干呕起来……

第二十五章

又坚持了两天。

一干人又朝东北方向走了一遭，第二天下午却又转回到胡杨林。他们再一次遇上了“鬼打墙”。

绝望之中没了一点可食之物，丘八们把凶残的目光对准了一号女俘。

也许是因为剩下了最后一个猎物，也许是还没有饿到极点，渴到极点，这伙丘八并没有像上次那样一拥而上去宰杀猎物。他们把一号女俘绑在树干上，剥光了衣服。赤身裸体年轻美丽的女俘已勾不起这伙丘八的性欲。他们已变成了一群饿疯了的野兽，在他们凶残的目光中，树干上绑着的是一只已经失去肥美的奶羊而已。

事情过去了半个多世纪，奶奶回忆当时的情景还心有余悸。奶奶说，她们是土匪，官兵一直追杀她们，从被俘的那一刻起她就想到了死。她曾做过多种假设，这伙丘八也许会枪毙了她们，把她们的脑袋打得稀巴烂；也许会一刀一刀剐了她们，让她们受尽罪再杀了她们；也可能把她们活埋掉，甚至强奸了她们再把她们杀死。

她就是没想到这伙两脚兽会像饿狼吃羊一样吃了她们。真是太可怕了！当她看到同伙被丘八们宰割成碎块，用枪刺挑着烧烤时，恐惧得浑身筛糠。她听说过老虎吃人，亲眼见过狼吃人，也用枪打死过人，可从没经见过人吃人！这伙丘八根本就不是人，是一伙两脚兽，比老虎和狼更凶残。唯有那个连长还有点人性。

同伙被杀被宰割被烤熟被那伙两脚兽撕咬着吞进肚里，她全看在眼里。眼睁睁地看着同伙被宰杀，奶奶惊恐得几乎昏死过去。

这回轮到她了。她拼命挣扎，但怎么能逃脱这伙两脚兽的魔掌。她被绑在了树干上，并被剥光了衣服。求生的欲望让她大叫起来……

奶奶说，当时的情景是这样，黄大炮手持一把枪刺对着她的心窝，喝令一个士兵端着皮囊准备接血……

爷爷躺在沙窝里，紧闭着双目。他不忍目睹这惨绝人寰的一幕，特别是屠宰的对象是一号女俘赵碧秀。说心里话，打第一眼看到赵碧秀他就动了恻隐之心，有怜香惜玉之意。后来躲避大沙暴，他和她在那个风蚀洞里度过了一个难忘之夜。在洞里他曾想占有她，但理智告诉他，这特殊的环境不可越雷池一步。可在心中他更加怜惜她。此时此刻，手下的人要对他怜惜的女人狠下杀手，且要吃掉她，而他无力去保护她。爷爷的心碎了。这伙丘八已经完全失去了人性，他无力去制止，也明白根本制止不了。他在想，下一个猎物是哪一个？

就在这时，奶奶发出了尖厉的喊叫："不要杀我！不要杀我！"

黄大炮似乎没有听见，眼里喷着一股邪火，端着刺刀步步逼近奶奶。奶奶恐惧得脸都变了形，绝望之时她把目光投向了爷爷，扯着嗓子狂喊："贺长官，我知道哪达有水，不要杀我，我给你们带路!”

爷爷猛地睁开眼,浑身倏地生出一股力量,高喊一声:“大炮,慢动手!”挣扎起身走了过去。

那伙丘八不相信奶奶的话,红着眼睛乱嚷嚷:

“她在骗人!”

“别信她!”

“宰了她!”……

黄大炮的眼里喷着凶焰,端着刺刀逼近奶奶。奶奶发出凄厉的狂喊:“贺长官,求求你别杀我,我给你们带路!”

黄大炮并不理睬,手中的刺刀距奶奶只有一尺之遥。奶奶绝望地叫了一声:“贺长官,救救我……”

奶奶说,那时她真的害怕极了,她怕那伙饿疯了的丘八把她生吞活剥了。人吃人的景象真是惨绝人寰啊!

奶奶呆望着跳动的灯焰,脸上又现出惊恐的神色。我忍不住问:“我爷救你了吗?”

爷爷在我头上拍了一巴掌,笑道:“我不救你婆,你这会儿听谁的故事哩。”

我挠着头,傻笑起来。

许久,奶奶又说,那时不知怎的,她认定只有爷爷才能救她一命。所以她当时拼出生命的全部力量向爷爷求救。果然不出所料,在十分危急之时爷爷救了她。

爷爷不知从哪里生出一股力量,虎跃一步抢上前,用身体挡住黄大炮的刺刀,喊道:“不许杀她!”

黄大炮一怔，说道："连长，你信她的话？！"

爷爷瞪眼道："大炮，不要胡来！"

黄大炮犹豫了。几个丘八歇斯底里地喊道："别听这个王八蛋的，是他把咱们带上了绝路，让他滚开！"举着刺刀逼了过来。

黄大炮不再犹豫，冷笑道："连长，我看你是被这个俏娘儿们迷住了吧？"

爷爷怒道："你胡扯啥哩！"

黄大炮又是一声冷笑："那你拦挡啥哩？"

爷爷说："她说她知道路，带咱们出去。"

"你信她的鬼话？连长，我看得出来，你喜欢她。可这会儿弟兄们的命要紧哩，咱们出了戈壁滩，我和弟兄们给你找个比她更漂亮的女人。"

爷爷没想到黄大炮说出这样的话来，气得浑身哆嗦，怒骂一声："放屁！"

黄大炮脸色陡然一变："你他妈的滚开！"伸手推了爷爷一把。

爷爷打了个趔趄，靠在了碧秀的身上。他先是一怔，黄大炮竟然敢对他动手，随即厉声喊道："黄来福，你敢不服从命令！"他平日很少喊黄大炮的大名，此时猛地喊出来，带着一股凛然的威严。

黄大炮一怔，环视一下左右。他一时没明白过来爷爷喊谁。少顷，他醒悟过来，爷爷在喊他。可爷爷已是落到平阳的老虎，困在浅滩的蛟龙，没有威风了。换句话说，爷爷在黄大炮眼里已不是老虎和蛟龙了。他狞笑道："你狗屁命令在这会儿还管屌用！"

还从来没有下属敢如此反抗爷爷的命令。他恼羞成怒，也十分清楚眼下的形势，不动真格的就镇不住这伙失去人性的两脚兽。他拔出手枪，喝喊道："谁再敢靠前一步我就毙了谁！"朝天放了一枪。

黄大炮又是一怔，看着爷爷手中的枪，不敢贸然向前。他身后的一伙丘八也都迟疑了，止住了脚。

爷爷垂下了枪口："弟兄们，你们再听我一次，先别动刀子。"

一直站在一旁的刘怀仁这时上前一步，目光凶狠地瞪着爷爷："连长，她的话能信吗？"

爷爷转过目光看着刘怀仁。往日脾气绵软和善的刘怀仁变了个人似的，白眼仁充满了血，透出一股凶煞之气。他本来就瘦，现在只剩下一个骨架撑着一张人皮，胡子都老长老长的，胡乱奓着，找不着脸了。如果此刻他走出荒漠回到人群，一定没人能辨别出他到底是人还是兽。其实，他是这伙丘八的幕后操纵者。正所谓，蔫人出豹子。爷爷讶然地看着他，半晌，说道："老刘，你信不过我？"

刘怀仁说："连长，啥话不用多说，你能保证她把咱们带出戈壁滩吗？"

爷爷回首看了一眼碧秀，碧秀冲他点了一下头。爷爷转过目光，拍着胸脯说："我保证！"不知为什么，他坚信碧秀不会对他说谎。

刘怀仁和黄大炮相对而视，目光迟疑不决。爷爷看出有了回旋的余地，又说："都到了这步田地，她为啥要骗咱们呢？就算她真的骗咱们，等她把咱们带不出戈壁滩，咱再杀她也不迟嘛。这会儿还没到山穷水尽的地步。你俩想想，是不是这个理？"

刘怀仁思忖了半天，对黄大炮说："连长的话在理。"

黄大炮点了点头。

刘、黄二人垂下了手中的刺刀。爷爷从刘怀仁手中要过刺刀，又说了一句："她要把咱们带不出去，你们就连我一块宰了吧。"说着，给碧秀割断了绑绳。

碧秀身子一软,倒在了爷爷怀中。爷爷抱着一个赤身裸体的女人,心里并没有什么欲望,只是感到有一种难以言表的凄惨悲愤。他拿来衣服帮她穿上。碧秀穿好衣服,满怀感激地看着爷爷。黄大炮却不耐烦了,在一旁催促道:“走吧,走吧。”

这时已经红日西坠。经过刚才一番惊吓,一号女俘赵碧秀已是一副弱不禁风有气无力的模样,坐在沙地上喘作一团。爷爷看了一眼,眉毛皱成了墨疙瘩,用商量的口气跟刘、黄二人说:“眼看天就要黑了,歇息一晚,养养精神,明天再走吧。”

刘怀仁看看天色,说:“大炮,连长说得对,夜不辨路,明个一大早咱就上路。”

“那就明个再走。”黄大炮躺倒在沙地上,随即又坐了起来,一双眼睛瞪着碧秀:“这狗日的娘儿们晚上跑了咋办?”

爷爷说:“我看着她。”

黄大炮乜了爷爷一眼,那目光带着几分不信任。爷爷苦笑了一下,说道:“大炮,你是不是怕我也跑了?”

黄大炮不吭声。

爷爷环视了一下四周,又苦笑一声:“要真的有路能跑就好了。”

这时刘怀仁开了腔:“连长,那你就多受点累,把她看好了。”随后又对黄大炮说:“连长看着她,咱们就放心地睡吧。”说着把身体陈放在沙地上。

责任落在了爷爷的肩上,他不敢掉以轻心。他倒不担心碧秀会偷跑,他怕有哪个饿疯了的士兵,趁他们熟睡之机杀了碧秀。他必须保护好最后一个女俘,倘若万一她被谁杀害了,那他很可能会因此丢了性命。他要碧秀挨着他躺下,临躺下时,还是不放心,问了一句:“你不会趁我睡着后跑屎了?”

碧秀没有避开爷爷的目光。少顷,用绳子把自己的左手和爷爷的右手绑在了一起,紧挨着爷爷躺下。很单薄的衣服已无法阻挡他们肉体的亲密接触,她的身体已是骨多肉少,失去了应有的弹性,可体温传导过去,诱惑撩拨着爷爷那被干渴、饥饿和疲惫折磨得奄奄一息的性爱欲望。爷爷干咽了一下口中潮起的少得可怜的分泌物。理智告诉爷爷,此时此刻不能干傻事。他挪了挪屁股,想离开女俘的身体。

爷爷竭力使自己的心情平静下来,半晌,问道:“你当真能把我们带出戈壁滩?”

碧秀不吭声。

“你咋不吭声哩?你给我说实话,你到底知不知道路?”

“不知道。”

爷爷大惊:“你敢哄骗我?!”

碧秀见爷爷变颜失色,笑了一下:“我吓你哩。”

爷爷松了口气:“我的命现在在你的手里攥着哩,你若把我们带不出戈壁滩,你死,我也得死。”

“我明白,咱俩现在是拴在一根绳子上的蚂蚱。”

“你明白就好。你可不能害了我,我还想活哩。”

“我不害你,我也想活哩。”

碧秀说罢,身子往爷爷身子上偎了偎。爷爷感觉到她的身体哆嗦了一下,没有再避开,就让她那么紧紧地偎着。他还想说点啥,可又不知道说啥才好,就静静地躺着。他听到了自己的心跳,也听到了身边女人的心跳……

那个荒漠之夜本来应该再发生点什么事,可什么事都没有发生。时隔多年,爷爷和奶奶回忆起那个荒漠之夜都有点遗憾。

第二十六章

迷迷糊糊之中爷爷感到地震了，猛地睁开眼睛，原来是最后一个女俘碧秀在使劲摇他的肩膀。

“咋了？”爷爷以为有谁要对女俘下杀手，闪目疾看，刘怀仁他们横七竖八地躺在一旁，呼呼大睡。

“天亮了，要趁早赶路。”碧秀说。

爷爷举目看天，天边燃烧着朝霞，预示着这一天又是个艳阳高照的日子，戈壁滩最凉爽的时间是清晨，需趁早赶路。爷爷想站起身，右手不得劲，这才发现自己的右手腕和碧秀的左手腕还在一起拴着。碧秀坐起身，望着他竟然露出一个灿烂的微笑，现出一脸的纯真无邪。爷爷也还她一个笑容，解开拴在手腕的绳索，顿时觉得浑身轻松了许多。

爷爷爬起身来，吆喝大伙快点起来。大伙都明白今日是决定他们生死存亡的日子，尽管疲惫至极，但还是很快挣扎起身，准备出发。

爷爷看了碧秀一眼，说：“走吧。”

碧秀点了一下头，走在前边带路。爷爷紧跟在她身后，刘怀仁和黄大炮一伙尾随其后，鱼贯而行。

走不多远，刘怀仁忽然喝喊一声：“站住！”

爷爷和碧秀都站住了脚，回首望着刘怀仁困惑不解，不明白出了什么事。

“咋了？”爷爷急问刘怀仁。

刘怀仁没理爷爷，恶狠狠地冲到碧秀的跟前，一把抓住她的胸衣，一脸的杀气，咬牙道：“你这个臭匪婆，要把我们带到哪达去？！”

碧秀有点蒙了，惶恐地望着爷爷。爷爷上前急问：“老刘，到底是咋了？”

刘怀仁反问一句：“连长，咱们这是往哪个方向走？”

爷爷这才发现他们是朝太阳升起的相反方向走，只是偏南了一些，心里不禁咯噔了一下，疑惑地看着碧秀：“方向对吗？”

碧秀使劲点了一下头。

黄大炮上前来，一双眼睛射着凶光：“这个臭娘儿们莫非要把咱们往绝路上引？”

一伙丘八都围了上来，虎视眈眈地盯着爷爷和碧秀。爷爷心中底气不足，把目光投向碧秀，碧秀急忙说：“你们头两回走的方向都不对，越走越找不着水。”她指着身旁那棵“丫”字形大胡杨：“顺着这棵树左边的树杈正对的方向有一个湖，半天路程就到。”

爷爷仰面去看，那棵大胡杨左边树杈枝叶繁茂，绿荫似伞，是这片胡杨林最奇特的一道风景。好半晌，他收回目光，对刘怀仁和黄大炮说道：“跟她走吧。”

刘怀仁道：“连长，你就这么相信她？”

爷爷没有吭声。

黄大炮又追问一句：“她要骗咱们呢？”

爷爷说：“都到了这步田地，她还骗咱们干啥？”

刘怀仁和黄大炮面面相觑，半晌，都把目光投向爷爷，目光中透出咄咄逼人的凶煞之气。爷爷没有避开他俩的目光，淡淡地说："咱就信她一回，假若她真个骗咱，你们把她杀了，也把我杀了。"转过头，他对碧秀说了声："前面带路！"

忆起当年的情景，奶奶说，能不能走出戈壁滩她心中也没底。她只是听玉珍说顺着"丫"字形大胡杨枝密叶茂的那一枝指的方向走，就能走出大戈壁。她相信玉珍的话。玉珍是陈元魁宠爱的女人，她跟陈元魁的时间最长，多次跟陈元魁去戈壁打猎，也是当地土著，知道路径。

我忍不住问奶奶："你想过没有，万一走不出大戈壁咋办？"

奶奶说："我咋能不想？我心里明白，若是走不出戈壁滩，那伙昏了头的丘八不仅要杀了我，也可能会杀了你爷爷。"

我又问："你当时害怕吗？"

奶奶说："害怕。说实在话，我不想死。"

爷爷说："谁想死？我也不想死。"

奶奶接着往下说："你爷爷在紧急关头救了我的命，我十分感激他。我豁出一切去，想冒个大风险，顺着玉珍说的路走一遭。要能走出去，那就救了我，救了你爷爷，也救了那伙人。要走不出去，我死，你爷爷死，他们也得死。"

爷爷说："那时你婆攥着我的命，攥着一伙人的命，更攥着她的命。"

我问爷爷："你那时害怕吗？"

爷爷说："我倒不怎么怕。我早就想到了死，也在梦中见过一回阎王，并不感到怎么可怕。可我还是不想死，想碰一碰运气。那时不知咋的,我很相信你婆,相信你婆能把我们带出绝境。”

我说:“爷,要我看,你是相信你那个梦。”

爷爷笑着在我头上拍了拍:“我娃就是灵醒。爷就是相信了那个梦。阎王说了,会有人给我们带路的。阎王还说了,有个好女人在等着我,我还有好日子过哩。我当时就猜想那人就是你婆。还真让我给猜对了。”说罢,爷爷大笑起来,笑出了一脸的满足。

“看把你得意的。”奶奶也笑了,苍老的脸笑成了盛开的菊花。

可那时爷爷和奶奶根本就笑不出来,都想哭,却已无泪可流……

队伍继续向前走去,行进得十分艰难。

爷爷折了一根树枝给碧秀。碧秀感激地冲他做了个笑脸,拄着树枝当拐棍在前面带路。

一干人的体力消耗殆尽,求生的欲望支撑着他们朝前走。生命与饥饿、干渴、疲惫做着殊死的拼搏,艰难困苦是前所未有的。正午时分,太阳把毒辣辣的火光倾盆倒了下来,队伍前进如蜗牛蠕动。

忽然,黄大炮冲到碧秀的面前,一双深陷的眼窝里喷出凶光,边喘边骂道:“臭匪婆,你到底知不知道路?”

碧秀拄着拐棍,大口喘着气,不知所措地望着黄大炮。爷爷上前道:“大炮……咋,咋回事?”

“臭匪婆说半天的路程,这会儿日头都斜……过了头顶,咋还不见湖的影影?”

刘怀仁一伙都围了上来,目光凶狠地瞪着爷爷和碧秀。碧秀体力消耗太大,一个劲地喘气,无法作答。不知谁喊了一声:“宰了这个土匪婆!”

立刻有好几个丘八响应:“宰了她!”

围在前边一个瘦高个抽出了刺刀,直朝碧秀逼来。爷爷喊了一声:“住手!”掣出手枪,用身体护住了碧秀,豹眼圆睁:“谁敢动手我就打死谁!”

丘八们被震慑住了,不敢轻举妄动,但还是虎视眈眈地围着爷爷和碧秀。

“弟兄们,你们想想,咱们现在的行军速度有多慢!过去半天的路程咱们现在也许一天都走不到。”

碧秀这时缓过劲来,手指远处隐约可见的沙梁说:“翻过那道沙梁就到了。”

一干人都举目远眺,一道横贯南北的沙梁隐约可见,大约有十来里地吧。可谁知道翻过那道沙梁会不会是一望无边的大沙漠呢?

爷爷缓和了一下口气,说:“弟兄们,再听我一句话,翻过那道沙梁若还是没希望,你们就动手。”

持刀的丘八收回了手中的家伙。

队伍拼死继续朝前走。

沙地上出现了红柳、骆驼草等植被,先是极其稀少,且十分低矮。渐渐地,红柳、骆驼草多了起来,也高大起来。忽然,黄大炮弯腰捡起一团干巴巴的粪块,疑惑道:“连长,这是啥?”递给爷爷。

爷爷看了半天,不敢肯定地说:“像是狼粪,也许是狗粪吧。”他脸上现出惊喜,在荒漠上走了半个多月,总算看到了绿色和走兽的行迹。

忽然,走在他前边的碧秀打了个趔趄,跌倒在地。爷爷急忙上前问道:“咋了?”

“我的腿发软……”碧秀有气无力地说。她遭受到了前所未有的惊吓,体力实在不支。

爷爷略一迟疑,搀扶起女俘。碧秀冲他做了一个感激的笑脸,喘着气说:“翻过前边的沙梁就到了。”

“咱们走吧。”爷爷搀扶着女俘艰难地往前走。沙梁近在眼前,却似乎又远在天边。一干人拼着全身的气力艰难地跋涉。

黄昏时分,这支队伍来到了沙梁上,垂目看去,下面是个狭长的沙谷,由西向东迤逦通向远方。谷内树木成林,芳草萋萋。最惹眼的是沙谷中嵌着一个如镜般的小湖。

这群人都是一怔,不相信自己的眼睛。几乎每个人都在揉自己的眼睛,弄明白不是做梦时,都咧着嘴无声地傻笑。有几个竟呜呜地哭了起来。

黄大炮喊了一嗓子:“老天爷,我们得救了!”

刘怀仁喜极而泣,喃喃道:“我们得救了……”脚下一滑,连滚带爬地下到了谷底。

黄大炮一伙扔了手中的树枝,踉踉跄跄下了沙梁,直奔小湖。爷爷呆呆地站在沙梁上,仿佛置身于梦幻之中。好半天,他明白这不是梦,两滴泪水竟然涌出了眼眶。他全然不觉,满怀感激地看着碧秀。碧秀也满眼盈泪地看着他。

此时此刻他们泪眼相望,不知说什么才好。爷爷虽说对碧秀带路充满着希望,可他在内心深处抱着和碧秀同死的决心。他十分清楚,赶在天黑之前还走不出荒漠,他和最后一个女俘也许都会成为这伙士兵果腹的食物。他忽然想起了那个梦,喃喃道:“我命不该绝啊……”

碧秀没听清，问了一句：“你说啥哩？”

爷爷醒过神来，动情地说：“太谢谢你了，你救了我们。”

碧秀也异常激动，但声音平和地说：“我是为了救自己。”

爷爷说：“你救了你，也救了我们。那天晚上我做了个梦，梦见了阎王，他说我阳寿未尽哩，有人会带我们走出戈壁滩的。你猜那人是谁？”

“是谁？”

“阎王说那人是个女的。”

“女的？”碧秀讶然地望着爷爷。

“嗯。”爷爷点点头，“我的梦应验了，应在了你身上。”说罢，呆呆地看着碧秀。

碧秀见爷爷目不转睛地呆呆地看她，脸上现出了少女特有的羞涩，不好意思地垂下了目光，说了句：“你傻看我干啥？”

爷爷自觉失态，慌忙拭去脸颊上的泪珠。

沉默半晌，碧秀手指谷底说：“那个湖里的鱼多得数不清，又肥又鲜，伸手就能捞着。湖东边连着一条小河，顺着小河往东走，不到二十里地有个镇子，叫沙口店。”

爷爷这时猛地想起，来时他们经过了沙口店，还宿营了一晚上。他笑了起来，笑着笑着泪水又流了出来。碧秀看着他也笑了：“看你，跟个娃娃似的。”长长的睫毛上也挂上了泪珠。

爷爷说：“咱们吃鱼去。”

碧秀说：“吃鱼去。”

两个相跟着下到了沙谷。他们万万没想到，那肥美的鱼差点送了一伙人的性命……

第二十七章

这个明镜似的小湖是上苍镶嵌在戈壁边的一颗明珠。湖面不大,湖水不深,却清澈透明,鱼翔浅底,清晰可见。湖边绿树成荫,芳草青青。鸟在树上鸣,蚂蚱在草丛中蹦,蝶在花中飞,鱼在水中游……万物竞自由。乍从戈壁滩出来,见到这一方水秀绿肥之地,犹如到了仙境一般。

来到湖边,大伙一头扎进湖水里,开怀畅饮一通,待肚里再也装不进水时,便寻找可食之物。果然如碧秀所说,湖里的鱼成群,见人竟不躲不避,伸手就能抓捞。抓捞上来的鱼条条都在一斤左右,又肥又美,怎奈都是生的。黄大炮和几个饿急了的士兵迫不及待,抓起鱼张口就咬,鱼尾还在他们手中拼命地摆动。刘怀仁和其他几个士兵吃得比较斯文,拔出刺刀把鱼切成碎块,生而啖之。

爷爷看着部下饕餮之相,咽了一下口水,准备效仿刘怀仁他们的吃法。他抓捞了一条鱼,拔出刺刀刚要下手,有人拉了一下他的衣襟。回首一看,是女俘碧秀。碧秀冲他挤了一下眼,转身就走。他有点莫名其妙,最终收起了刺刀尾随过去。

这时只见碧秀捡来许多干树枝,燃起一堆篝火,随后她在湖边挖来紫泥,对一旁站立观望的爷爷佯嗔道:“傻站着干啥,还不快帮把手。"

"干啥呀?"

"捞鱼嘛。"

爷爷便动手抓捞鱼,鱼儿成群,手到擒来,他抓捞一条,递给碧秀。碧秀用紫泥裹住鱼儿丢进火堆。片刻工夫,一股香味从火堆中飘了出来。爷爷这时全明白了,吸了一下鼻子:"好香!"一股口水竟然从嘴角流了出来。

"看把你馋的。"碧秀笑着,用树枝从火堆中扒拉出两团紫泥。紫泥已经变成了白色。她扔给爷爷一个,自己拿了一个。剥开紫泥,那鱼儿已经熟透,香味更浓。

爷爷拿着香气扑鼻的鱼,不禁想起常安民、钱掌柜、王二狗、铁蛋他们,鼻子不由得一酸,眼圈潮湿了。碧秀看他如此模样,问道:"你咋不吃?"

"我想起了常安民、钱掌柜、二狗、铁蛋他们。多么好的兄弟,可惜没有走出来……"

爷爷的话让碧秀也想起了自己的伙伴,不禁也黯然伤神,喃喃道:"你的人真是太残忍了,竟然把玉珍和玉秀……"她没说下去,已是满眼泪水。

爷爷说:"他们也是被饥渴折磨得昏了头。"

俩人不再说啥,默默地吃鱼。

烧熟的鱼别有一番风味,尽管少了作料,可爷爷觉着这是天底下最可口的美食。香味把黄大炮和刘怀仁一伙都诱惑来了。他们看到爷爷和碧秀如此吃法恍然大悟,便如法炮制。黄大炮嗔怪爷爷:"连长,你太不够意思了,咋不给我们早点说。"一把抢过爷爷手中的半条鱼,往嘴里就塞。

爷爷笑了笑，从火堆里扒拉出一条鱼扔给刘怀仁。刘怀仁吐了口中的生鱼块，笑道："谢谢连长。"这会儿他有了精气神，讲起客套礼仪来了。

黄大炮狼吞虎咽，爷爷两条鱼没吃完，他已经把第五条鱼送到了嘴边。忽然，碧秀推了爷爷一把，爷爷啃着鱼头，转过脸看着她。她急切地说："快，让大伙不要再吃了！"

爷爷一怔，有点不解地看着她。

"这么吃，会吃死人的！"

没等爷爷说啥，刘怀仁笑道："我经见过人能饿死，还没见过人会吃死。"依然照吃不误。

一干人都笑着，只管吃。

碧秀急了，跺脚叫道："真的会吃死人的！"

爷爷看碧秀急成这样，猛然醒悟。那年家乡来了一伙甘肃麦客，其中一个给家里割麦。麦客是饿着肚子来的，吃了母亲烙的一个大锅盔，喝了两大碗稀饭，刚放下碗就喊肚子疼，满地打滚，最终活活撑死了。大伙饿了好多天，这样猛吃猛喝会撑死的。他扔了手中的鱼，大声说道："弟兄们，别吃了，留着肚子明天再吃。"

大伙见爷爷如此这般模样，将信将疑，但都不肯放下手中的鱼。黄大炮正在撕咬第五条鱼，打了个饱嗝，边吃边嘟囔："怕个屎，我就不信还能把人撑死！"

刘怀仁也说："这么香的鱼不吃白不吃。"他的嘴功夫不如黄大炮，可也是第三条鱼已经快吃光了。

碧秀看着爷爷，跺了一下脚，不再说啥。就在这时，只见黄大炮脸色大变，手中的半条鱼掉在了地上，蹲下了身子。爷爷大惊失色，急忙问："大炮，咋了？"

“肚子疼……”黄大炮抱着肚子跌倒在地上。

大伙皆惊，不敢再吃手中的鱼。

这时又有几个士兵抱着肚子直打滚。爷爷慌了，抱住他，急问到底是怎么回事。黄大炮的额头沁出黄豆大的冷汗珠子，哆嗦着说：“肚子疼……胀……”

爷爷惶恐不安，不知所措，束手无策。碧秀在一旁冷冷地说：“不信我的话，看看，吃出麻达了吧。”

爷爷恼怒道：“别说风凉话了，想法子救救他们。”碧秀依然冷冷地说：“都这模样了，我有啥法子。”

黄大炮和几个士兵痛苦的呻吟声不绝于耳，一干人看着同伙如此这般模样，却束手无策，急得连连跺脚，唉声叹气。碧秀却没事人似的，掐了一把毛英在手里玩弄。怒火一下子蹿上了爷爷的脑门，他刚想发火，只见碧秀瞪着一双毛眼眼看他，嘴角竟浮出几丝得意的笑纹。他猛然醒悟，碧秀一定有救黄大炮的法子。他心中一喜，消了怒火，用十分软和的口气说：“想法子救救他们吧。”

碧秀说：“我又不是大夫，能想出个啥法子？”

“我知道你一定有法子能救他们。”

碧秀还是无动于衷。

黄大炮他们抱着肚子满地打滚，其状惨不忍睹。爷爷看在眼里急在心中，他见碧秀幸灾乐祸的样子，突然发了火：“人都成了这个样子，你还笑！你是人还是野兽！”

碧秀一怔，呆望着爷爷，目光射出一股邪火，分明在说：“你还好意思说这话？你们的人把我们的人都杀着吃了，到底谁是野兽?!”

爷爷被那邪火烧软了：“碧秀，我求你了……他们是我的弟兄啊。我不能眼睁睁地看着他们死啊……”言未尽,两串泪珠涌出了眼眶。

回忆这段往事,奶奶说,黄大炮一路上让她受尽折磨,并欺辱她,而且杀了她的几个同伙,她巴不得黄大炮死哩。黄大炮成了这般模样这是报应。她当时真的十分幸灾乐祸。如果爷爷当时威逼她,要她救黄大炮,她一定不会救的。可是,爷爷当时求她,而且哭着求她。当她看到爷爷泪流满面时,她坚硬的心一下子就软了。十多天的相处,她完全看得出爷爷是条真正的硬汉,这样的硬汉宁可流血也不流泪。可那时爷爷却对她流泪了,爷爷的泪水融化了她的仇和恨。为了爷爷的泪水,她救了黄大炮他们。

碧秀让爷爷按住黄大炮的手脚。黄大炮被按住了手脚,痛苦地摆动着毛乎乎的大脑袋。

碧秀厉声道:“把头也按住!”

有人过来按住了黄大炮的头。黄大炮的眼睛瞪得老大,紧咬牙关,面目十分狰狞恐怖。

“把他的嘴撬开!”碧秀又下了一道命令。

爷爷使劲按着黄大炮的两只胳膊腾不出手,转脸对身边的刘怀仁道:“老刘把他的嘴撬开!”

刘怀仁一时慌了神,不知该怎样才能撬开黄大炮的嘴。碧秀瞪了他一眼:“真笨! 找根木棍来!”

刘怀仁醒悟过来,急忙找了根木棍,费了好大的劲才把黄大炮的嘴撬开。碧秀把毛英探进黄大炮的喉咙,轻轻地抚弄着。黄大炮的身子猛地一挺,嘴巴大张,一股带着腥臭味的脏物射箭似的从嘴里喷出来，喷了碧秀一脸一身。碧秀皱了一下眉，换了根毛英，又探进了黄大炮的喉咙……如此三番五次，黄大炮吐尽了肚中的食物，这才安定下来。

碧秀长嘘了一口气，说："好了，他没事了。"

爷爷让她赶紧救治其他几个士兵。又忙活了大半天，几个士兵都得救了。碧秀额前的散发贴在汗津津的脸上，浑身上下被呕吐的脏物浆了。她不管不顾，一屁股坐在草地上喘着粗气。

爷爷这时才心中一块石头落了地。此时大伙都明白过来。不敢再尽享口福，都向碧秀投去感激的目光。爷爷走过来，说："太谢谢你了。"

碧秀没吭声，似嗔似怨地剜了他一眼，起身去湖里洗她的一身脏污……

是夜，队伍在湖边宿营。

青蓝的天空挂着一轮明月，月亮下是一面明镜般的小湖，湖边树木成林，绿草如毯，一堆篝火燃着熊熊烈焰，一对青年男女相向坐在篝火旁，面现甜蜜的微笑。

这是人间仙境？还是一幅美丽的油画？都是吧。

那夜爷爷和碧秀没有睡。他们刚刚从阎王的鬼门关爬出来，都有着脱胎换骨的感觉。碧秀梳理着刚刚沐浴过的秀发，爷爷坐在她对面，一边随手给篝火堆添加树枝，一边目不转睛地看着她。她发现爷爷在看她，抿嘴笑道："你尽看我干啥？"

爷爷嘿嘿笑道："我就弄不明白，土匪里竟然有你这样天仙般的女人。"

碧秀的面颊上浮起两朵红霞："我当真有你说的那么美吗？"

"我嘴笨,说不出你有多美。"

"没看出,你还会哄女人。"

"不是哄,我是说心窝里的话。"

"那……我给你做媳妇你愿意吗?"

"当真?"

"当真。"

"愿意。"

"你不嫌我是土匪?"

"不嫌。"

"一辈子都不嫌?"

"一辈子都不嫌。"

"那我要你答应我件事。"

"啥事?"

"我说了你能答应吗?"

"你没说我咋能知道答应不答应。"

"自古官匪是仇敌。你若真的愿意娶我做媳妇,那就脱了这身老虎皮。"

"你还要去当土匪?"

"不,我金盆洗手不干了。咱俩远走高飞过男耕女织的安稳日子去。"

"我答应你。这打打杀杀流血伤人的事我也不想干了。"

"咱俩原本是两条道上的客,能遇到一搭,生生死死了一回,这是缘分。"

"是缘分。我做过一个梦,梦见了阎王,他给我说有个好女人等着我,往后还有好日子过哩。"

…………

上面这段话是我猜想的。那一夜篝火直燃到天亮。爷爷和碧秀说了些什么话,没人能知道。其他人在用树枝搭起的窝棚里睡得如同死猪一般。

后来,我多次问过爷爷,那夜他和奶奶都说了些啥。爷爷吧嗒几下烟锅,笑道:“你娃娃家,那些话不听也罢。”我又问奶奶,奶奶笑而不答,面庞上现出少女才有的羞涩和红晕……

我再三追问爷爷,爷爷这才笑着开了口:“我给你婆讲了我见到阎王的那个梦。阎王说往后我还有好日子过哩,有个好女人在等着我。你婆问我,那个好女人是谁。我说,阎王没给我说谁。你婆说阎王哄我哩。我说阎王没有哄我,我现在已经知道那个好女人是谁了。你婆又问我那个好女人是谁。我说你别问我,你也知道她是谁了。”

我忍不住插言说:“这还用问?肯定是我婆。”

爷爷在我头上拍了一巴掌,呵呵笑道:“还是我娃聪明。”

少顷,爷爷又开口道:“那天晚上,你婆给我唱了陕北的信天游,我这才知道你婆的嗓子比百灵鸟都好听。”

我又追问:“我婆给你唱的是啥?”

爷爷眯起眼睛,思绪飞回到几十年前那个湖畔之夜……好半响,他用苍老的声音低唱起来:

鸡蛋壳壳点灯半炕炕明

烧酒盅盅量米不嫌哥哥穷……

我猜想在那个令人神往的湖畔之夜,爷爷给奶奶讲述了他的家庭,讲述了他的一切。临了问奶奶,愿不愿和他过贫穷的日子。奶奶没有正面回答爷爷,而是用比百灵鸟还动人的歌喉唱了这首信天游……

第二天日上树梢，队伍有节制地吃了一顿湖中鱼，便准备出发。

爷爷集合起队伍，清点了一下人数，包括女俘碧秀在内共十八人。一个连队出来剿匪，只剩下十几个人。他鼻子一酸，只觉得眼睛直发潮。好半晌，他喃喃地说："我对不起死去的弟兄们……"

刘怀仁说："连长，这也怨不得你。"

黄大炮也说："咋能怨你呢。"

良久，爷爷抑制住悲痛的情绪，拿出地图指给黄、刘二人看。

"这是咱们现在的位置。这湖叫小镜湖，湖东边有条小河，顺着小清河东去二十里有个小镇，叫沙口店。来时咱们在沙口店住过一宿。到了沙口店休整一下，再返回驻地。你俩听明白了吗？"

"明白了。"二人异口同声。

爷爷拔出腰间的手枪，连同地图一并递给刘怀仁。刘怀仁睁大眼睛困惑不解地看着他："连长，你这是……"

爷爷在他肩膀上拍了拍："老刘，你和大炮把弟兄们带回去吧。"

刘怀仁和黄大炮都诧异地看着他。

"回去跟团长说，贺云鹏阵亡了。"

刘、黄二人更是愕然。

"你们走吧。记住，一定要把弟兄们带回去。"

黄大炮以为爷爷怕受到彭胡子的处罚，急忙说："连长，团长不会治你罪的。"

刘怀仁也说："连长，团长一直很器重你。再说了，这次战败也怨不得你。”

爷爷苦笑道：“正因为团长器重我，我才没脸回去见他。唉，这身黄皮子我也穿腻了，不想再穿了。”

“连长，你上哪达去？”刘、黄二人异口同声问。

爷爷苦笑一下，说：“你俩放心，我不会再去大戈壁的。”

刘怀仁追问一句：“连长，你到底干啥去？”

黄大炮有点急眼了：“连长，你不能让我们蒙在鼓里啊！”

爷爷又苦笑一下，开玩笑说：“我当土匪去。”

刘、黄二人哪里肯信，再三追问。爷爷说：“兵我当烦了，打打杀杀的事也不想再干了，我想过平平常常、安安稳稳的日子。”

刘、黄二人默然了。他们二人都知道爷爷的秉性，打定的主意不会再改变。他俩面面相觑，迟疑片刻，推搡着最后一个女俘准备上路，被爷爷拦住了。

“把她交给我吧。”

刘、黄二人越发丈二和尚摸不着头脑，大眼瞪小眼看着爷爷。爷爷说：“你俩这么看我干啥？到底答应不答应。”

刘、黄二人一时没醒过神来。

“咱们弟兄生死一场，给我个面子吧。”

刘、黄二人把爷爷看了半天，又把目光投向碧秀。碧秀冲他们二人嫣然一笑。有吃有喝，稍事休息，加上又洗了澡，尽管还远没有恢复过来，但碧秀已经容光焕发，光彩照人，令人怦然心动。刘、黄二人一时竟有点看呆了。爷爷忍不住干咳了一声。二人这才如梦初醒。

刘怀仁最先明白过来，推了黄大炮一把，说：“让连长去吧。”

黄大炮这时也醒悟过来，嬉笑道：“连长，我还当真没冤枉你哩。有这么俊的女人陪伴着,我也不当这个灰兵了。”

爷爷笑了,冲二人抱拳拱手:“二位兄弟保重!”随后又冲其他弟兄道别:“弟兄们多保重!”

“连长多保重!”

众人眼里泛起泪光。爷爷眼中也泪水莹莹。半晌,碧秀拉了一下爷爷的衣襟:“咱们走吧。”

俩人挥手与众人告别。一伙人凝望着他俩的背影。那背影渐渐消失在一片苍翠之中……

尾　声

爷爷的故事讲完了。

窗纸已经发白,窗外是一片鸡啼声,可我没有听见。我趴在炕上,双手托着下巴,完全沉浸在爷爷的故事之中去了……

爷爷抽了一袋烟,见我不吱声,问奶奶:“这崽娃子睡着了?”

奶奶俯下身看看,笑道:“睡啥哩,眼睛睁得跟鸡蛋一样。”

爷爷在我后脑勺上拍了一下,笑道:“爷的故事好不好听?”

我翻身坐起:“好听。可我没听明白。”

“咋没听明白?”爷爷愕然地看着我。

“你和我婆,还有刘怀仁、黄大炮,还有你那一伙士兵到底是好人还是坏人?”

爷爷笑了:“你看我和你婆是好人还是坏人?”

我前所未有地认真地打量着爷爷和奶奶。爷爷和奶奶饱经沧桑的脸上溢满着慈祥的微笑,充满爱意的目光在我的脸上身上徜徉。打我记事起,他们就用这样的神情和目光关注着我的成长。他们是勤劳淳朴的农民。奶奶会接生,村里的孩子几乎都是她接到这个世界来的,逢年过节家家户户都会给奶奶送来红糖鸡蛋,以表谢意。再者,奶奶古道热肠,好管闲事,谁家婆媳不和、姑嫂斗法、夫妻吵架都来上门找她调解。奶奶一出马，便会风平浪静。奶奶人缘之好，由此可见一斑。

爷爷没当兵之前学过木匠手艺，后来又重操旧业。方圆十村八堡的农户几乎都有他做的桌椅板凳，他的活做得精巧细致，而且工钱低廉。乡亲们见了他不笑不打招呼。我清楚地记得，那年爷爷种了二亩南瓜，那时粮食十分短缺，南瓜是上等营养品。一天傍晚我去瓜园给爷爷送饭，就在我离开瓜园时忽然发现有个人从玉米地里钻出来偷摘南瓜，我张口刚要喊爷爷，却被爷爷的大手捂住了口。原来爷爷比我更早地发现了那个人。爷爷示意我伏下身不要声张。我以为爷爷要等那个人摘下南瓜再动手抓他，便伏下身大气也不敢出。可我眼睁睁地看着那人摘了两个南瓜钻进了玉米地，而爷爷竟然动也没动。我十分不解地问爷爷，为啥不抓那个偷瓜贼？爷爷摸着我的脑袋说："那人是你吴二叔，不是贼。他是个好人。"

我更加迷惑不解："好人还偷咱家的瓜？"

爷爷说："他一定是遇到了难场事，不然的话他不会干这种事的。"

我说："咱就是不抓他，也该喊上一声，吓唬吓唬他。咱这么藏着倒像是个做贼的。"

爷爷说："瓜娃呀，咱要一喊，他就知道咱看见了他，让他那张脸往哪达搁？说不定会闹出事来。为人做事往远看一些，得饶人处且饶人。"

我之所以啰里啰唆说上面这些话，是要证明我的爷爷和奶奶是百分之二百的好人。可我做梦也没想到他们有过那样的经历——一个是杀人放火的土匪，另一个竟然吃过人！杀人放火的土匪和吃人的人绝对不是好人。我无法把眼前的爷爷奶奶与过去的爷爷奶奶联系在一起。我想了好半天，回答说：“你们现在是好人，过去是坏人。”

爷爷没吭声。

“我说得不对吗？”

爷爷没有回答，岔开话题说：“你想知道刘怀仁和黄大炮后来的事吗？”

我当然想知道。

爷爷说：“我们那个团后来开到山西去打日本鬼子。黄大炮在一次战斗中牺牲了，他死得很英勇，一个人打死了八个日本鬼子。刘怀仁后来投诚了解放军，南下渡过长江，打到了南京。新中国成立后他还参加了抗美援朝，当上了团长。前些年他还来看过我和你婆。”

我依稀记得，大前年有个满头白发的老汉来过我们家，把爷爷叫“连长”。那个老汉肯定就是刘怀仁了。

爷爷考我似的问：“你说说，刘怀仁和黄大炮是好人还是坏人？”

解放军的团长和抗日战士不用说都是好人，可在爷爷的故事中他们两人是十分凶残的。这个问题难住了我。

爷爷抚摸着我的头，感慨地说：“娃呀，《三字经》头一句就说，人之初，性本善，这就是说没有天生的恶人和坏人，都是后来的生存环境改变了人。”

我有点听不明白。

爷爷说：“譬如，人在生和死的面前咋选择？就说我们困在戈壁荒漠上，没吃没喝咋办？想活下去就不择手段干凶残的事。再譬如,你生在一个穷家,可想过富日子,可能就会去偷去抢。”

头一个“譬如”我听明白了,后一个“譬如”没听明白。我说:“想过富日子就去劳动嘛,劳动可以创造财富。”

爷爷说:“话是这么说的。可有些地方实在太苦焦,苦做苦受一年也吃不饱肚子。”

奶奶这时插话道:“你跟一个娃娃家说这些干啥。他长大了不用谁说啥就都懂了。”

奶奶的话是正确的。

…………

爷爷和奶奶给我讲故事的那个冬天之后,又过去了二十多年。两位老人都到另一个世界去了,这个世界再也没有了他们的足迹和音容笑貌。我常常会梦见他们,想起他们讲的故事。我觉得心中结着一个疙瘩,有个夙愿未了。将来总会有一天我也要去那个世界,我怕无颜去见爷爷和奶奶。于是,凭借手中一支秃笔,写下了爷爷和奶奶的故事。

2005 年 12 月于杨凌

2006 年 7 月 30 日改竣

2014 年 9 月修订